I0567049

Buch
auf der Suche
nach
Liebhabern
von Kriminalromanen

(ÜberLeben3)

Regina Weber

Buch
auf der Suche
nach
Liebhabern von
Kriminalromanen

(ÜberLeben3)

- Chat Noir -

Kapitel I

1

„Hier welle ich mich noch zu Tode!"
Dies ist der dritte Tag im Wellness-Hotel, der dritte von insgesamt 14, und Leo langweilt sich schon jetzt, langweilt sich gewaltig. Ganz im Gegensatz zu Lisa. Seine Frau genießt diese Auszeit von ihrem blutigen Alltag als Pathologin im Polizeidienst, wohingegen ihm der Kontrast zu seinem abwechslungsreichen Polizistendasein einfach zu groß ist, viel zu groß.
„Gut, ich kann verstehen, dass du dich in diesem alten Kasten wellfühlst. Die Grabesstille hier unterscheidet sich wohl kaum von der in eurem Seziersaal und die Leute, die momentan hier wellen, ähneln eigentlich auch schon Toten, zumindest Scheintoten. Hier ist doch keiner unter achtzig!"
Er ist von Anfang an nicht sehr begeistert über dieses Geschenk seiner Schwiegereltern gewesen. Allerdings derart triste hat er sich diesen Aufenthalt nicht vorgestellt. Vielleicht liegt es an der Jahreszeit, dass sich jetzt, Ende Februar, nur ein paar alte Menschen hierher verirrt haben. Egal, er mit seinen jugendlichen! 46 Jahren fühlt sich komplett fehl am Platz.
Leo ist ein echter Sportaholic, der alles für seinen Körper, seine Muskeln tut, weniger für Geist und Seele. Nicht, dass er dumm ist. Nein, dies kann niemand behaupten, aber wenn er die Wahl hat zwischen der Lektüre eines Buches und einem Krafttraining, fällt ihm die Entscheidung nie schwer. Sein Fitnessraum zu Hause ist ihm heilig.
Ganz im Gegensatz dazu Lisa: ein Bücherwurm, ständig auf der Suche nach neuer geistiger Nahrung und nach

Wegen zum inneren Frieden, ein echter mentaler Genussmensch.

Hier der stets aktive Mann der Tat, der bisweilen allerdings erst handelt, dann denkt, dort die ruhige, bedachte Intellektuelle, die dazu neigt vor lauter Bedenken das Handeln zu unterlassen. Doch trotz dieser Extreme – oder vielleicht gerade deswegen? –, ihre Ehe funktioniert erstaunlicherweise gut. Lisa schätzt seinen Humor, seine spontane, ehrliche Art, die Leichtigkeit, mit der er das Leben meistert. Leo hingegen weiß nur zu genau, wie oft ihn seine kluge, eher zögerliche Frau schon vor den Konsequenzen allzu unüberlegten Tuns bewahrt hat. So hängt der eheliche Frieden nicht schief, meistens nicht schief.

Hier in diesem Hotel wird er allerdings auf eine harte Probe gestellt. Anfangs freute er sich noch für seine Frau, als sie ihm gleich nach ihrer Ankunft voller Begeisterung aus einem dicken Prospekt all die Möglichkeiten der Freizeitgestaltung vorlas.

„Also, von den Beautyangeboten werde ich bestimmt einige machen lassen. Masken, die die Haut straffen oder Ganz-Körper-Behandlungen mit Schokolade. Sogar Botox-Spritzen gibt's hier. Hab ich die eigentlich schon nötig?"

Sie schaute ihn mit einem etwas unsicheren, um Milde flehenden Gesichtsausdruck an. Und Leo reagierte wie erwartet. Er schüttelte entschieden den Kopf. „Für mich bist du auch ohne Botox und Schoko immer die Süßeste! Außerdem strafft all das Zeug höchstens unseren Geldbeutel."

Ausgiebig studierte er die Preisliste, schüttelte schließlich den Kopf. „Die spinnen ja wohl! Also für mich ist Altern lediglich eine sehr lukrative Erfindung der Schönheitsindustrie!"

Lisa musste lachen. „Ich bin mal optimistisch und nehme an, dass mein noch nicht allzu ausgeprägter Faltenwurf und nicht die Sorge um unser Geld mir dein Kompliment 'Süßeste' eingebracht hat. – Aber schau mal, hier gibt es etwas für uns beide: 'Wellness für Paare. Romantisches Duo-Schwitzen im Dampfbad' oder eine 'Duo-Massage für Verliebte'."

Leo grinste: „Bitte, was hat Schwitzen mit Romantik zu tun? Und für eine Duo-Massage brauche ich Gott sei Dank nicht in diesen alten Kasten fahren!"

„Na, wie wär's denn mit anderen Massagen: Lomi Lomi, Aroma- Reflexzonen- oder Klangmassage?"

„Also ehrlich gesagt, klingt das alles nicht sehr verlockend für mich. Aber du kannst es ja mal ausprobieren. Vielleicht klingen deine Reflexzonen dann aromatischer."

Lisa lachte: „Du unverbesserlicher Banause. Dabei täte dir ein bisschen Entspannung auch gut. Hier gibt es beispielsweise etwas für mentale Wellness: 'Machen Sie eine Entdeckungsreise ins eigene Ich. Meditation, Atemübungen, aber auch Muskelentspannung, Tai Chi, Yoga und Qi Gong.'"

„Qi Gong, schon wieder was mit Klang! Nein, mein Schatz, du weißt genau, das ist alles nichts für mich. Sag mir lieber, was hier in Sachen Fitness geboten wird? Vor allem, wo ist der Kraftraum?"

Sie begann vorzulesen: „Gesunde Aktiv-Programme."

Bei dem Ausdruck 'gesunde' zuckte er zusammen und seine dunkle Vermutung bestätigte sich schnell. „Yoga, Pilates, Fünf Tibeter, Nordic Walking." Aber dann schöpfte er Hoffnung: „Spinning in unserem Fitnesscenter."

Voller Erwartung machte er sich augenblicklich auf die Suche nach diesem Raum, musste jedoch feststellen, dass sich die Tür zu seinem Himmelreich nicht öffnen ließ. Auf die Frage nach den Öffnungszeiten verkündete die Dame an der Rezeption strahlend: „Unser Fitness-Center ist zu dieser Jahreszeit leider wegen Renovierungsarbeiten geschlossen. Das Gleiche gilt übrigens auch für das Schwimmbad." Seine zweite sportliche Hoffnung starb mit diesen Worten ebenfalls. Sie suchte seinen Frust wegzulächeln: „Aber es gibt ja so viele andere attraktive Angebote in diesem Haus. Da werden Sie ganz bestimmt fündig. Außerdem können Sie Kraftraum und Schwimmbad bei Ihrem nächsten Aufenthalt in unserem schönen Hotel besonders genießen, wenn sich die Räumlichkeiten in ihrem neuen fantastischen Gesicht präsentieren. Kann ich sonst noch etwas für Sie tun?"

Leo bezweifelte beides. Entschieden! Er fluchte und ein Blick aus seinem Hotelzimmer ließ seine Stimmung noch weiter in den Keller sinken. Auch der Himmel schien zutiefst frustriert und weinte. Massen an Schneeregen ergossen sich auf die schneebedeckten, teilweise noch vereisten Gehwege und seine letzten großen Jogginghoffnungen erstarben in unpassierbarem Matsch. Fluchend feuerte er seine Laufschuhe zurück in den Koffer. Ihm schwante Böses.

Lisa dagegen, von ihrer ersten Entdeckungstour zurückgekehrt, erzählte freudestrahlend: „Überall in dem Hotel stehen Schalen mit Äpfeln und Behälter mit Früchte- oder Ayurvedatee zur Selbstbedienung und nachmittags gibt's tolle Torten."

Eine Aussage, die Leo nicht in Begeisterungsstürme ausbrechen ließ. Ihm wären Schüsseln mit Aminosäure-Kapseln zum Muskelaufbau lieber gewesen, und Kuchen, Todfeind seines durchtrainierten Körpers, hasste er geradezu. Auch der Blick auf die Speisekarte ließ seine Stimmung nicht steigen. Da war die Rede von Vital-Frühstück, Wellness-Abendmenü, sowie der Möglichkeit vegetarisch, vegan oder ayurvedisch speisen zu können.

„Das alles klingt so gesund, dass es mich hundertprozentig krank machen wird!"

„Weil du gerade so gut drauf bist, habe ich noch einen weiteren Höhepunkt für dich." Lisa musste laut lachen.

„Hier, das ist ganz gewiss etwas für meinen Heavy-Metal-Fan: abends wird als Unterhaltung der Gäste Tanz zu alter deutscher Schlagermusik angeboten."

„Das ist keine Unterhaltung, das ist die pure Folter! Ich hoffe bloß, dass der Tanzsaal weit von unserem Zimmer entfernt liegt. Sonst laufe ich hier noch Amok."

Obwohl seine Stimmung den absoluten Tiefpunkt erreicht hatte, Leo bemühte sich wenigstens nach außen hin um einen positiveren Gesichtsausdruck und versuchte seine schlechte Laune fort zu grinsen. Er wollte seiner so begeisterten Frau den Aufenthalt nicht zu sehr zu vermiesen. Als Belohnung erwies sich das angebotene Essen als wider Erwarten schmackhaft, ja sogar reichhaltig. Es bestand aus durchaus mehr als lediglich einigen Salatblättchen mit einer großen Prise kalorienfreier Gesundheit.

Am zweiten Tag – der Wettergott meinte es immer noch nicht gut mit Leo – marschierte er tapfer mit Lisa in die Sauna, verließ diese allerdings nach kurzer Zeit wieder. Schwitzen beim Work-Out war in Ordnung, aber nicht Schwitzen im Sitzen. Sein rastloser Geist trieb ihn weiter, aber wohin? Er sehnte sich nach Aktivität, doch hier gab es nirgendwo etwas zu t u n, zumindest in dieser Jahreszeit. In der Nacht wünschte er sich im Besitz einer Zeitmaschine zu sein, um die kommenden zwölf Tage überspringen zu können.

„Armer Leo! Du wellst dich hier also zu Tode. Well, damit du wenigstens nicht an Langeweile stirbst, habe ich etwas für dich."

Mit diesen Worten holt Lisa einen dicken braunen Umschlag aus ihrem Koffer, genau jenen Umschlag, den Leo vor Tagen ungeöffnet in den Abfall geworfen hat. Absender angeblich sein Vater.

„Du erwartest doch wohl nicht, dass ich den Inhalt anschaue. Ich hab dir lang und breit erklärt, da erlaubt sich irgendein Idiot einen Scherz mit uns. Du weißt ganz genau, mein Vater ist tot und dies seit nunmehr 37 Jahren. Und ich glaube nicht, dass Tote Briefe verschicken. Schau doch mal auf das Absendedatum: keine zwei Wochen alt!"

„Okay, wahrscheinlich hast du recht. Hier steht auch Harald Winkler als Absender und nicht dein Name Brückner."

„Nun, das ist durchaus nicht merkwürdig. Wir haben nach Vaters Tod aus unerklärlichen Gründen den Namen meiner Mutter angenommen. Vielleicht wollte sie damals einfach einen Schlussstrich ziehen. Keine Ahnung! Egal, du kannst dich auf den Kopf stellen, aber ich werde das Zeug hier nicht lesen. Außerdem bin ich! konsequent in meinem Handeln: wenn ich einmal etwas in den Müll geschmissen habe – und dies ganz bewusst! – , dann bleibt es dort auch!"

Lisa aber gibt nicht so schnell auf. „Nun stell dich nicht so an. Ich kann es nicht mitansehen, wie du wie ein Tiger im Käfig rastlos in unserem Zimmer auf und ab läufst. Sieh es dir doch einfach mal an. Nach der Dicke des Umschlags zu schließen bist du wenigstens ein paar Tage beschäftigt, so lange bis sich das Wetter wieder bessert und mein Tiger ins Freie kann. Bitte, tu mir den

Gefallen."

Leo grinst. „Mein Weibchen ist wohl neugierig. Okay, ich folge gehorsam, aber du wirst sehen, da drin befindet sich nur uninteressanter Schwachsinn."

Er soll sich irren! Nachdem er den Umschlag aufgerissen hat, hält er einen handgeschriebenen Brief sowie ein dickes Bündel an getippten Seiten in Händen, vom Umfang her fast ein Buch. Auch ein Foto ist beigelegt, ein altes, leicht zerknittertes, so als hätte es sein Besitzer jahrzehntelang in seiner Brieftasche bei sich getragen. Er betrachtet es ausgiebig, wird blass.

„Mein Gott, das ist eine Aufnahme wahrscheinlich von unserem letzten Familienurlaub in Bayern. Ich muss damals acht oder neun Jahre alt gewesen sein. Wie zum Teufel kommt der Kerl an dieses Bild? Ich begreife es einfach nicht. Schau mal."

Dieser Aufforderung hätte es nicht bedurft, Lisa steht schon längst hinter ihm. „Deine Eltern sahen fantastisch aus und man merkt genau, wer nach wem kommt. Du ähnelst total deiner Mutter und deine Schwester deinem Vater."

So vertieft ist Leo in seine Gedanken, dass er das Kompliment überhört. Die Erinnerungen sind einfach übermächtig. Seine schöne Mutter, groß, schlank, mit langen, lockigen, schwarzen Haaren. In ihrer stillen, bedachten Art der Ruhepol in der Familie. Seine Schwester Viola, äußerlich ein süßer, kleiner Engel, der mit ihrem Charme alle Mitmenschen um den Finger zu wickeln wusste, die vom Wesen her jedoch ein wahrer Teufel war, deren Existenz er stets zu verdrängen suchte, so übel hatte sie ihm allzu oft mitgespielt. Und schließlich sein Vater: sehr groß, sehr schlank, sehr, sehr gutaussehend mit seinen strahlend blauen Augen und dem vollen, leicht gewellten, blonden Haar. Der ewig lächelnde Sonnyboy, witzig, humorvoll, ausgestattet mit unglaublichem Charme, Mittelpunkt jeder Gesellschaft, ein Liebling der Götter, wie er sich selbst gerne bezeichnete. Sie waren eine richtig glückliche Familie. Bis, ja bis sein Vater plötzlich erkrankte und starb, ebendieser Vater, in dessen Namen ihm hier jemand schrieb.

Leo ist zutiefst unsicher, ob er all dies lesen soll. Schließlich triumphiert die Langeweile, überwiegt seine Neugier und er öffnet den Brief, beginnt auf Wunsch seiner Frau vorzulesen:

Mein lieber Sohn,

ich hoffe inständig, dass du den Umschlag samt Inhalt, nicht sofort weggeworfen hast, nachdem du meinen Namen als Absender gesehen hast. Aber hier schreibt dir wirklich dein Vater, kein Betrüger. Obwohl, dieser Ausdruck trifft auf mich vielleicht doch zu, weil deine Mutter und ich euch unberechtigterweise glauben ließen, ich sei tot. Natürlich bist du jetzt verwirrt, wahrscheinlich sogar wütend und das zu Recht.

Jahrelang habe ich mit mir gerungen, ob ich dir die ganze Wahrheit, die Gründe für diese schreckliche Lüge erzählen soll, glaube aber, dass ich sie dir nicht länger vorenthalten kann. Meine Angst war zu groß, du könntest durch einen dummen Zufall auf die wahre Geschichte stoßen, was ich keinesfalls wollte. Wenn, dann sollst du alles von mir persönlich erfahren. So habe ich mich vor einiger Zeit hingesetzt, um für dich mein Leben seit meinem plötzlichen Verschwinden und die Gründe dafür aufzuschreiben.

14

Bitte, bitte Leo, nimm dir die Zeit und lies alles. Ich bin überzeugt, du wirst mich und deine Mutter verstehen, hoffe dies zumindest. Auf jeden Fall wünsche ich mir nichts sehnlicher. Vielleicht kannst du mir dann sogar verzeihen.

In Liebe
dein Vater

Wie vom Absender vermutet ist Leo verwirrt und wütend, zutiefst wütend, so sehr, dass er den Brief augenblicklich in den nächstbesten Abfalleimer schleudert. Erneut ist es Lisa, die ihn beruhigt, die das Schreiben wieder rettet.
„Schatz, ich kann dich und deinen Zorn ja verstehen. Das Ganze ist einfach unglaublich. Trotzdem solltest du deinen Vater, falls er es ist, nicht verdammen, bevor du nicht auch sämtliche Beweggründe für sein Handeln kennst. Gib ihm die Chance! Und mir bitte auch, denn dann weiß ich meinen Tiger wenigstens beschäftigt und kann den Aufenthalt hier eventuell doch noch ohne schlechtes Gewissen genießen."
Leo schaut unschlüssig aus dem Fenster und der Wettergott macht ihm die Entscheidung leicht. Er kann ja mal anfangen zu lesen, wenigstens bis sich die Schneeregen-Front verzogen hat.

2

Für Leo

Erinnerst du dich noch an die Zeit, als wir eine richtig glückliche Familie waren? An die Urlaube, den Spaß, den wir miteinander hatten? Ich war so stolz auf euch Kinder, auf Elena, meine schöne, kluge Frau, auf die ersten größeren Erfolge, die wir beide als Schauspieler am Theater feiern konnten. Das Leben erschien mir so leicht und angenehm. Keine Sorgen, keine Probleme! Bis zu jenem Tag, der alles verändern sollte.

Lag es an meinem Aussehen, dem Theaterspiel, an meinem Charme, dem, so deine Mutter, niemand widerstehen konnte, ich weiß es nicht. Auf jeden Fall hatte ich eine Menge Verehrer, meist weiblicher Natur. Du kannst mir aber glauben, dies bedeutete niemals eine Gefahr für meine Ehe. Dafür habe ich deine Mutter viel zu sehr geliebt. Ich war ihr immer treu. Großes Indianer-Ehrenwort, mein Sohn!!!

Eine dieser Verehrerinnen, eine gewisse Bettina Wagner, war allerdings besonders penetrant. Ich erinnere mich noch zu genau, wie sie eines Abends nach der Vorstellung plötzlich vor meiner Garderobe stand, einen riesigen Rosenstrauß in der Hand, rote Rosen! Überhaupt nicht mein Typ! Die Inkarnation des Zuviel: Viel zu jung – ich schätzte sie auf siebzehn, achtzehn Jahre –, viel zu blond, für ihr Alter auch viel zu grell geschminkt und viel zu freizügig gekleidet. Eine Tochter aus reichem Elternhaus, der Vater ein Staranwalt mit einer riesigen Kanzlei.

Egal, diese Bettina machte mir die Hölle heiß, da sie

16

glaubte, ich allein sei ihre große Liebe und ohne mich ihr Leben nicht lebenswert. Sie besuchte fast jede meiner Vorstellungen, lauerte mir anschließend am Theaterausgang auf und bald sogar bei uns zu Hause. Sie bombardierte mich förmlich mit glühenden Liebesbriefen. Und ständig klingelte das Telefon. Ging deine Mutter an den Apparat, wurde sogleich aufgelegt, nahm ich den Hörer ab, beschwor Bettina mich mit der Bitte um ein Treffen.

Du kennst meine Überzeugung, dass man mit Freundlichkeit am weitesten kommt. So erklärte ich ihr wieder und wieder, ich sei glücklich verheiratet, Vater von zwei Kindern, machte ihr, anfangs noch höflich, dann immer entschiedener werdend, deutlich, dass ich keinerlei Interesse an ihr hätte, sie außerdem viel zu jung für mich sei, ein Kind noch. Bettina war zutiefst beleidigt, betonte, sie werde demnächst 18. Alle meine Versuche, ihr die Aussichtslosigkeit ihrer Zuneigung klarzumachen, blieben vergeblich. Sie lungerte immer häufiger in unserer Gegend herum, wartete bis ihr mit eurer Mutter das Haus verlassen habt, um dann bei mir zu klingeln. Nicht nur einmal kam sie hinten über den Garten ins Wohnzimmer, stand plötzlich vor mir und ich konnte sie nur mit größter Überzeugungskraft ins Freie befördern.

Es war Terror pur! Heute nennt man so etwas wohl 'Stalking'. Ich weiß nicht, ob du von alldem etwas mitbekommen hast, für uns Eltern aber bedeutete es zunehmend eine echte Belastung. Schließlich riss mir der Geduldsfaden. Ich schrie das Mädchen an, verbat mir entschieden jegliche weiteren Kontaktversuche, erklärte, ich werde bei Zuwiderhandeln zur Polizei gehen. Nun aber wurde es erst richtig heftig. Sie drohte mit Selbstmord und, als diese Drohung ebenfalls nichts

17

half, mit Rache. Und die sollte furchtbar werden!
Ich werde diese Nacht niemals vergessen, eine warme
Sommernacht im August. Elena war mit euch Kindern zu
den Großeltern nach Bayern gefahren, wo Viola und du
einen Teil der Sommerferien verbringen solltet. Am
nächsten Tag wollte sie bereits zurückkommen, damit
wir in aller Ruhe uns auf die neuen Rollen der
kommenden Theatersaison vorbereiten konnten. Wir
genossen den Sommer, vor allem weil wir von Bettina
seit geraumer Zeit verschont worden waren, hofften,
mehr noch, waren der festen Überzeugung, sie hätte die
Vergeblichkeit ihrer Bemühungen eingesehen, sei zur
Vernunft gekommen. Welch ein Trugschluss!
Kurz vor Mitternacht wurde ich durch endloses Klingeln
aus dem Schlaf geholt. Im ersten Moment dachte ich an
deine Mutter, die, vorzeitig zurückgekehrt, vielleicht den
Haus-Schlüssel vergessen hatte. Völlig arglos öffnete ich
die Tür. Vor mir stand Bettina, hemmungslos weinend,
ihre Kleidung blutverschmiert. Bei ihrem Anblick vergaß
ich komplett die Tatsache, dass ich wegen der
nächtlichen Wärme nur mit einem Slip bekleidet war,
vergaß auch mir etwas überzuziehen, eine Tatsache, die
ihr später in die Karten spielen sollte, die ich in meiner
grenzenlosen Naivität zu diesem Zeitpunkt allerdings
nicht begriff.
Sie taumelte, fiel mir entgegen und ich trug sie, meinem
stark ausgeprägten Helfersyndrom geschuldet, ins
Wohnzimmer um sie behutsam auf unsere Couch zu
legen. Der größte Fehler meines Lebens! Allerdings,
hätte nicht jeder in dieser Situation so gehandelt?
Umgehend wollte ich einen Arzt holen, aber sie hinderte
mich vehement: „Bitte nicht. Ich hab eine große
Dummheit gemacht, mich selbst verletzt. Die weisen
mich bestimmt in die Psychiatrie ein. Du musst mir

helfen, schließlich bist du an allem schuld."

Auf Letzteres habe ich nichts erwidert, rannte stattdessen in Panik zu unserem Erste-Hilfe-Kasten im Bad um Schere, Mullbinden und Pflaster zu holen. Vorsichtig schnitt ich die Ärmel der Bluse auf, löste sie von der Haut und – bekam einen Riesenschreck. Beide Arme waren übersät mit tiefen Schnittwunden, die sie sich wohl mit einer Rasierklinge selbst zugefügt hatte.

„Mädchen, hier kann dir nur ein Arzt helfen. Ich rufe jetzt den Rettungsdienst, denn damit bin ich komplett überfordert."

Die gesamte Zeit über war Bettina nur apathisch dagelegen, hatte allerdings heftig geweint. Nun aber erwachte sie augenblicklich zu Leben: „Stopp, keinen Arzt! Du warst nicht überfordert, mir das alles einzubrocken. Du allein bist verantwortlich und du allein wirst jetzt meine Wunden verbinden!"

Ich redete mit Engelszungen auf sie ein, aber vergeblich. Und ganz langsam dämmerte mir, welchen Eindruck ein Notarzt von der ganzen Situation bekommen könnte. Also ging ich auf ihren Wunsch ein und versuchte behutsam all die Wunden zu verbinden. Die gleiche Prozedur musste ich bei ihren Beinen wiederholen, was sich als besonders schwierig erwies, da Blut und Jeans in der Zwischenzeit bereits eine starke Symbiose eingegangen waren. Das Ausziehen der Hose bereitete ihr mächtige Schmerzen. Ich verband auch die Schnittwunden an der Innenseite ihrer Beine, völlig naiv, ahnungslos, ohne jegliche böse Hintergedanken. Sie war ein Kind für mich, dem ich helfen wollte. Sonst nichts! Oh Leo, wie konnte ich nur so dumm sein!

Erst als ich sämtliche Wunden versorgt hatte, fiel mir auf, ich war bis auf die Unterhose immer noch unbekleidet. Wann hätte ich mich auch anziehen können? Ich wollte

19

dies schnell nachholen, um Bettina nach Hause zu fahren, kam jedoch nicht mehr dazu. Urplötzlich rannte sie wie von Furien gehetzt hinaus auf die Straße, laut um Hilfe rufend. Ich, im Slip, in Panik hinterher, suchte sie aufzuhalten, am Schreien zu hindern. Schließlich holte ich das Mädchen ein, umklammerte sie, redete beschwichtigend auf sie ein. Vergeblich! Im Gegenteil, ihre Hilferufe klangen zunehmend jämmerlicher und lauter, so laut, dass sich viele Fenster von Schaulustigen öffneten und bald darauf die ersten Helfer herbeirannten, um das arme, unschuldige Kind aus der Gewalt des Bösewichts zu befreien.

Eine Situation wie einem Alptraum entsprungen, nur leider entsprach all dies der Realität, einer schrecklichen Realität. „Mein Gott, der Harald! Wer hätte das gedacht?" Ich wurde zu Boden geschlagen. Einige meiner Nachbarn, manche unmittelbar zuvor noch Freunde, schenkten all meinen Unschuldsbezeugungen keinerlei Beachtung, ja prügelten weiter auf mich ein. Ich vernahm Sätze wie: „Du Kinderschänder, du mieses Schwein. Perverse wie du gehören auf der Stelle gelyncht." Im Grunde musste ich dankbar sein, als endlich Polizei und Krankenwagen erschienen.

Das 'arme, misshandelte' Mädchen wurde ins Krankenhaus gebracht und mir, dem eigentlichen Opfer, immerhin gestattet mich endlich anzuziehen. Selbstverständlich durchsuchten die Polizisten gründlichst meine Garderobe nach Waffen, bevor sie mich in Handschellen zum Gefängnis transportierten. Es galt, sich vor mir, dem gemeingefährlichem Wesen zu schützen! Meine von Blut befleckte Unterhose war vorher konfisziert worden. Irgendwer sagte, ich sei festgenommen, erwähnte irgendeinen Paragraphen und klärte mich über meine Rechte auf. Rechte? Verdammt, ich war unschuldig! Während der ganzen Fahrt hallten wieder und wieder die anklagenden Schreie Bettinas in meinen Ohren: „Der war's! Der hat mir weh getan!" Ich fühlte mich wie in Trance, unmöglich einen klaren Gedanken zu fassen. Alles war so plötzlich über mich hereingebrochen. Da war nur diese dumpfe Vorahnung, diese Ahnung, dass all diese Vorkommnisse das Ende meines bisherigen Lebens bedeuteten.

3

Ich landete in einem Verhörzimmer einer Polizeidienststelle, genau so ein Raum, wie ich ihn nur aus Filmen kannte. Ein karger, fensterloser Raum ausgestattet mit einem Tisch, mehreren äußerst unbequemen Stühlen, einer Wand aus Glas, hinter der wahrscheinlich gerade irgendjemand für mich unsichtbar all den Vorgängen folgte. Eine furchteinflößende Situation, noch verschlimmert durch das kalte, grelle Licht, mit dem man mich ausleuchtete, und das auf mich gerichtete Mikrofon.

Zwei Polizisten vernahmen mich zu den Geschehnissen der Nacht. Wieder und wieder musste ich alle Einzelheiten beschreiben, wobei der eine, man kann nicht sagen freundlicher, aber doch ruhiger, höflicher vorging, wohingegen der andere mich zunehmend wüster beschimpfte, schrie, ich solle endlich die grausame Tat gestehen. So oft ich auch meine Unschuld betonte, alles schien zwecklos. Irgendwie wollte keiner der Beamten mir glauben.

Keine Ahnung, wie lange die mich vernommen haben. Ich weiß nur, dass meine Verzweiflung immer mehr wuchs, ganz im Gegensatz zu meinen Kräften. Vor lauter Angst, Müdigkeit, Hunger und Durst brach ich schließlich zusammen, konnte einfach nicht mehr. Polizist Nummer 2 triumphierte, wähnte mich weich gekocht, schrie mich an, jetzt endlich die Wahrheit zu sagen. Glaube mir, ich war zu diesem Zeitpunkt fast soweit jegliche Tat zu gestehen, nur um Ruhe zu haben. Aber was um Himmels willen sollte ich denn zugeben? So blieb ich stumm. Irgendwann sahen die beiden Männer wohl auch die Zwecklosigkeit des Verhörs ein, legten mir erneut Handfesseln an und übergaben mich Kollegen zum Abtransport.

Innerhalb von Stunden war ich also vom glücklichen Familienvater und erfolgreichen Schauspieler zum verdächtigen Triebtäter in Untersuchungshaft mutiert.

Mittlerweile graute nicht nur der Morgen, sondern es graute auch mir, denn statt Schlaf und Frühstück erwartete mich die erniedrigende Aufnahmeprozedur im Gefängnis. Schon an der Pforte wurde ich erneut nach Waffen abgetastet und landete schließlich in der 'Vollzugsgeschäftsstelle', wo ich fotografiert, gemessen, gewogen wurde und man mir meine Fingerabdrücke abnahm. Alles für den 'Kennzeichnungsbogen'. Statt Essen und Trinken bekam ich weitere, schier endlose Fragen gestellt, Fragen nach eventuellen Krankheiten, vielleicht sogar ansteckender Natur, nach dem Beruf, der Familie, Geburtsdatum und so weiter. Wenn du denkst, dies alles müsse schrecklich entwürdigend sein, dann hast du vollkommen recht, wobei es noch nichts gegen das war, was mich in der sogenannten 'Kammer' erwartet.

Ich musste mich vor den Augen der Beamten komplett entkleiden, wurde dann am ganzen Körper nach vermeintlichen Waffen, Drogen, Ausbruchswerkzeug, Geld, ja sogar Ungeziefer durchsucht. Unter permanenter Beobachtung durch einen der Männer 'durfte' ich duschen, um endlich wieder meine Kleidung ausgehändigt zu bekommen. Soviel zu unserem Grundgesetz und dem schönen Gedanken 'Die Würde des Menschen ist unantastbar'!

Alles, was ich bei mir trug, Schlüssel, Geld, Brieftasche, ja sogar meine Uhr nahm man mir ab. „Das ist Ihre Habe. Die Habe ist also alles, was Sie jetzt nicht! mehr haben!", erklärte ein Beamter grinsend und fügte hinzu: „Ihre Klamotten dürfen Sie behalten, müssen aber für die Reinigung selber sorgen. Oder Sie bekommen Anstaltskleidung, die wird im Knast gewaschen. Außerdem habe ich hier noch Bettwäsche, Wolldecken, Handtücher, alles in zweifacher Ausführung, sowie Essgeschirr. Quittieren Sie den Empfang, da!" Zum krönenden Abschluss klärte man mich durch Aushändigung der Haus- und Zellenordnung über meine Rechte! und Pflichten auf, in der ich später jedoch, wie nicht anders zu erwarten, fast ausschließlich Pflichten nachlesen konnte. Auch ließ man mich unterschreiben, dass mir bekannt gegeben worden war, die Anstalt sei durch einen elektrischen Zaun gesichert und bei Fluchtversuch werde von der Schusswaffe Gebrauch gemacht. Immerhin wurde mir gestattet, meinen Ehering weiter zu tragen.

Sicherlich fragst du dich, woher ich all dies nach den vielen Jahren noch so genau weiß. Nun, ich ließ mir schon bald Papier und Bleistifte geben, um die ganzen Geschehnisse Tag für Tag niederzuschreiben. Ein Knast-Tagebuch! Eine ausgezeichnete Möglichkeit, sich abzulenken und die ewige Monotonie zu durchbrechen.

Man steckte mich in eine Einzelzelle und überließ mich meinen zermürbenden Gedanken. Da stand ich nun in einem kargen, vielleicht sechs Schritte langen Raum, in den durch ein kleines, unerreichbar hohes, vergittertes Fenster nur wenige Strahlen der Morgensonne fielen. Vergeblich suchte ich nach einem Lichtschalter. Ich war viel zu müde, um meine Umgebung genauer zu registrieren, fiel einfach auf das pritschenähnliche Bett, dachte noch kurz 'Hier stinkt es!' und schlief augenblicklich ein.

Völlig gerädert erwachte ich, musste sogleich die

24

Hoffnung, alles sei nur ein Albtraum, begraben. Als Allererstes stellte ich erneut diesen strengen Geruch fest, eine Symbiose übelster 'Düfte' von Matratze, Wasserklo und Waschbecken ausgehend und sich zu einem überaus penetranten Gestank vereinigend. Ein Blick in die Toilette erklärte alles. Zudem wurde, wie ich später erfahren sollte, die Wasserzufuhr für die Spülung von außen reguliert und nachts zugedreht. Das Waschbecken aus Weißblech musste zwar von den Häftlingen stets mittels bereitgestelltem Lappen und einer Art Sand geputzt werden, aber aus dem Abfluss entwich stetig ein unangenehmer 'Duft'. Das Schlimmste jedoch war die Matratze, hart, mit Stroh gefüllt, überaus kratzig. Sie lag auf einem schweren, in der Wand verankerten Eisengestell und war übersät mit zahlreichen Flecken undefinierbarer Farbe, jedoch klar vorstellbarer Ursprünge. Und darauf hatte ich geschlafen und musste es wohl notgedrungen noch für einige Zeit tun! Ich entdeckte in dem Wäschebündel kein Laken, um das Übel zumindest optisch zu reduzieren, lediglich einen grauen, ebenfalls kratzenden Leinen-Bettbezug. Glaube mir, in diesem Moment war ich sogar froh und dankbar für die zwar entwürdigende, aber doch auch nützliche Körper-Untersuchung auf Ungeziefer und Krankheiten zu Beginn, der sich ja auch frühere Matratzen-Benutzer zu unterwerfen hatten. Zu meiner großen Erleichterung ließ sich das Fenster mittels einer schweren in der Mauer verankerten Eisenkette ankippen. Des Weiteren befanden sich noch ein Tisch samt Bank, beide unverrückbar, in der Zelle sowie ein Regalschrank zur Unterbringung von Kleidung, Wäsche, Blechgeschirr (nur Löffel, kein Messer, keine Gabel – wahrscheinlich wegen einer möglichen Verletzungsgefahr) sowie Handbesen und Schaufel.

25

Von Zeit zu Zeit öffnete jemand die Schließklappe des Beobachtungsfensters in der Tür und jedes Mal hoffte ich vergeblich, dieser Jemand sei gekommen, um zu verkünden, ich sei frei. Zurück blieb allein das Gefühl des permanenten Kontrolliertseins, der Negierung jeglicher Intimsphäre. Wie ein Affe im Zoo!

Eingewickelt in die frisch bezogene, immer noch kratzende Decke, kauerte ich mich auf die Matratze und fror dennoch gewaltig, nicht etwa weil es in der Zelle so kalt war, sondern allein aus Angst. Denn langsam, ganz langsam war ich mir der Ausweglosigkeit meiner Situation klar geworden. Wer würde mir Glauben schenken? Die Beweislage war viel zu eindeutig: Bettinas Schnittwunden, das Blut an meiner Unterhose, überhaupt meine spärliche Bekleidung, ihre zerschnittene Bluse, die ausgezogene Jeans. „Der war's! Der hat mir weh getan!" Aussage stand gegen Aussage. Dies also war ihre Rache. Ich spürte Ohnmacht, grenzenlose Hilflosigkeit.

Oh Leo, es gab durchaus Momente, in denen ich an Selbstmord dachte. Ich verwarf die Idee aber schnell wieder. Hätte dies nicht wie ein Eingeständnis der Tat ausgesehen?! Außerdem war ich ein Feigling, lebte viel zu gerne und womit sollte ich mich hier umbringen ohne

Gürtel, Schnürsenkel, Bettlaken? Etwa mit dem Blechlöffel?

Plötzlich fiel mir Elena ein. Ich sah sie vor mir, wie sie ahnungslos nach Hause zurückkehrte, um sogleich brühwarm von sämtlichen Nachbarn die Ereignisse der Nacht geschildert zu bekommen. Hoffentlich hatte die Presse noch nichts erfahren. Wie würde Elena reagieren? Welche Frage! Natürlich mir glauben und sonst niemandem! Zu gut kannte sie mich und meine *absolute Friedfertigkeit, wusste um die ganze Vorgeschichte mit dem Mädchen. Aber was würde aus euch Kindern werden? Vor all den wüsten Anklagen, der Häme der Umwelt musstet ihr unbedingt bewahrt werden. Gott sei Dank wart ihr damals weit weg bei den Großeltern.*

Schlüsselgeräusche. Vor mir stand ein Wärter, der mir wortlos ein karges Frühstück hinstellte. Aber mittlerweile war mir jeglicher Appetit vergangen, ich wollte nur so schnell wie möglich hier raus.

Im Laufe des Tages sollte der Besucherraum zu meiner zweiten Heimat werden. Hier erfolgten weitere Vernehmungen durch die Polizei. Und hier wurde ich Amtsrichter sowie Staatsanwalt vorgeführt, die sich zumindest meine Version der Vorfälle anhörten. Ob sie mir allerdings glaubten? In diesem Punkt hatte ich so meine Zweifel.

„Und rufen Sie Ihren Anwalt an. Sie werden ja wohl einen haben." Ich verneinte, nein ich besaß keinen Anwalt, hatte mich früher immer über diesen Ausdruck lustig gemacht. Wie kann man denn eine Person besitzen? Außerdem hatte ich nie zuvor eines solchen Menschen bedurft. Man legte mir eine Liste mit Namen von Rechtsanwälten vor und ich entschied mich für den Mann mit dem außergewöhnlichen Namen Müller.

Irgendwann brachte ein Wärter mich erneut in den Besucherraum, wo deine Mutter wartete. Endlich! Die ganze Zeit hatte ich sie herbei gesehnt, mir ihre Reaktion ausgemalt, wollte sie schnellstens über die Geschehnisse der Nacht aufklären. Und sie reagierte genauso, wie ich es mir vorgestellt hatte. Gefasst, scheinbar ruhig hörte sie sich die ganze Geschichte an, stellte gezielte Fragen, versuchte mich elendes Häufchen Unglück zu beruhigen, mir Mut zu machen, versprach besagten Herrn Müller zu verständigen. Allerdings, ich kannte sie zu genau, um nicht zu wissen, wie sehr all dies auch sie quälte, wie sie tapfer gegen ihre Tränen ankämpfte, sich bemühte ihrer Stimme einen zuversichtlichen Ton zu geben.

Elena suchte sogar die schreckliche Situation mit Humor zu nehmen: „Jetzt muss ich doch noch lernen, wie man Kuchen mit eingebackener Feile oder Messer herstellt."

Eine Bemerkung, die uns umgehend die komplette Aufmerksamkeit des Wärters bescherte. Immerhin erlaubte er deiner Mutter mir ein unbewaffnetes Familienfoto zu geben, jenes Foto, das ich dem Brief beigelegt habe, ein Foto, das ich all die Jahre bei mir trug und das mir einerseits viel Kraft gab, andererseits mir aber auch stets vor Augen führte, was ich verloren hatte, unschuldig verloren hatte.

Noch am selben Tag durfte ich den Anwalt erleben, obwohl der Ausdruck 'leben' auf diese Person nicht so recht zutraf. Er existierte irgendwie, mehr nicht. Die Inkarnation der Unauffälligkeit sowohl was sein Wesen als auch sein Äußeres betraf! Ein rothaariger, fast albinohafter Typ von schmächtigster Statur, hängende Schultern, bieder gekleidet, auf der schmalen Nase eine dicke Brille mit Lupeneigenschaft. Von Selbstbewusstsein, gar Charisma auch nicht ansatzweise eine Spur. Sein Name so unscheinbar wie der gesamte Mensch: Erwin Müller. Normalerweise hätte so ein Mensch augenblicklich mein Mitleid erregt, aber an jenem Tag wünschte ich ihn als Verwaltungsjuristen hinter Berge von Akten in ein tristes Büro und nicht an meine Seite vor Gericht.

Ein Pflichtverteidiger! Und diese Unfreiwilligkeit demonstrierte er, indem er jegliche Form von

Enthusiasmus, von Empathie für mich und meinen Fall vermissen ließ. Immerhin hörte er sich meine Geschichte an, stellte ein paar Fragen, machte sich Notizen.

„Ich bin absolut unschuldig, Opfer von wilden Fantasien einer Pubertierenden! Ich hoffe, Sie glauben mir."

Anwalt Müller zuckte die Schultern, gab keine Antwort.

„Wann darf ich denn wieder nach Hause?"

„Vorläufig nicht. Untersuchungshaft wurde angeordnet. Sieht schlecht aus für Sie!", meinte er grenzenlos optimistisch.

„Und wie beurteilen Sie meine Chancen?"

„Ebenso!", lautete die ausführliche, Mut machende Antwort, mit der er mich völlig ratlos zurückließ. „Ach und noch was: Machen Sie keinerlei Angaben der Polizei gegenüber in meiner Abwesenheit und erzählen Sie niemandem, weswegen Sie angeklagt sind. Zu Ihrem eigenen Schutz!"

Keine Ahnung, was er mit dem letzten Satz meinte. Ich dachte auch nicht weiter darüber nach, sollte erst später die Bedeutung dieser Warnung zu spüren bekommen. Momentan war ich lediglich verzweifelt, solch einen Verteidiger zu haben, hegte allerdings die Hoffnung, dass dies nicht der Normalzustand des jungen Mannes war. Vielleicht hatte er nur an jenem Tag nichts oder das Falsche gegessen, sich zu lange im Spiegel betrachtet, eventuell Krach mit seiner Mutter oder seinem Goldfisch gehabt. Mein Wunsch, dass sich Herr Müller bei seinem nächsten Besuch als ein dynamischer, meinen Fall voll Zuversicht angehender Anwalt erweist, sollte jedoch nicht in Erfüllung gehen.

4

„Und was schreibt dein verstorbener Vater? Schickt er dir himmlische Grüße oder schmort er im Fegefeuer der Hölle?"

So vertieft ist Leo in das Tagebuch, dass er Lisas Rückkehr gar nicht mitbekommen hat. Sie nimmt ihren Gedankengang sofort wieder auf:

„Wenn du ihm antwortest, dann frage doch, wie es sich so lebt als Toter im Himmel, was er den ganzen Tag lang macht und wie Petrus ausschaut. Und, ja, ob er Gott schon getroffen hat."

Angesichts des Briefinhalts steht ihm der Sinn allerdings momentan nicht nach Scherzen. In kurzen Worten klärt er sie über das bisher Gelesene auf. Lisa reagiert mit entsprechend tiefer Betroffenheit:

„Einfach schrecklich, falls dies alles der Wahrheit entspricht! Glaubst du dem Mann?"

„Irgendwie schon. All die Dinge, die er über unsere Familie schreibt, sind korrekt. Und dann gibt es hier dieses Foto von uns allen! Trotzdem habe ich noch so meine Zweifel. Warum hat er sich all die Jahre nicht gemeldet? Und was sollten überhaupt die ganzen Lügen von seiner Krankheit, seinem Tod? Ich muss weiterlesen, um mir ein Urteil bilden zu können."

„Ich kenne jemanden, der noch vor Kurzem etwas von konsequentem Handeln faselte. Darf ich zitieren? 'Wenn ich ganz bewusst etwas in den Müll geschmissen habe, dann bleibt es dort auch. Es ist! nämlich Müll!' Ich hoffe sehr, du bist deiner ehelich Angetrauten auf ewig dankbar, dass sie nicht so konsequent ist und lässt sie jetzt beim Meditationskurs über ihren Gatten

nachdenken."
Sie verlässt lachend das Zimmer und Leo vertieft sich augenblicklich wieder in das Tagebuch.

„Es vergingen viele Wochen, die ich in Untersuchungshaft verbringen musste, unterbrochen lediglich durch die Besuche von Herrn Müller sowie zermürbende Verhöre seitens der ermittelnden Polizeibeamten.
„Wieso darf ich nicht nach Hause?", fragte ich meinen Anwalt, in dessen Kopf sich sogleich die entsprechenden Seiten des Gesetzbuches öffneten, die er monoton zu zitieren begann: „Obwohl nach deutschem Strafprozessrecht die Unschuldsvermutung gilt, das heißt, jeder Beschuldigte so zu behandeln ist, als sei er unschuldig ..."
„Aber ich bin doch unschuldig! Kein Konjunktiv!"
„...sind unter bestimmten Voraussetzungen während eines laufenden Ermittlungsverfahrens vorläufige Maßnahmen gegen einen Beschuldigten möglich. Eine dieser Maßnahmen ist die Anordnung einer Untersuchungshaft."
„Ja aber, wer hat denn das angeordnet?"
Hörte der Mann überhaupt zu? Ich bezweifelte das entschieden, denn er zitierte emotionslos weiter: „Zuständig für die Anordnung der Untersuchungshaft ist im Ermittlungsverfahren der Ermittlungsrichter beim zuständigen Amtsgericht bzw. nach Anklageerhebung das mit der Sache befasste Gericht. Untersuchungshaft darf nur angeordnet werden, wenn dringender Tatverdacht besteht, wenn entweder Flucht- oder Verdunklungs- oder Wiederholungsgefahr besteht und wenn die Untersuchungshaft verhältnismäßig ist."

Ich verstand nur Bahnhof, war mir der Tragweite seiner Ausführungen überhaupt nicht bewusst, versuchte das Ganze sogar noch mit Humor zu nehmen. „Ich hab nicht vor zu fliehen, höchstens vor Menschen wie Bettina Wagner. Und Wiederholungsgefahr? Ich schwöre feierlich, nicht erneut unschuldig zu werden."

Mein Gegenüber jedoch blieb todernst. In diesem Moment erinnerte ich mich an eines seiner Worte.

„Was heißt denn hier 'Anklageerhebung'?"

„Ganz einfach, Sie sind des schweren, sexuellen Missbrauchs angeklagt."

„Aber ich habe dem Mädchen doch überhaupt nichts getan, nur die Wunden verbunden. Und dies auf ihren ausdrücklichen Wunsch! Warum um Himmels willen glaubt mir denn niemand? Ich schwöre hoch und heilig, ich bin unschuldig!!!"

Meine verzweifelten Beteuerungen zeigten diesmal zumindest einen Hauch von Wirkung. Rechtsanwalt Müller musterte mich eingehend, schien zum ersten Mal meine Aussage zur Kenntnis zu nehmen, ja eventuell ihr sogar eine Chance auf Wahrheit zu geben. Plötzlich war ich Mensch für ihn und nicht nur der papierne Inhalt der Ermittlungsakte, in die er inzwischen Einsicht genommen hatte. Punkt für Punkt ging er mit mir erneut, diesmal jedoch aufmerksamer, die Ereignisse der Nacht durch, hatte sich schließlich inzwischen ja auch von deiner Mutter bestätigen lassen, wie sehr ich im Vorfeld von Bettina bedrängt worden bin.

„I c h war das Opfer, ich und meine Familie. Sie ließ einfach nicht locker. Und als ich nicht nachgegeben, sondern sie weiterhin ignoriert habe, da hat sie mir mit erbitterter Rache gedroht. Sie hätten einmal ihre Liebesbriefe lesen sollen."

„Und genau hierin liegt Ihr Problem. Sie waren leider so

dumm, alle Briefe zu verbrennen. So steht nun Ihre Aussage und die Ihrer Frau gegen die des Mädchens. Und Bettina stellt die ganze Geschichte total anders dar. Sie weiß nichts von Liebesbriefen, ist sich aber sicher, unschuldiges Opfer Ihrer Perversitäten geworden zu sein."

Der Anwalt machte eine kurze Pause, nahm mir dann jedoch auch die allerletzte Hoffnung, indem er erklärte: „Bedenkt man auch noch die Spuren am Tatort, dann sieht die ganze Sache rabenschwarz für Sie aus. All das Blut am Boden, auf der Couch, selbst an Ihrer Unterhose, die Mullbinden. Alles spricht gegen Sie!"

Mich packte kaltes Entsetzen. Er hatte ja so recht. Alles, wirklich alles sprach für mich als Täter. Welche Beweise hatte ich für meine Unschuld? Lediglich meine Worte und die der eigenen Ehefrau. Wer also würde mir schon glauben? Anwalt Müller? Keine Ahnung! Allerdings bereitete er mich gründlicher auf den zweiten Haftprüfungstermin vor, gab sich im Amtsgericht bei der Anhörung entschieden mehr Mühe, meine Version des Tatherganges vor Ermittlungsrichter und Staatsanwalt zu untermauern, jedoch, ich hatte es nicht anders erwartet, ohne Erfolg. Ich musste weiter in Untersuchungshaft bleiben, allein in meiner Zelle, ohne Kontakt zu anderen Häftlingen, mal abgesehen vom täglichen Hofgang, währenddessen man aber auf ständig wechselnde Gefängnisinsassen traf, demnach auch zu keinem ein etwas intensiveres Verhältnis aufbauen konnte.

Anfangs war ich sogar aus Angst vor brutalen Verbrechern dankbar für die Isolierung, mit der Zeit jedoch zermürbte mich die Einsamkeit gepaart mit der permanenten Grübelei mehr und mehr. Beinahe 23 Stunden tägliche Einsamkeit! Bald war ich hocherfreut über die Besuche des Herrn Müller, ja, ob du es glaubst oder nicht, bisweilen sogar über die eher lästigen Vernehmungstermine durch die Polizei, brachten sie doch zumindest etwas Abwechslung in die graue Monotonie. Endlich konnte ich reden, mich mit jemandem unterhalten, obwohl dieser Ausdruck auf die Verhöre wohl eher nicht zutraf. Sowohl Anwalt als auch Polizisten suchten meine Redelust auszunutzen, ließen mich wieder und wieder die Erlebnisse mit Bettina erzählen, durchforsteten gründlich meine Vergangenheit, suchten nach dunklen Stellen, Schwächen, stellten Fangfragen, wobei Polizist Nummer 1 es bevorzugte, mich anzuschreien, in die Enge zu treiben, wohingegen Polizist Nummer 2 ganz auf verständnisvoll machte.

Nr. 2: „Ich kann Sie ja verstehen, so ein hübsches, junges Mädchen. Da kann Mann schon schwach werden. Vielleicht stand sie ja sogar auf Sado-Maso-Praktiken, eine Vorliebe, die heute angeblich gar nicht so selten vorkommen soll."

„Wie oft soll ich es noch betonen: Ich wurde zu keinem Zeitpunkt schwach und hasse solche Praktiken!"

Nr. 1: „Mensch, Bruno, du siehst doch, bei diesem perversen Mistkerl kommst du mit deiner sanften Tour nicht weiter. Da hilft nur die härtere Gangart. Wir kriegen den garantiert weichgekocht! Noch ein paar Wochen in Einzelhaft, einige weitere Nächte mit Licht in der Zelle, noch ein paar überhaupt nicht nette Verhöre und das Schwein wird gestehen."

Nr. 2: „Ach, ich glaube, er zeigt auch so bald Reue. Solch ein Geständnis wirkt nämlich wie eine Befreiung und hat außerdem noch zwei weitere gewaltige Vorteile. Erstens haben Sie dann Ruhe vor uns und zweitens, was viel wichtiger ist, Ihre Strafe wird weit günstiger ausfallen. Ich kann Ihnen nur raten, gestehen Sie die Tat. Vielleicht lässt der Haftrichter Sie sogar bis zur

Hauptverhandlung zu Ihrer Familie."
Natürlich habe ich nichts gestanden. Natürlich gingen die Verhöre weiter. Natürlich versuchte man mich durch Schlafmangel mittels nächtlicher Kontrollen, Besuche sowie Beleuchtung klein zu kriegen.
Langsam bemerkte ich psychische Veränderungen bei mir. Anfangs war ich erfüllt von Wut, Verzweiflung, haderte mit meinem ungerechten Schicksal, besaß aber immer noch die Hoffnung, alles würde sich als Missverständnis herausstellen. Ich hatte große Probleme, mich an die karge Umgebung, die Situation des Eingesperrt-Seins zu gewöhnen, vermisste die Abwechslung in der Außenwelt, die sozialen Kontakte, dachte pausenlos an euch. Was würde aus euch werden? Aus unserer Familie? Zukunftsangst! Diese Gefühle wichen bald totaler Hoffnungslosigkeit, Apathie, die Gedanken kreisten zunehmend um mich selbst. Das Schreiben gab mir jedoch Kraft, der gemietete Fernseher, den ich zu Beginn noch abgelehnt hatte, bot etwas Abwechslung.

„Gegenwart an Vergangenheit. Die Zukunft ruft. Essenszeit!"
Diesen Appell scheint nur Leos Magen zu vernehmen, der seinen Eigentümer an die eigene Notsituation erinnert, indem er lautstark knurrt. Lisa steht vor dem Spiegel und schneidet Grimassen, fürchterliche Grimassen. Sie rümpft die Nase und bläht sie auf wie ein schnüffelnder Hund. Dann zieht sie ihre Gesichtshaut um Nase und Mund nach außen, wieder und wieder, gefolgt von mehrmaligem Formen der Lippen zu einem angedeuteten O.
Leo ist entsetzt. „Mein Gott, was hast du? Bist du

krank?" Die Beteuerung seiner Frau, es handele sich lediglich um Gesichtsgymnastik gegen Falten, beruhigt ihn nicht sonderlich. Wer bitte macht so etwas freiwillig? Immerhin lenken ihn diese Gedanken vom Schicksal seines Vaters ab. Während des Essens aber verwirrt Lisa ihren Mann noch mehr, indem sie ihm von ihren Plänen für den kommenden Tag berichtet.

„Ich werde zum Balancing gehen und anschließend zum Kurs über die Alexander-Technik."

Er schaut sie ratlos an. „Lernst du da über ein Seil zu balancieren?"

„Nein, hier lerne ich meine emotionale Balance zu finden, hoffentlich. Ja, und die Alexander-Technik soll einem helfen bestimmte gewohnheitsmäßige, körperliche Fehlverhalten zu erkennen, die zu Verspannungen und Schmerzen führen, um diese dann zu ändern. Vielleicht hilft mir das ja gegen meine blöden Rückenschmerzen."

„Einverstanden." Er lacht: „Wehe aber, dieser Alexander sieht zu gut aus. Dann brichst du den Kurs sofort ab, okay? Ich muss ja da nicht mitmachen, oder? Mein Vater ist mir momentan wichtiger."

Ich begann mich an die Einsamkeit, die Monotonie des Gefängnisalltags zu gewöhnen.

6:30 Uhr Ein kurzes Hupsignal mahnt selbst den Tauben zum Aufstehen, Waschen und Anziehen.

7 Uhr Durch die Klappe in der Zellentür wird das Frühstück gereicht, bestehend aus Malzkaffee, Brot, Margarine und Marmelade.

10 Uhr Hofgang, eine halbe Stunde unter strenger Aufsicht im Kreis laufen mit grandiosem, Mut machendem Blick auf Wachtürme, dicke Mauern mit Stacheldraht. Aber Frischluft, immerhin!

10:30 Uhr Zelleneinschluss
12 Uhr Mittagessen – wässrige Suppen oder total verkochte Speisen. Gab es wirklich so viele zahnlose Insassen? Hatte der Gefängnisaufenthalt ihnen bereits den Zahn gezogen? – Oh Elena, warum habe ich so selten deine Kochkünste gelobt?
17 Uhr Abendessen – stets die gleiche Vielfalt: Wasser, Brot, Margarine, eine Scheibe Käse oder Wurst
22 Uhr Licht aus, leider nicht permanent
Einmal pro Woche durfte ich mir von dem Geld, das deine Mutter mir mitbrachte, Tabak, Kaffee oder Schokolade kaufen und an den Sonntagen konnte ich in der Kirche der Anstalt einem Gottesdienst beiwohnen. Das war dann auch schon alles an Abwechslung, mal abgesehen von den reizenden Besuchen des Anwalts, der Polizisten und zahlreicher Mücken, die wohl genau wussten, hier im Knast gab es kein Entkommen für ihre Opfer.
Allerdings war da ein Besucher, auf den ich mich immer gewaltig freute, der mich die ganze Misere halbwegs ertragen ließ. Elena! Alle zwei Wochen durfte ich sie für jeweils eine halbe Stunde sehen, natürlich stets im Beisein einer Aufsichtsperson, die mit am Tisch saß, die argwöhnisch jede unserer Berührungen beobachtete, unseren Gesprächen lauschte und jegliche Bemerkung bezüglich meines Straffalles augenblicklich unterband. Und dennoch, diese Zeiten taten mir unendlich gut. Tapfer suchte sie mir Mut zu machen, strahlte mich voll Zuversicht an, wollte mich mit ihrem Optimismus anzustecken:
„Keine Angst, Liebling! Du kommst bald hier raus. Schließlich hast du dir in deinem ganzen Leben noch nie etwas zuschulden kommen lassen, hast einen einwandfreien Leumund, giltst überall als ein

37

vorbildlicher Ehemann und Familienvater. Unsere beiden Aussagen stehen doch gegen eine!"

Sogleich wurde sie in ihrem Redefluss von dem Beamten gestoppt, aber es reichte, um mir unsere Zukunft nicht mehr ganz so schwarz erscheinen zu lassen. Bis heute rätsele ich, ob die Zuversicht deiner Mutter echt war oder nur gekonnte Schauspielkunst.

Natürlich drehten sich unsere Gespräche hauptsächlich um euch Kinder. Wie konntet ihr geschützt werden? Wir kamen überein, euch zu erzählen, ich litte an einer ansteckenden Krankheit, weshalb ihr zunächst bei den Großeltern in Bayern bleiben müsstet. Gott sei Dank spielten die jeweiligen Rektoren nach dem Ende der Sommerferien mit und erteilten euch eine vorläufige Sondergenehmigung zum Besuch einer bayerischen Schule. Ihr solltet von den schlimmen Anschuldigungen gegen mich, von meinem Gefängnisaufenthalt auf keinen Fall etwas erfahren.

5

So vergingen fünf schier endlose Monate bis zur Hauptverhandlung vor dem Landgericht. Ich war erleichtert. Endlich schien ein Ende der Ungewissheit, der Zweifel in Sicht. Vor Aufregung hatte ich die Nacht zuvor kein Auge zugebracht, war in Gedanken wieder und wieder meine Chancen durchgegangen. Dieser Tag sollte über mein zukünftiges Leben entscheiden. Elena hatte mir für meinen Auftritt Anzug und Krawatte besorgt, Kleidungsstücke, die ich immer abgelehnt hatte, die ich aber nun brav anzog, obwohl mir der Gedankengang, ein Mensch in Anzug mit Krawatte sei seriöser als einer in Jeans und Rollkragenpullover, niemals einleuchten würde.

Ein Polizeibeamter begleitete mich bis in den Verhandlungssaal, ja nahm in meiner unmittelbaren Nähe Platz. Es galt die Umwelt vor einem vermeintlichen Wüstling wie mir zu schützen. Ich hoffte, dass Rechtsanwalt Müller an jenem Morgen gut gefrühstückt und auch keinen Streit mit seinem Goldfisch gehabt hatte, um für mich zu Höchstform aufzulaufen. Das war auch nötig, denn ein Blick auf den dynamisch wirkenden Staatsanwalt und mehr noch auf die Phalanx der Anwälte der Nebenklage, ließ meine anfängliche Zuversicht merklich schwinden.

Zu meiner großen Erleichterung stellte ich fest, dass die Öffentlichkeit – was für ein Ausdruck! – von der Verhandlung ausgeschlossen war, was ich wohl dem noch minderjährigen 'Opfer' zu verdanken hatte. Als Nichtöffentliche (Geheime?) verblieben also, neben den bereits Erwähnten, drei Richter, zwei Schöffen und ein

Urkundsbeamter.

Im Vorfeld hatte mich mein Anwalt in einem seltenen Anfall von Geschwätzigkeit über den Ablauf der Hauptverhandlung aufgeklärt. Ich war also vorbereitet. Als Erstes erfolgte demnach der Aufruf der Sache – das heißt wirklich so! Bin ich ein Ding, ein Neutrum? – Wohl als eine Art von Ehrerbietung erhoben sich alle Anwesenden bei Erscheinen des Gerichts von ihren Plätzen. Vielleicht hätte ich noch applaudieren sollen, um ein milderes Urteil zu erwirken. Das Gericht nahm, natürlich, auf einem hohen Podest Platz. Ehre, wem Ehre gebührt. Wir anderen mussten stets nach oben schauen, die Richter auf das gemeine Volk hinab. Dann stellte der Vorsitzende fest, welche Personen anwesend waren, eine Tatsache, die diesen garantiert ohne Namensnennung entgangen wäre. Er belehrte die Genannten, auch alle Zeugen und Sachverständige, über ihre Wahrheitspflicht, ihre Pflicht zur Eidesleistung, drohte bei Falschaussagen mit strafrechtlichen Folgen, wobei ich inständig hoffte, insbesondere Bettina habe diesen Satz verinnerlicht. Wir Normalsterblichen hatten allerdings nicht nur Pflichten wie die der Ehrerbietung oder Wahrheitstreue, nein, wir besaßen auch zumindest ein Recht, wie man uns aufklärte, nämlich das Recht zur Zeugnis- und Auskunftverweigerung! Ich war erleichtert, nicht völlig rechtlos zu sein, obwohl ich nicht vorhatte, Aussagen zu verweigern. – Ja, Leo, zu diesem Zeitpunkt konnte ich noch witzeln!

Nach dem Auszug der Zeugen und Sachverständigen und der Aufnahme meiner persönlichen Daten, las der Staatsanwalt die Anklageschrift vor, wodurch mir jegliche Lust zu weiteren Witzeleien genommen wurde. Das Staunen über das bisherige Spektakel wich einer kaum zu bändigenden Nervosität und Anspannung, jedoch war ich zu jenem Zeitpunkt durchaus noch zuversichtlich, alle Anwesenden von meiner Unschuld überzeugen zu können. Man forderte mich auf, zu der Anklage Stellung zu nehmen. Und so schilderte ich in aller Ausführlichkeit die Geschehnisse um Bettina, die verhängnisvolle Nacht, aber auch die vorangegangenen Stalking-Versuche. Man ließ mich reden, was mir zunehmend mehr Sicherheit gab. Erst am Ende meiner Schilderung stellten der Richter, später der Staatsanwalt ihre Fragen und besonders an letztere sollte ich mich noch lange erinnern.

„Was haben Sie vorhin als Beruf angegeben?"
„Schauspieler am hiesigen Theater"
„Schauspieler! Ich möchte alle Anwesende darum bitten, diese Tatsache während der Verhandlung niemals außer Acht zu lassen. – Und in dieser Funktion als Schauspieler nahmen Sie also Kontakt zu Ihrem späteren Opfer auf?"
„Umgekehrt! Sie war es, die mir rote Rosen brachte, mir ständig auflauerte, die mir glühende Liebesbriefe schrieb. Ich war das Opfer, nicht sie! Sie interessierte mich überhaupt nicht."
„Es ist nur zu schade, dass ausgerechnet diese Briefe, diese wichtigen Beweise, von Ihnen angeblich verbrannt worden sind. Und gesehen soll sie auch lediglich Ihre Frau haben, die bisher unerschütterlich an Ihrer Seite stand. Trotz all der Vorwürfe eigentlich verwunderlich! Und noch verwunderlicher ist die Tatsache, dass ausgerechnet ein Schauspieler, dem doch gemeinhin nichts wichtiger ist als die Liebe seines Publikums, ausgerechnet diese Zeugnisse der Zuneigung vernichtet, wohlgemerkt, falls es sie überhaupt gegeben hat. Warum also?"

„Ich wollte nicht, dass meine Frau sie alle liest und sich deswegen Sorgen machen muss, was allerdings überhaupt nicht notwendig war. Ich liebe sie nämlich."

„Sie geben also zu, dass Ihre Frau die angeblichen Briefe gar nicht zu Gesicht bekommen hat. Damit bringen Sie nun aber auch Ihre Frau mit ihrer Aussage zu Ihren Gunsten in Schwierigkeiten."

„Stopp! Ich sagte, ich wollte nicht, dass sie a l l e liest. Einige hatte ich ihr durchaus gezeigt, bevor ich sie verbrannt habe. Außerdem waren mir die Briefe nie wichtig."

„Nicht wichtig? So spielen Sie also mit den Gefühlen eines jungen Mädchens?"

„Ich habe nicht mit ihren Gefühlen gespielt, sondern ihr wieder und wieder klar gemacht, dass ich kein Interesse an ihr habe, sondern ein glücklicher Ehemann und Vater bin."

„Und zu diesem Zweck haben Sie Bettina also des Öfteren zu sich bestellt, justament immer dann, wenn Ihre so geliebte Familie nicht anwesend war. Dies zumindest haben Ihre Nachbarn bestätigt."

„Aber ich habe sie niemals zu mir nach Hause bestellt. Sie selbst muss gewartet haben, bis meine Frau mit den Kindern unser Haus verließ, um dann über den Garten zu mir vorzudringen. Vorher hat sie mich ständig angerufen, oft mitten in der Nacht. Nie waren wir vor ihr sicher. Ich habe es doch bereits erzählt: es war der pure Terror."

„Wenn das solch ein Terror für Sie war, warum nur sind Sie dann nicht zur Polizei gegangen und haben das Mädchen wegen Stalkings angezeigt?"

„Den Gedanken hatte ich oft, aber schließlich habe ich dann doch davor zurückgeschreckt. Sie tat mir einfach leid, außerdem hoffte ich, sie würde irgendwann die

Zwecklosigkeit ihrer ständigen Annäherungsversuche einsehen und mich von ganz alleine in Ruhe lassen."

„Oh ja, Ihr grenzenloses Mitleid! Dies hatte Sie ja wohl auch dazu bewogen, Bettina nach Mitternacht in Ihr Haus zu lassen, bekleidet nur mit einer spärlichen Unterhose und zu einem Zeitpunkt, als die werte Familie gerade weit weg bei den Großeltern Urlaub machte. Was für ein Zufall!"

„Mein Gott, sie hat mich mitten aus dem Schlaf geklingelt und den Slip trug ich wegen der extrem heißen Nacht damals. Außerdem, hätte ich ihr die Tür vor der Nase zuknallen sollen? Sie hat schließlich überall geblutet!"

„Und warum haben Sie in dieser heißen! Nacht nicht sofort einen Arzt gerufen?"

„Wollte ich doch, aber sie hat dagegen protestiert. Ich selber sollte sie verbinden, darauf hat sie bestanden."

„Da sucht also ein an Armen und Beinen übel blutendes junges Mädchen nicht etwa einen Arzt auf, sondern rennt zu Ihnen, um um Hilfe zu bitten. Erstaunlich! Wie erklären Sie sich das?"

„Das weiß ich doch auch nicht. Sie meinte bloß immer, ich müsste das tun, weil ich ihr all das auch eingebrockt hätte."

„Und was könnte Bettina damit angedeutet haben?"

„Keine Ahnung. Ich hab damals auch gar nicht darüber nachgedacht, sondern nur immer wieder versucht, sie doch zum Arztbesuch zu überreden, aber sie hat sich geweigert. Tja, da hab ich, blöd wie ich war, eben selbst ihre Wunden verbunden. Jemand musste ihr doch helfen."

„Und wie bitte kam all das Blut nicht etwa irgendwo auf den Boden, sondern auf die Couch und auf Ihre Unterhose? Also, wenn mitten in der Nacht jemand an meiner Tür klingelt, ziehe ich mir vorher zumindest eine

Hose und ein T-Shirt an. Sie aber waren immer noch unbekleidet oder vielleicht erst erneut. Und wie erklären Sie sich all die Mullbinden? Braucht man wirklich eine derartige Menge? Oder dienten sie nicht eher dazu, das Mädchen zu fesseln?"

Ich protestierte vehement, was den Staatsanwalt jedoch nicht zu beeindrucken schien.

„Beschreiben Sie uns doch einmal jene Couch, auf die Sie Bettina legten."

„Mein Gott, eine stinknormale Couch mit schwarzen Polstern."

„Und mit offenen, geschwungenen Armlehnen an beiden Seiten! Ein Eisengestell, geradezu ideal um Beine und Hände eines möglichen Opfers daran festzubinden. Und genau dies scheinen Sie auch getan zu haben, denn Polizisten fanden an jenen Lehnen festgeknotete, zum Teil blutige Mullbinden."

Mir blieb bloß der matte Hinweis, dass dies mit Sicherheit Bettinas Werk gewesen war, durchgeführt, als ich erneut zum Verbandskasten ins Bad gelaufen war.

„So so. Und die sind Ihnen natürlich auch in all der Zeit nicht aufgefallen, oder? Aber kommen wir zu einem anderen Beweisstück. Unter besagter Couch fanden die Beamten eine mit Blut verschmierte Rasierklinge, Blut, das eindeutig von Bettina stammte."

Eine Rasierklinge? Unmöglich! Urplötzlich tauchte ein Bild aus jener Nacht in meiner Erinnerung auf. Während ich mit Mullbinden aus dem Bad zurückgerannt war, hatte ich für einen kurzen Moment irgendetwas Silbriges unter der Couch aufblitzen sehen, allerdings in dem ganzen Trubel sofort wieder vergessen. Mich packte kaltes Entsetzen.

„Die hat dieses Miststück dorthin gelegt. Alles muss von langer Hand von ihr geplant worden sein. Ich flehe Sie *an, Sie müssen mir glauben. Ich besitze doch überhaupt keine Rasierklingen, benutze seit jeher einen elektrischen Rasierapparat."*

Noch während ich sprach, wurde ich mir der ganzen Aussichtslosigkeit meiner Lage bewusst. Aber, Leo, es sollte noch schlimmer kommen.

Die ermittelnden Polizisten bestätigten die Fundstücke am Tatort, ein Arzt die Schwere der zugefügten Wunden. Ich konnte noch von Glück sagen, dass es keine Spuren einer Vergewaltigung gab, die dieses Luder jedoch auch kaum vorgetäuscht haben konnte.

Tapfer hielt deine Mutter zu mir und bestätigte die unzähligen Stalking-Versuche. Ihre Stimme spiegelte jedoch etwas von ihrer Mutlosigkeit und Verzweiflung wider, Gefühle, die sie trotz aller Berufserfahrung nur schwerlich überspielen konnte.

Selbst Anwalt Müller gab sich Mühe durch Fragen und Einsprüche meine Sicht der Dinge hervorzuheben, hatte allerdings angesichts der wortgewaltigen Show von Staatsanwalt und Nebenklägern kaum eine Chance, mir zu helfen. Und ich konnte ihm noch nicht einmal einen Vorwurf machen! Hätte ich an seiner Stelle mir, dem Angeklagten, bei der Fülle von Beweisen, die gegen mich sprachen, geglaubt? Wohl kaum!

Aber dann trat Bettina höchstpersönlich auf. Bettina? Die Person, die sich als Bettina Wagner ausgab, hatte mit der jungen Frau, die ich kannte, absolut nichts zu tun. Da stand ein kleines Mädchen, ungeschminkt, mit kurzem, unauffälligem Haar, ebenso unauffällig wie ihre Kleidung: schwarze, altmodische Bundfaltenhose, schwarze hochgeschlossene Bluse. Die Inkarnation von Keuschheit und tiefster Trauer!

Sie wurde zu ihren Personalien befragt und hier sollte der nächste Schock auf mich warten. Bei der Nennung ihres Geburtsdatums rechnete ich nach und erstarrte: 14 Jahre! Leo, du kannst mir glauben, ich hatte sie für 17 gehalten, kurz vor dem 18. Geburtstag, was sie mir gegenüber ja auch einmal betont hatte. Sogleich machte ich diese Tatsache lautstark publik, was mir allerdings lediglich eine Verwarnung durch das Gericht einbrachte. Wenn meine Hoffnung auf Freispruch in diesem Moment bereits gen Null tendierte, so sollte sie bei der folgenden Befragung Bettinas komplett erlöschen. Jawohl, sie wollte aussagen und zwar auf eigenen Wunsch, obwohl das Gericht ihr dies erspart hätte. Nein, sie wollte dem Gericht die unendlichen Qualen, die sie angeblich durch mich erlitten hatte, in aller Ausführlichkeit schildern, wollte "der Gerechtigkeit, der Wahrheit zum Sieg verhelfen".

Während sie sprach, fragte ich mich ständig, wer hier der Schauspieler war, so theatralisch brachte sie ihren Text dar, der garantiert nicht aus ihrem Hirn entsprungen war, sondern mit ihrem Vater und dessen Anwälten einstudiert klang. Sie berichtete mit müder, kaum hörbarer Stimme von den Vorfällen, all ihre Hilflosigkeit zur Schau stellend, immer wieder anlässlich der aufkommenden furchtbaren Erinnerungen unterbrochen durch herzzerreißendes Schluchzen, was den Richter stets veranlasste, sie zur Beendigung ihrer Aussage aufzufordern.

Sie blieb bei ihren Lügen, ließ sich auch nicht durch die teilweise wirklich geschickten Fragen des Herrn Müller irritieren. Und so zerbrach meine ehemals so schöne, idyllische Welt in Scherben. Meine einstige Lebenslust, mein Optimismus erstarben, sodass ich nur noch apathisch den Worten des Staatsanwaltes in seinem Schlussplädoyer folgen konnte. Sämtliche Beweise sprachen gegen mich. Da war ich, Harald Winkler, ein

Schauspieler, der die Schwärmerei eines vierzehnjährigen Kindes hinterhältig ausgenutzt, der seine sadistischen Triebe auf brutalste Art an dem gefesselten, hilflosen Mädchen ausgelebt und es auf diese Weise schwerst verletzt hatte. Wer weiß, zu was dieser sadistische Triebtäter noch fähig gewesen wäre, wenn sich das Kind nicht hätte befreien und fliehen können. Mord?

Bei diesem Wort verließ mich urplötzlich meine Apathie. Ich sprang auf, alle Wut, die sich in mir angestaut hatte, brach ungezügelt hervor. Schreiend und wild gestikulierend, bezichtigte ich Bettina samt Staatsanwalt, nur Lügen zu verbreiten, und das Gericht, vor der Wahrheit die Augen zu verschließen. Vergeblich suchte mich Anwalt Müller zu beschwichtigen. Ich muss so gefährlich gewirkt haben, dass der Polizist zu meiner Bändigung herbeieilte und mir Handschellen anlegte und eine weitere Verwarnung durch das Gericht erfolgte samt der Androhung des Raumes verwiesen zu werden. Bettinas Vater rief lautstark: „Hier sehen Sie erneut, zu welcher Aggressivität der Angeklagte fähig ist!"

Man gestattete mir noch das bekannte 'letzte Wort des Angeklagten', aber ich konnte lediglich nur noch einmal meine Unschuld betonen, wohlwissend, ich hatte verloren. Die Gerechtigkeit, die Wahrheit hatten nicht gesiegt! Das Gericht zog sich zur Beratung zurück. Die Urteilsverkündung – 12 Jahre Gefängnis!!! – , die Benennung der wesentlichen Gründe, schließlich die Rechtsmittelbelehrung, all dies zog wie in einem bösen Traum an mir vorbei. Es brauchte einige Zeit, bis ich die ganze Tragweite dieser Entscheidung überhaupt realisierte.

6

Was nun folgte, waren Jahre des Grauens. Man brachte mich in eine andere Haftanstalt. Die Aufnahmeprozedur glich jedoch in all ihrer erniedrigenden Form der des ersten Gefängnisses, allerdings war ich hier kein Mensch mehr, lediglich eine Nummer, statt Harald Winkler, Strafgefangener Nummer 334.

Zwei Männer begutachteten mich. Der Psychologe begann mit seinen Belehrungen: „Ich gebe Ihnen den guten Rat, stehen Sie zu Ihrer Tat. Nur so können Sie therapiert werden." Meinen Einwand, ich wäre doch unschuldig, lachte er weg. „Das behaupten hier fast alle. Allerdings kommen wir so nicht weiter. Seien Sie sich Ihres Unrechts bewusst und kämpfen Sie gegen Ihre negativen Neigungen an. Wir gewähren Ihnen Hilfe, nicht gleich, weil alle Therapieplätze momentan besetzt sind, aber irgendwann bestimmt."

Nun übernahm der stellvertretende Anstaltsleiter das Gespräch, um mich über meine Rechte, mehr noch über meine Pflichten aufzuklären, dies in einem monotonen, zutiefst gelangweilten Tonfall, dem man entnehmen konnte, der Mann hatte dies bereits unzählige Male zuvor durchgezogen. Er schob mir mehrere Zettel zu.

„Also, hier steht alles, was Sie wissen müssen."

Das Wissen der Welt, angehäuft in Millionen von Büchern, und hier im Gefängnis reichten vier DIN A 4 Seiten! Und diese verlas er auch noch, schließlich könnte ich ein Analphabet sein.

„6 Uhr Wecken und Aufschluss, Frühstücksausgabe
7 Uhr Ausrücken zur Arbeit

12 Uhr Mittagessen, danach weitere Arbeit
16 Uhr Freizeit in Form von Hofgang, Sport- und Freizeitgruppen, Umschluss
18 Uhr Abendessen
21 Uhr Einschluss"
Ich wagte ihn zu unterbrechen, wagte sogar einen ironischen Vorstoß: „Das sind ja viele Schlüsselerlebnisse. Ich verstehe Einschluss und Aufschluss. Was aber bedeutet Umschluss?"
„Wenn es Ihnen erlaubt wird, dürfen Sie sich beim Umschluss in die Zelle eines anderen Häftlings einsperren lassen."
Ich verkniff mir die Bemerkung 'Wie großzügig!', erkundigte mich aber nach den Arten von Arbeit im Gefängnis und wurde in einem monotonen, teilnahmslosen Singsang belehrt. „Nach § 41 Strafvollzugsgesetz sind die Gefangenen zur Arbeit verpflichtet. Arbeit ist ein zentrales Element des modernen Behandlungsvollzugs. Arbeitsverweigerung wird deshalb disziplinarisch bestraft."
„Aber ich habe doch nichts gegen Arbeit!" Hatte er mich überhaupt gehört? Ungerührt fuhr er fort. „Sie können in unseren anstaltseigenen Betrieben wie Bäckerei, Küche, Wäscherei, Schneiderei, als Reiniger, in der Bibliothek oder in den Schreiner- oder Kfz-Werkstätten arbeiten. Nach JJVolllzGB dürfen die Gefangenen über 3/7 ihres Lohnes, das sogenannte Hausgeld, frei verfügen, beispielsweise für Einkäufe von Süßigkeiten, Zigaretten, Toilettenbedarf hier bei uns am Gefängniskiosk. Der Rest, das sogenannte Überbrückungsgeld, wird als Rücklage für die Zeit nach der Entlassung einbehalten , kann aber auch zu einer eventuellen Schuldentilgung herangezogen werden. Außenstehenden ist es erlaubt, Ihnen Sondergeld zukommen zu lassen, natürlich nur bis

zu einer bestimmten Höhe sowie mit Verwendungseinschränkungen. Je nach Einsatzgebiet beträgt der Stundenlohn um die 1,50 DM. Falls genehmigt, können Sie hier auch den Hauptschulabschluss nachholen oder eine Lehre absolvieren."

„Aber ich habe Abitur und bereits einen Beruf erlernt."

Der stellvertretende Anstaltsleiter warf einen kurzen Blick in seine Unterlagen und zeigte zum ersten Mal eine menschliche Regung. Lauthals begann er zu lachen, prustete los: „Mensch Mann, Sie sind Schauspieler. Machen Sie bloß kein Theater hier, sonst drohen Ihnen folgende Strafen." Er deutete auf Merkblatt Nummer 3.

„Nee, Ihre Schauspielkunst können Sie bei uns auf satten acht Quadratmetern ausüben, die Bretter, die die Welt bedeuten, sind Ihre Zelle, und das Publikum sucht hier einfach nur zu überleben, aber ganz bestimmt nicht Kunst, die geht denen schlicht und ergreifend am Allerwertesten vorbei!"

Mir war alles andere als nach Lachen zumute, ich fragte nur zaghaft, ob ich eventuell in der Bibliothek arbeiten dürfte, schließlich hätte ich eine umfassende literarische Bildung, eine Bitte, die mit energischem Kopfschütteln beantwortet wurde.

„Bekomme ich dann wenigstens eine Zelle für mich alleine?"

Wieder dieses zynische Lachen: „Wünschen der Herr eine Suite, vielleicht noch mit Room-Service? Nee. mal im Ernst. Theoretisch haben Gefangene in Deutschland das Recht auf Einzelunterbringung, rein theoretisch! Die Praxis sieht jedoch anders aus. Wir sind überbelegt, verfügen allein bautechnisch schon über wenige Einzelzellen. Die Mehrzahl der Häftlinge ist in Zwei-Bett-, einige jedoch auch in Vier-Bett-Zellen untergebracht."

Grinsend fügte er hinzu: „Wir haben da aber noch einige ganz besondere, hübsche Räume wie die Stahlzelle für ausbruchsgefährdete Gefangene, die Arrestzelle für unsere Radaubrüder, die Schlichtzelle mit speziell gesichertem Mobiliar für all jene, die zuvor ihre Aggressivität an Einrichtungen oder anderem Anstaltseigentum austoben mussten, sowie die Beobachtungszelle. Für Sie ganz persönlich – zynisches Lachen – steht jedoch ein Einzelzimmer bereit, der BgH."
BgH klingt eigentlich ganz harmlos, nicht wahr? Das Gegenteil ist der Fall. Wie ich später erfahren sollte, bedeutet dieses Kürzel 'Besonders gesicherter Haftraum', gedacht für gewaltbereite Gefangene, gewaltbereit gegen andere oder sich selbst. Hatte ich diesen Aufenthaltsort meinem Wutausbruch vor Gericht zu verdanken, hielt man mich für suizidgefährdet? Egal. Jedenfalls stand ich einige Zeit später in jener Bg-Zelle, neu eingekleidet in Gefängniskleidung. Eine Scheußlichkeit in blau. Unangenehmer Stoff auf der Haut, Hose zu kurz, dafür zu weit. Immerhin keine Querstreifen, wie ich sie aus Filmen kannte. Letztendlich war dies jedoch zweitrangig, denn das wahre Grauen bestand in der Umgebung selbst. Ein Raum von etwa acht Quadratmetern, lediglich ausgestattet mit einer Matratze sowie einem fest im Boden eingelassenen WC. Wände und Boden gummiert. An einer Seite drohten Halterungen dem Eingesperrten mit Fixierung bei Bedarf, der bei mir, Gott sei Dank, wohl nicht bestand. Dafür aber beraubte man mich der chicen Bekleidung, ließ mir lediglich die Unterwäsche, nicht etwa, weil die Hose nicht passte. Nein, man wollte mich schützen, wollte verhindern, dass ich mich mit (oder wegen?) dieser Scheußlichkeit umbringe.
Kannst du dich an den wunderschönen blauen

Schmetterling erinnern, den Viola in einem alten, mit kleinen Löchern versehenen Schuhkarton gefangen gehalten hatte und dem wir beide unter lautstarkem Protest deiner Schwester die Freiheit schenkten? Genauso fühlte ich mich zu diesem Zeitpunkt. Ein jämmerliches Häufchen Elend eingesperrt in einem dunklen, winzigen Raum, beraubt der Freiheit, der Freunde, der Familie. Das Bisschen an Licht, das durch die kleine, vergitterte Öffnung – das Wort 'Fenster' war hier entschieden fehl am Platz – von draußen hereinfiel, diese Schummrigkeit, die mich tagsüber bedrückte, wurde mir allerdings nachts nicht gestattet. Permanent leuchtete eine, wenn auch schwache Lampe an der Decke. Das Allerschlimmste bedeutete für mich jedoch das Gefühl der permanenten Überwachung durch zwei Kameras, die keinen toten Winkel im Raum zuließen.

„Ich werde uns beide für den Besuch des Ruheraumes eintragen. Ein herrlicher Ort mit einer konstanten Wärme von 30°, den du wirklich erlebt haben musst. – Leo?" Leo scheint sie nicht zu hören, liest weiter. „Okay, wenn du nichts sagst, halte ich dies für ein Ja. Dann bis später." Lisa wartet einen Moment und, da ihr Mann nicht reagiert, reißt sie ihn eine Stunde später aus seinen Gedanken, um ihn in besagten Ruheraum zu entführen. Sein Protest bleibt zwecklos und so trottet er ergeben hinter ihr her, lässt sich auf einer durchaus bequemen Liege nieder, sehnt sich allerdings schon bald nach den Schriften seines Vaters. Sphärische Klänge, Vogelgezwitscher, die Hitze, der Duft – für ihn eher Gestank – nach Lavendel und anderen Kräutern sind so gar nicht nach seinem Geschmack. In der Mitte plätschert das Wasser eines Springbrunnens, was ihn augenblicklich daran erinnert, bald die Toilette aufsuchen zu müssen. Alle Anwesenden schlummern völlig entspannt. Ein dicker Mann nimmt Platz, schließt die Augen, beginnt augenblicklich zu schnarchen. Niemand stört sich daran, wird wach. Leo bewundert die Menschen für ihre Fähigkeit ins Hier und Jetzt abzutauchen, die Außenwelt auszuklinken. Allerdings weiß er, ein Entspannungs- und Ruheraum wird, anders als von den Erbauern vorgesehen, seine eigene Ruhelosigkeit nur noch mehr steigern. Leise schleicht er sich davon in der Hoffnung, Lisa möge zumindest seinen guten Willen honorieren. Das Wetter ist immer noch komplett ungeeignet um zu joggen und so kehrt er resignierend in ihr Hotelzimmer zurück.

Kein Papier zum Schreiben, kein Fernseher oder Radio, noch nicht einmal ein klitzekleines Buch waren vorhanden. Keine Abwechslung, lediglich zermürbende Langeweile. Du glaubst nicht, wie Monotonie und Stille foltern können, wie du pausenlos den gleichen Gedankengängen folgst. Wieder und wieder kreisen sie um den Prozess, meine Unschuld, die Ungerechtigkeit der Welt und immer wieder dachte ich an euch. Quälende Gedanken, unterbrochen lediglich durch die Essensausgabe und die Besuche durch einen Arzt und einen Psychologen. Immerhin hatte ich insofern Glück, als die beiden Fachleute mich schon relativ bald als einigermaßen gefestigt und nicht allzu gewaltbereit einstuften und mich aus diesem trübsinnigen Raum entließen.

7

Ein Wärter begleitete mich über schier endlos lange Gänge mit unzähligen, zu dieser späten Stunde geschlossenen Stahltüren zu meinem nächsten Aufenthaltsort. Ich war zutiefst erleichtert. Keine Vier-Mann-Zelle! Stattdessen ein circa 10 Quadratmeter großer Raum, ausgestattet mit zwei wenig einladenden, pritschenähnlichen Betten, Waschbecken, einem Tisch mit zwei Stühlen, Regalen und – erneute Erleichterung – einem mit einer Art Paravent vom restlichen Zimmer abgetrennten WC, was zumindest die Augen, wenn auch nicht Nase und Ohr des Mitbewohners schonte. Ein Hauch von Privatatmosphäre!

„Ich schlafe schon!" Eine Decke wurde erst über einen Kopf gezogen, dann komplett zur Seite gelegt. Die Neugier und eine zweite Eigenheit meines Mithäftlings, von der ich im Laufe der nächsten Zeit noch sehr viel mehr mitbekommen sollte, hatten gesiegt. Er sprang auf, musterte mich ausgiebig, schien mit dem Ergebnis zufrieden, denn er streckte mir seine Hand entgegen.

„Willkommen im Wohnklo. Ich bin Pit, schwerer gemeinschaftlicher Raub, muss noch sechs Wochen absitzen. Weshalb bist du hier?"

Wegen seiner Feststellung 'schwerer gemeinschaftlicher Raub' überkam mich zunächst tiefe Angst. Ein Blick auf ihn beruhigte mich jedoch. Vor mir stand ein mittelgroßer Mann von schmächtiger Statur, etwa in meinem Alter, mit einem offenen, freundlichen Gesichtsausdruck. Er wirkte wahrlich nicht wie ein brutaler Gewaltverbrecher.

„Harald, verurteilt wegen Banküberfalls." Gerade noch

rechtzeitig hatte ich mich an die mahnenden Worte von Anwalt Müller erinnert, im Knast bloß nicht zu erwähnen, dass ich wegen Kindesmissbrauchs einsaß, und hoffte nun inständig, Pit möge nicht weiter nachfragen. Seine oben erwähnte Eigenheit kam mir zugute.

Der Mann liebte es, zu erzählen, pausenlos zu erzählen. Jeder Gedanke, der ihm durch den Kopf schoss, musste augenblicklich der Außenwelt mitgeteilt werden, jede Begebenheit seines Lebens, war sie auch noch so unbedeutend, erfuhr eine genaue Beschreibung. Die Inkontinenz der Worte! Normalerweise hätte mich solch eine Eigenheit gewaltig genervt, damals aber war ich nach den endlos langen Tagen der Stille und Einsamkeit geradezu süchtig, eine menschliche Stimme zu vernehmen, von Erlebnissen zu hören, die mich von meiner eigenen Trübsal ablenkten. Dankbar lauschte ich seinen Worten und er ließ sich diese Gelegenheit auch nicht nehmen. Sein Schlafbedürfnis war wie weggeblasen, die für ihn bedeutsamen Teile seines Lebens ergossen sich in einer Flut von Sätzen wie ein Wasserfall über mich.

Pit berichtete von Brigitte, seiner großen Liebe, angefangen vom ersten Treffen bis hin zur Hochzeit. Er erwähnte alle 27 Gäste namentlich, klärte mich, selbstverständlich ausführlichst, über deren Werdegänge und Probleme auf, bedauerte, dass seine Großeltern nicht anwesend sein konnten, was ihn wiederum zur Geschichte seiner Vorfahren führte. Ich war äußerst dankbar, dass die Kenntnisse über seinen Stammbau nicht bis zu den Zeiten Karls des Großen reichten, allerdings ließ mich die Fülle an Informationen sanft entschlummern, eine Tatsache, die ihm anscheinend entgangen war, denn, als ich erwachte, beschrieb er gerade detailgenau sein neu erworbenes Haus. Auch musste er in der Zwischenzeit zwei Kinder bekommen haben, außerdem ein Zwergkaninchen sowie ein Aquarium mit verschiedensten Fischen, deren Namen mir jedoch entfallen sind. Der Grund für die Auswahl dieser Tiere war mir sofort klar, konnten sie ihm doch nie ins Wort fallen. Nun folgte sein schulischer und beruflicher Werdegang bis hin zur Anstellung als Leiter einer großen Supermarktfiliale, in der auch seine Frau halbtags als Sekretärin arbeitete.

„Mensch, du pennst ja!" Ich musste erneut eingeschlafen sein, nunmehr als äußerst unzuverlässiger Zuhörer entlarvt. Komischerweise schien ihn dies nicht weiter zu stören. Zufrieden wieder im Besitz meiner Aufmerksamkeit zu sein, ergriff er die Gelegenheit, seine Worte weiter fließen zu lassen und dies in einem unglaublichen Tempo, so als hätte er Angst, nicht alles loswerden zu können. Pit machte auch nicht die kleinste Pause, ja schien sich das Atmen für einen späteren Zeitpunkt aufgehoben zu haben. Ein Phänomen!

„Weißtdu,ichwardamalsderglücklichsteMannderWelt,bisd erSupermarktplötzlichmeineStellewegrationalisierteundic h,trotzunzähligerBewerbungenauchkeineneueArbeitfand. DaranistmeineEhefastzerbrochen.Schließlichwurdeichals FahrerbeieinerFirmafürGeldtransporteangestellt."

Leider war diese Arbeit nur schlecht bezahlt, sodass Pit die Raten für sein Haus nicht mehr zahlen konnte. Mit der drohenden Zwangsversteigerung im Nacken ließ er sich von einem Kollegen zu einem angeblich todsicheren, absolut unblutigen Überfall überreden. Keine Waffen, keine Gewalt! Auch traf es genau die Richtigen! Er wusste, wann in seinem ehemaligen Supermarkt der größte Betrag für den Geldtransport durch seine neue Firma bereitstand. Glücklicherweise war zudem Weihnachtszeit, in der die Kassen besonders kräftig klingelten.

Sie quittierten dankbar den Empfang, verursachten, durchaus beabsichtigt, auf der vereisten Straße an einer wenig frequentierten Stelle einen heftigen Crash mit einer Leitplanke, der sie zum Anhalten zwang. Der Dritte im Bunde, ein äußerst friedlicher und zuverlässiger Freund – als ein solcher war er Pit jedenfalls vorgestellt worden – hatte sie an der Unfallstelle bereits erwartet. Gemeinsam luden sie die Geldbehälter in den Kofferraum des Fluchtautos. Pit und sein Kollege sollten vor Ort bleiben, Hilfe anfordern und einen Überfall vortäuschen, währenddessen der Freund ihre Beute in Sicherheit bringen wollte.

Alles funktionierte prächtig. Leider galt dies aber auch für die automatische Türverriegelung, die beim Zuklappen des Kofferraumdeckels, ihrem Namen gerecht werdend, gleichzeitig sämtliche Türen verriegelte. Und der Autoschlüssel steckte, anders als geplant, unerreichbar im Zündschloss! Das Fluchtauto war also komplett unbrauchbar. Der kostbare Inhalt vor ihnen sichergestellt. Justament zu diesem Zeitpunkt tauchte an dem um diese Zeit normalerweise menschenleeren Ort ein solcher Mensch auf und musste seine Hilfsbereitschaft bitter bezahlen. Der 'friedliche, unbewaffnete' Freund wusste sich der Freundlichkeit des Fremden nicht anders zu erwehren. Er schoss.

Das Ergebnis: Pit wurde zu einer mehrjährigen Haftstrafe verurteilt, Frau, Kinder, Haus, Aquarium und Kaninchen waren Vergangenheit.

Der Mann tat mir leid, aber auch er hatte wohl Mitleid mit mir, denn er schlief ein, gönnte auch mir etwas Schlaf, schien genug geredet zu haben, zumindest in dieser Nacht. Um 6 Uhr wurden wir geweckt, ich erhielt ein Frühstück zugeschoben sowie einen weiteren

Redeschwall meines Zimmergefährten, diesmal, wohl der frühen Stunde geschuldet, sich in einem geringeren Tempo ergießend.

„6 Uhr ist Lebendkontrolle hier und 21 Uhr Pop Shop. Das Essen ist schlecht, dafür aber wenig. Hat man dich über den Tagesablauf schon aufgeklärt?"

Mein Nicken war wohl eine schwere Enttäuschung für ihn. „Und was weißt du so über unsere Freizeitmöglichkeiten? Noch nichts? Sehr gut. Neben dem ein- bis zweistündigen Hofgang findest du hier eine Menge Angebote. Fußball, Badminton, Tischtennis, Kraftraum, Basket-, Volley- und Handball. Sonntags ist Gottesdienst. Allerdings würde ich dir die Sportarten nicht gerade empfehlen. Die sind ebenso gefährlich wie das Duschen zweimal die Woche, denn hier triffst du auf all die netten Typen, von denen einige eine Prügelei förmlich suchen. Geh wie ich in den Kirchenchor oder mache bei den Kunstangeboten mit, dahin zieht es die Brutalos am wenigstens."

All dies berichtete er während des Waschens, Essens, ja sogar vom Klo aus und fand auch schnell ein neues Thema: „Der Wärter, der dir gerade das Frühstück gab, das war St. Pauli, wie der Name schon sagt, ein Fußballfan, der, was diesen Verein angeht, keinen Spaß versteht. Im Übrigen aber ganz in Ordnung. Müller und Breitbach sind auch ziemlich okay. Die wollen im Grunde nur, dass hier Ruhe herrscht, es keine Aufstände gibt. Bei Redbull jedoch, einem rothaarigen Riesen, musst du aufpassen. Der rastet schnell aus. Und richtig gefährlich sind Sadowski, ein echter Sadist, was ja schon im Namen steckt, sowie Fischauge. Der ist hinterhältig und kann richtig brutal werden, soll angeblich auch gemeinsame Sache mit einigen Gefangenen machen. Am besten unauffällig bleiben, dein Maul halten, denn es *gilt immer: wer die Schlüssel besitzt, hat automatisch recht und dazu noch jegliche Macht."*

„Und was für Gefangene gibt es hier?" Die Beantwortung meiner Frage musste er sich zu seinem Leidwesen aufsparen. Der Arbeitseinsatz wartete. Am Abend frönte er jedoch unverzüglich seinem Rededrang.

„Du hast nach der Art von Gefangenen gefragt. Tja, bei uns findest du keine Kleinkriminellen, sonst alles, bis hin zu Mehrfachmördern. Du musst versuchen, dich einer der Gangs anzuschließen, denn nur in der Gruppe findest du etwas Schutz. Meist sind sie nach Nationalitäten aufgeteilt, zum Beispiel Türken, Araber oder die Russlanddeutschen, vor denen du dich besonders in Acht nehmen musst. Die sind hier bestens organisiert, setzen ihre Interessen brutal durch. Also denen am besten aus dem Weg gehen und, wenn sie etwas verlangen, empfiehlt es sich, nicht 'nein' zu sagen. Von den Wärtern wird das alles notgedrungen toleriert. Manche profitieren sogar davon. Und die Obrigkeit scheint ahnungslos zu sein. Der Boss der Russlanddeutschen, ein gewisser Leonid, hält sich im Hintergrund, hat für das Grobe seine Gefolgsleute, kümmert sich allein um die logistische Gewinnmaximierung."

„Gewinnmaximierung? Was kann ich denn hier außer Angst und Frust gewinnen?"

Pit lachte: „Du brauchst nicht glauben, dass ein Zuchthaus ein Haus mit Zucht und Ordnung ist. Nein, hier findest du eine exakte Parallelgesellschaft zur Welt draußen. Nicht nur, dass der Stärkere gewinnt, auch durch Beziehungen und Geld kannst du dir erhebliche Privilegien erkaufen. Ganz besonders lukrativ ist der Drogenhandel."

„Drogen im Knast?" Ich war fassungslos.

„Na klar. Viele Häftlinge sind süchtig, Marihuana, Kokain, Methadon, auch Heroin heiß begehrt."

„Und wie kommt das Zeug hier rein?"

„So hohe Gewinne machen erfinderisch. Die Gefangenengangs haben ausgezeichnete Beziehungen zur Außenwelt, die dann die Drogen einschleusen, beispielsweise in Salatköpfen für die Küche. Oder man packt die eingetüteten Drogen in Ü-Eier oder Waschpulver. Es gibt so viele Möglichkeiten. Bisweilen werden Mitglieder des Lieferservices für den Kiosk bestochen, so wird zumindest gemunkelt. Mit illegalem Handel kannst du hier satt verdienen. So kostet ein Joint doppelt so viel wie draußen. So richtig Kohle machen die aber auch mit Alkohol oder Anabolika. Und dieser Markt ist heißumkämpft unter den Häftlingen, und zwar mit allen Mitteln!"

„Ja, und die Wärter? Kriegen die denn von alldem nichts mit?"

„Vergiss es! Na klar, wissen die davon. Manche dulden es stillschweigend, schauen weg, wollen einfach nur Aufstände im Knast vermeiden. Vielleicht profitieren sie auch selbst vom Handel, wer weiß? Typen wie Sadowski allerdings nutzen den bloßen Verdacht auf Drogen um ihre Allmacht zu demonstrieren, aber nur bei den Hunden. Denen wird dann die Zelle auf den Kopf gestellt, aber dermaßen, dass sie danach Ewigkeiten brauchen, selbst das Wenige, das sie besitzen, wieder zu ordnen. Solche Wärter zwingen einen, sich rückwärts nackt mit gespreizten Beinen vor sie hinzustellen und zu husten. Ausrede: ein im Hintern verstecktes Drogen-Päckchen würde durch das Husten wieder ausgespuckt werden. Für mich die reinste Folter unter fadenscheinigem Vorwand."

„Du sprachst von Hunden. Was ..."

*„Die rangieren in der Knasthierarchie ganz weit unten."
Pit, total in seinem Element, war nicht zu bremsen. „All
die, die sich keine Pornos, Zigis, Kaffee und solche
Sachen beschaffen und sich damit von Gewalt freikaufen
können, weil sie nicht über Geld und gute Beziehungen
nach draußen verfügen. Die Drogenabhängigen, die kein
Geld haben und sich so für ihren Stoff, falls sie jung und
attraktiv sind, prostituieren oder andere krumme Dinger
machen müssen. Die Häftlinge, die nach Beleidigungen
oder Schlägen den Kopf einziehen, statt sofort
zurückzuschlagen. Also mein Rat an dich: zeige niemals
hündisches Verhalten oder Mitleid mit Hunden. Halte
dich nach Möglichkeit fern von ihnen, sonst gehörst du
schnell zu dieser Gruppe. Glaube mir, sie werden dich
testen, provozieren, um dich einzuordnen. Darum schau
dir das Verhalten der Anführer hier genau an." Er lachte:
„Irgendwie erinnern die mich immer an riesige
Berggorillas, die ständig durch Gebrüll und heftiges
Trommeln auf ihre breite, stolzgeschwellte Brust Stärke
demonstrieren müssen, so nach dem Motto 'Willste was
aufs Maul?'"
Diese Alphamännchen also sollte ich imitieren?
Ausgerechnet ich, der stets freundliche, höfliche Harald?
Ich, der jegliche Form von Gewalt hasste, dazu auch rein
körperlich gar nicht in der Lage war! Ich sollte mich groß
machen, mich drohend vor ihnen aufbauen, mit kaltem
Blick, ohne jegliche Schwäche? Unmöglich! Allein der
Gedanke an solch eine Situation ließ mir schon die Knie
schlottern.
Pit schien meine Überlegungen zu erraten: „Gelingt dir
das nicht, dann mach dich möglichst unsichtbar, was
sich allerdings bei deinem Aussehen äußerst schwierig
gestalten wird. Aber eines kannst du schnellstens in
Angriff nehmen: Gewöhne dir im Umgang mit diesen*

61

Typen dein Hochdeutsch ab, sonst hält dich jeder für einen, hier allgemein verhassten, Intellektuellen, der alles besser weiß."

Von Pit erfuhr ich die wichtigsten Regeln der Knastsprache wie das Weglassen von Silben, bestimmten Artikeln, Nebensätzen. Ganz verpönt waren der Konjunktiv, die Worte 'bitte' und 'danke' sowie jedwede höfliche Formulierung. Kurz, prägnant, fordernd, keinen Widerspruch duldend, so war die bevorzugte Ausdrucksweise. Ich lernte, dass es sich bei einem Zinker um einen Verräter handelte, Ghetto eine Zigarette, und Geld Para oder auch Lowe waren und dass man unter Pendeln das Weiterleiten von Dingen mittels Schnur zum benachbarten Zellenfenster verstand.

„Wenn dich einer fragt, wie lange du abkackst, dann meint er nicht die Zeit die du auf dem Klo verbringst, sondern die Zeit, die du im Knast oder Bunker absitzen musst. Und Qualm hat absolut nichts mit Rauchentwicklung zu tun. Dies bedeutet Freiheitsstrafe. Du kackst also Qualm im Bunker ab."

Nach dieser Unterweisung betrachtete mich Pit mitleidig: „Falsche Sprache, wenig furchteinflößende Körperhaltung, viel zu freundliches Wesen. Du wirst es schwer haben, wirst bald bearbeitet, also verprügelt werden. Ich hoffe, du kannst von draußen Kohle oder anderes beschaffen, um dich von Strafen freizukaufen."

Ich konnte lediglich matt den Kopf schütteln. Und was tat er, wenn auch unbewusst? Er steigerte meine Panik noch ins Unermessliche, als er tröstend meinte: „Dann sei bloß froh, dass du kein Kinderficker, kein Sittich bist. Die sind noch ärmer dran als die Hunde!"

8

Oh ja, und wie man mich testete! Anfangs lediglich verbal beim ersten Aufschluss, währenddessen sich jeder frei auf den Gängen bewegen durfte:

„Na, du bist ja ein ganz Hübscher! Da wird sich Heinz aber freuen. Heinz, komm mal. Hier is' was Leckeres für dich!"

Und Heinz, ein furchteinflößendes Alphamännchen, kam, begutachtete mich wie ein Stück Vieh, erst mit den Augen, dann mit seinen riesigen Händen. Überall! Ich wusste, ich hätte in diesem Moment losbrüllen und auf meine breite Brust trommeln müssen. Nur leider verfügte ich nicht über eine breite Brust, war schmal gebaut. Und so stand ich zitternd und absolut hilflos da, wohl wissend, ich war als Hund erkannt. Wie schrecklich entwürdigend! Die übrigen Gorillas versammelten sich in Windeseile um uns herum und applaudierten durch lautes Gröhlen und höhnisches Gelächter ihrem Oberaffen. Ich hielt nach einem Wärter Ausschau. Und tatsächlich, hinten im Gang stand einer, der sich jedoch, statt einzuschreiten, seelenruhig von dem Geschehen abwandte. War er wirklich ahnungslos oder wollte er einfach nicht eingreifen?

„Warum bist'n eingefahren?" Ich verstand kein Wort.

„Mensch, auch noch blöd, wa? Warum bist'n hier?"

Ich murmelte etwas von Banküberfall, eine Antwort, die mir ein bisschen mehr Achtung brachte. Anscheinend stehen Bankräuber in der Gefängnishierarchie weiter oben.

„Und was haste so gemacht?"

Ich bezog diese Frage auf meinen Beruf und erwiderte, leider wahrheitsgemäß, „Schauspieler", eine Angabe, die ich besser nicht gemacht hätte. Augenblicklich begann das Gelächter erneut und Heinz meinte: „Merk dir, hier spielste nur eine Rolle, nämlich Opfer. Klaro?"

Wie klar mir das war! Meine Gemütslage wandelte sich erneut. Anfangs war ich nach dem Gerichtsurteil in eine Art Schockstarre gefallen. Alles lief wie ein böser Film an mir vorbei. Dann folgte die Zeit des Nicht-Wahrhaben-Wollens, der Wut über soviel Ungerechtigkeit. Diese wich nun dem Gefühl der totalen Hilflosigkeit, einer grenzenlosen Angst vor den anderen Häftlingen. Und es gab keine Möglichkeit ihnen auszuweichen. Ob im Hof, auf der Treppe, im Waschraum, in der Zelle oder im Arbeits- und Sportbereich überall wartete die Gewalt. Es war mir durchaus klar, dass es nicht bei rein verbaler Aggression bleiben würde.

Alles fing noch relativ harmlos an. Einer der Häftlinge stellte mir ein Bein und zwang mich nach meinem unsanften Sturz zu einer Entschuldigung. Beim Kiosk brauchte ich erst gar nichts mehr einkaufen, wurde es mir doch ohnehin umgehend wieder abgenommen. Oder man behinderte mich bei meiner Arbeit.

Ich durfte meiner Arbeitspflicht natürlich nicht in der Bibliothek nachgehen, sondern wurde der Putzbrigade zugeordnet. Ausgestattet mit Eimer und Wischbesen hatte ich beispielsweise die Gänge vor den Zellen zu reinigen. An anderen Tagen galt es den Müll im Hof zu beseitigen. Kaum hatte ich aber meinen Job erledigt, so wurde der Eimer umgeworfen, auf den Boden gespuckt, manchmal auch gepinkelt oder es ergoss sich eine Flut von Abfällen aus den Zellenfenstern in den Hof, untermalt von höhnischem Gelächter.

Mit all dem konnte ich leben, wenn da nicht diese

permanente Angst vor Heinz und seinen Intentionen gewesen wäre. Diese fürchtete ich wie nichts auf der Welt und geriet jedes Mal in Panik, wenn sich einer seiner Kumpane mir näherte. Allerdings konnte ich vorerst durchatmen, denn Heinz musste für einige Zeit auf die Krankenstation. Eine Gnadenfrist. Aber die Spirale der Gewalt sollte sich weiterdrehen.

Erste Anzeichen dafür bemerkte ich am geänderten Verhalten von Pit mir gegenüber. Sein permanenter Redefluss verstummte, er begann mich misstrauisch zu beäugen. Ich konnte mir seinen Wandel nicht erklären, bohrte nach und erhielt endlich die Antwort. „Du hast mir nicht die Wahrheit gesagt. Du bist ein Sittich, hast sogar ein Kind missbraucht. Schwein!" Ich redete mit Engelszungen auf ihn ein, suchte ihn von meiner Unschuld zu überzeugen, erzählte ihm von meinem Fall. Vergebens! Er blieb einsilbig, wandte sich von mir ab.

Es war also herausgekommen, mein Gerichtsurteil. Keine Ahnung warum, wahrscheinlich hatte einer der Wärter gepetzt. Die Folgen waren allerdings verheerend für mich. Oh Leo, du machst dir keine Vorstellungen, welcher Hass mir von da an entgegen schlug. All die Häftlinge, selbst wahrlich keine Unschuldsengel, sondern wegen schlimmster Verbrechen angeklagt, erhoben sich plötzlich zu Wächtern der Moral und des Gesetzes, glaubten mich für meine Tat nochmals bestrafen zu müssen.

Die absolute Hölle begann für mich. Man demonstrierte, für was man mich hielt, und tauchte meinen Kopf in ein Toilettenbecken voller Scheiße. Man schrie 'Verpiss dich!' und schüttete mir Selbige über den Kopf. Man ließ mich im Duschraum ausrutschen, hätte mich halb tot geprügelt, wenn nicht Müller und Breitbach, die Wärter, dazwischengegangen wären. Man … Ach, ich erspare *dir besser all die Perversitäten, die solchen kranken Hirnen entspringen, schildere dir lediglich den Höhepunkt der Gewalt.*

„Unser Gockel hier soll sich mal so richtig beweisen." In dieser Form erging die Einladung zum Hahnenkampf an mich. Pit, der in der Zwischenzeit angesichts all meiner Pein wohl so etwas wie Mitleid mit mir empfand, klärte mich auf. Für den Hahnenkampf werden demnach zwei Häftlinge ausgewählt, die sich prügeln müssen. Ich wusste nur zu genau, eine Weigerung war zwecklos, würde wahrscheinlich durch noch brutalere Schläge bestraft. Und siehe da, Pits Mitleid mit mir war noch immer nicht erschöpft, denn er drückte mir vor dem Kampf eine Packung Tabletten in die Hand.

„Das ist Tilidin. Nimm das Zeug vorher. Tilidin oder Subutex sind bei Hunden sehr beliebt. Die Pillen unterdrücken das Schmerzempfinden."

Ich war ihm wirklich dankbar, hatte jedoch noch eine Hoffnung. „So ein Kampf wird doch wohl kaum von den Wärtern geduldet, oder?"

„Nein, aber man wartet einfach, bis sie sich auf ihrem Rundgang entfernt haben. Es sind ja immer nur zwei, die auf einen Haufen Gefangene aufzupassen haben. Die können nicht überall sein. Vielleicht wollen sie sich auch aus solchen Dingen einfach raushalten und dann greifen sie erst ein, wenn's zu sehr aus dem Ruder läuft. Keine Ahnung."

„Und warum klärt sie niemand auf?"

„Bist du verrückt. Dann erhältst du die Höchststrafe. Das ist einer der schlimmsten Verstöße gegen den Knast-Kodex. Wer jemanden verzinkt, 'kriegt auf Fresse'. Da warten dann nicht nur Prügel, nein, da werden Zigaretten auf dir ausgedrückt und andere Foltermethoden an dir ausprobiert."

„Dann soll ich mich widerstandslos demütigen und verprügeln lassen? Mensch, ich habe noch viele Jahre Knast vor mir. Das überlebe ich nicht."

Er zuckte die Schultern. „Da bleibt die nur eines: Lerne dich zu wehren. Vielleicht hast du ja auch Glück und du langweilst sie irgendwann. Dann bist du unsichtbar so wie ich inzwischen. Oder du suchst dir Heinz als Beschützer mit entsprechenden Gegenleistungen."

Lediglich die Idee mit der Tarnkappe schien mir eine Möglichkeit. Aber wie lange würde es dauern bis zu meiner Unsichtbarkeit? Und würde ich dann überhaupt noch unter den Lebenden weilen? Du kannst dir sicher vorstellen, wie es in mir aussah angesichts der bevorstehenden Qualen.

Mühsam, meiner eigenen Ohnmacht voll bewusst, schleppte ich mich zum Schlachtfeld, eine der größeren, mit vier Gefangenen belegten Zelle. Beim Anblick meines Gegners sank meine Mutlosigkeit noch beträchtlich. Kurt entpuppte sich als eine Art Hulk: gut einen Kopf größer als ich, leider nicht der Typ Bodybuilder, der vor lauter Muskelmasse meist ziemlich unbeweglich wirkt. Nein, hier stand die Inkarnation von Kraft. Ein Körper so durchtrainiert, der mir mit jeder Faser meine eigene Schwäche zu demonstrieren schien, dazu noch gepaart mit einem Gesichtsausdruck, der das Vorhandensein von Milde und wohl auch Intelligenz ausschloss. Verdammt, warum nur hatte ich in der Vergangenheit nur so wenig Wert auf Sport gelegt? Was nützte mir mein gutes Aussehen angesichts von so viel Stärke?

Um uns beide hatte sich inzwischen ein Kreis von Zuschauern gebildet, gierig auf das folgende Schlachtfest wartend. Wetten wurden abgeschlossen, wobei einige, mit Sicherheit gezwungenermaßen, auch *auf mich setzten, wohl wissend, dass sie ihr Geld nicht mehr wiedersehen würden. Wärter Fischauge erschien, blickte kurz in die Runde und nahm seelenruhig seinen Rundgang wieder auf. Wusste er nicht, was hier demnächst geschehen würde oder wollte er es einfach nicht wissen? Egal, der Hahnenkampf wurde eröffnet, wobei ich mich mehr als kleines, schmächtiges Hühnchen fühlte auf dem Weg zum Schlachter. Von allen Seiten wurde ich wüst beschimpft und beleidigt, Kurt dagegen lautstark angefeuert. Die Meute wollte Blut sehen, mein Blut.*

Ich erhielt den ersten Schlag. Seltsam, es tat nicht so weh, wie ich erwartet hatte. In diesem Augenblick spürte ich eine tiefe Dankbarkeit Pit und besonders seinen Pillen gegenüber. Mein Gegner tänzelte um mich herum, genauso wie ich es bei Boxern gesehen hatte. Ein Profi? Wenn dann einer, der seinen Kontrahenten nicht allzu ernst nahm, denn er ließ beide Arme baumeln. Eine Provokation. Und urplötzlich stieg, vielleicht unterstützt durch die Wunderpillen, eine unbeschreibliche Wut in mir auf, eine Wut auf Bettina, die Richter, den Staatsanwalt, die Mithäftlinge. Und die musste raus, entlud sich in einem Trommelfeuer an Hieben auf den Gegner. Kurt schien überrascht, aber nur ganz kurz. Er schüttelte sich, hielt mich einfach mit seinem langen, ausgestreckten linken Arm auf Abstand, sodass alle meine darauffolgenden Aktionen ins Leere liefen. Es muss ausgesehen haben, als ob ein wild gewordenes Kleinkind einen Riesen verprügeln will. Meine mangelnde Kondition setzte meiner Attacke auch bald ein Ende.

Und dann ging alles blitzschnell. Zwei Schläge auf meine Arme, einer auf mein rechtes Auge, gefolgt von einem weiteren gegen meinen Kopf. Das war's! Meine Wut ging zwar nicht zu Boden, aber ich! Ich schmeckte Blut, sah, mittlerweile lediglich mit einem Auge, wie Kurt mich mit Fußtritten malträtierte, dachte nur 'Danke Pillen, danke!' und verlor das Bewusstsein.

Kurt, vielleicht auch noch andere, mussten mich noch weiter gequält haben, denn, so sagte es mir später ein Arzt, es fehlte nicht viel zu meinem finalen Abgang. Und trotzdem, dieser brutale Kampf sollte sich als Glücksfall für mich erweisen.

9

Als ich erwachte, sagte mir mein geschundener Körper augenblicklich, ich war noch am Leben. Ich hatte meine einzelnen Körperteile nie bewusst wahrgenommen. Sie waren einfach da. Jetzt aber verdeutlichten sie ihre Existenz durch entsetzliche Schmerzen. Mein Schädel brummte, drohte zu zerspringen, selbst die kleinste Bewegung tat furchtbar weh. Für mein linkes Auge herrschte Nacht, das rechte registrierte einen mumifizierten Leib. Kaum ein Körperteil, der nicht mit Verbänden und Binden versehen war. Und es registrierte ein circa 30 Quadratmeter großes Zimmer mit drei weiteren Betten. Jawohl, Betten mit richtigen weichen Matratzen, richtiger weißer, reiner, nicht kratzender Bettwäsche, keine harten, verdreckten Pritschen! Zwei große, wenn auch vergitterte Fenster, die einen Blick auf blauen Himmel und grüne Bäume ermöglichten. Grün, eine Farbe, die mir in all dem Grau des Gefängnisses irgendwie abhanden gekommen war. Das helle Sonnenlicht aber schmerzte. Und dann war da dieser Geruch! Sicher hier roch es nach Krankenhaus, aber nicht nach Schweiß, Urin, Fäkalien. Die Toilette musste sich in einem Nebenraum befinden. Welche Wohltat!
„Von den Toten auferstanden?" Mein Bettnachbar war wach, während die zwei anderen Patienten laut schnarchten. Ich stellte mit Erleichterung fest, dass es sich bei keinem der Anwesenden um Heinz handelte. Ich nickte und nahm als höflicher Mensch die Konversation auf, obwohl mir das Sprechen schwer fiel.
„Warum bist du hier? Hat man dich auch verprügelt?

Übrigens, ich bin der Harald."

Der Mann lachte schallend. „Das wird hier wohl niemand wagen. Nee, eine verdammte Blinddarmentzündung ist schuld an meinem Aufenthalt hier. Du bist wohl noch nicht lange im Knast, sonst würdest du mich kennen. Ich bin Leonid."

Ich starrte ihn fassungslos an. „D e r Leonid?"

„Exakt der!" Ende der Unterhaltung.

In diesem Moment war ich mir nicht mehr ganz so sicher, wessen Gesellschaft zu bevorzugen war, die von Heinz oder die von Leonid. Leonid! Ich hatte schon so einiges über ihn gehört. Kopf der Russlanddeutschen, einer mächtigen und gefürchteten Gruppe. Ich beobachtete ihn, erschrak, als er sich aus seinem Bett wuchtete und seine gut zwei Meter entfaltete. Leonid wirkte anders als die übrigen Anführer. Natürlich beeindruckte auch er allein schon durch seine Physis, durchtrainiert, kräftig, mit breitem Kreuz. Natürlich war auch er dafür bekannt, diese Qualitäten wenn nötig auf äußerst brutale Art einzusetzen. Und dennoch unterschied er sich von all den anderen. Hier stand kein stumpfsinniger Riese mit leerem Gesichtsausdruck. Hier fand sich eine gefährliche Paarung aus gewaltbereiter Körperlichkeit und hoher Intelligenz. Er wirkte stets hochkonzentriert, ununterbrochen wachsam seine Umgebung scannend.

Drei seiner Eigenschaften, von denen ich gehört hatte, versuchte ich mir zunutze zu machen. So war bekannt, dass Leonid zwar keinerlei Empathie für Menschen empfand, jedoch einem Tier nicht ein ein Härchen krümmen konnte. Demnach war ich stets bemüht, keiner Fliege, noch nicht einmal einer Mücke den Garaus zu machen, und erfand Geschichten über unseren nicht vorhandenen Hund, dem ich natürlich einen russischen Namen gab.

Außerdem hatte ich einmal von seiner großen Liebe zum Schachspiel gehört und der Tatsache, dass es ihm an Gegnern mangelte. Was für ein Glücksfall! Erinnerst du dich an die vielen Abende, die ich mit einem Freund , manchmal auch mit deiner Mutter, vor dem Schachbrett oder mit Büchern über dieses Spiel verbracht hatte? Mit Hilfe meines ausgezeichneten Langzeitgedächtnisses, allein schon für das Rollenstudium äußerst vorteilhaft, kannte ich mittlerweile eine Vielzahl an Eröffnungsvarianten auswendig. Natürlich bei Weitem nicht vergleichbar mit Leuten wie Kasparow, der angeblich ungefähr eine Million Züge im Kopf abgespeichert haben soll. Aber ich war in der Lage, weit genug voraus zu planen, wusste wie man auf bestimmte Züge zu reagieren hatte, konnte augenblicklich die für Verteidigung oder Angriff allein bedeutsamen Zonen erkennen. Kurz, ich schlug mich als würdigen Partner vor. Leonid schaute mich zweifelnd an. „Ist dir bekannt, dass du es mit einem Großmeister zu tun hast?" Zumindest aber schien sein Interesse an meiner Person geweckt.

Im Bewusstsein seiner häufigen Bibliotheksausflüge, seines Interesses für russische Literatur, suchte ich mich augenblicklich für ihn noch wichtiger zu machen.

„Wir haben übrigens ein weiteres gemeinsames Hobby: die russischsprachigen Schriftsteller."

Sogleich wurde weiterer Verbrüderung ein Riegel vorgeschoben: „Die allerdings entfalten ausschließlich in ihrer eigenen Sprache ihre Schönheit!"

„Aber ich beherrsche diese Sprache, habe viele Jahre Russisch gelernt. Und" – ich wollte ihn endgültig für mich gewinnen -- „ich habe einige der bedeutendsten Figuren auf der Bühne verkörpert. Beispielsweise den Leonid Andrejewitsch Lopachin in Anton Tschechows

Kirschgarten, eine Rolle, die ich so sehr geliebt habe, dass ich sogar meinen Sohn Leonid genannt habe."

Ich war so voller Begeisterung, dass ich die Änderung, die in meinem Gegenüber vor sich ging, überhaupt nicht registrierte.

„Schauspieler? Dann bist du also der Sittich." Er wandte sich demonstrativ von mir ab.

Die Zeit jedoch sollte für mich spielen, die Zeit und eine Charaktereigenschaft Leonids, die ihn Mitmenschen wie Schachbrettfiguren beurteilen ließ. Er benutzte sie strategisch, setzte sie je nach persönlicher Nützlichkeit kalkuliert ein. Und da er niemanden außer mir vorfand, der seine Liebe zum Schachspiel und zur Literatur teilte, änderte er bald sein Verhalten mir gegenüber. Er fragte mich aus, ließ mich über meinen Gerichtsfall reden, beließ alles jedoch unkommentiert. Hielt er mich für schuldig oder nicht? Spielte dies überhaupt eine Rolle für ihn? Wahrscheinlich nicht. Ich war mir dessen nicht sicher. Nur eines wusste ich genau: sollte ich für ihn nicht mehr von Nutzen sein, würde er mich augenblicklich von seinem Spielbrett werfen. Ich brauchte nicht auf Sympathie, schon gar nicht auf Freundschaft hoffen. Diese Werte waren ihm ohnehin fremd. Vorerst aber stand ich unter seinem Schutz.

Der Mann selbst sprach zu niemandem über seinen eigenen Fall, allerdings hatte so einiges darüber die Runde gemacht. Er musste eine lebenslange Strafe wegen Mordes an seiner Ehefrau sowie versuchten Mordes an einem Förster absitzen. Leonid, Sohn reicher Juweliere, die noch vor seiner Geburt nach Deutschland gekommen waren, hatte den Juwelenhandel seines Vaters übernommen und kräftig expandiert. Warum hatte er geheiratet? Bestimmt nicht aus Liebe! Dazu war er nicht fähig. Vielleicht wegen der guten Verbindungen, die sich über sie als Tochter des Oberbürgermeisters, Nichte des Polizeipräsidenten ergaben? Vielleicht auch wegen ihres fantastischen Aussehens, ihrer Eigenschaften im Bett? Auf irgendeine Weise muss sie ihm nützlich gewesen sein.

Ihre Ehe stand jedoch unter keinem guten Stern. Er war viel auf Reisen, höchstwahrscheinlich nicht immer treu. Auch wird sie das Leben mit einem Kühlschrank unglücklich gemacht haben, so unglücklich, dass sie sich einem jungen Musiker zuwandte, mit ihm wohl erfahren hat, was wirkliche Liebe bedeutet. Egal, Fakt war, sie wollte die Scheidung. Dies jedoch musste seine Ehre, sein Ego dermaßen beschädigt haben, dass er beschloss sie umzubringen. Genaueres zum Vorgang blieb in Gefängniskreisen unbekannt. Allerdings, wie von einem Schachgroßmeister nicht anders zu erwarten, wird er die Tat bis ins kleinste Detail geplant, natürlich auch für ein bombensicheres Alibi gesorgt haben. Nicht eingeplant war jedoch ebenjener unglückliche Förster, der ausgerechnet mitten in der Nacht in dieser einsamen Gegend unterwegs war und ungewollt Zeuge bei der Beseitigung einer Leiche wurde, was auch ihn fast das Leben kostete. Leonid wähnte ihn tot, ein Irrtum, der ihn schließlich für viele Jahre ins Gefängnis brachte.

Ausgerechnet dieser Mann sollte zu meinem Retter in der Not werden, denn er besaß, obwohl Gefangener, enorme Macht im Knast, auch wenn du dir das nicht so recht vorstellen kannst. Selbst an einem Ort wie diesem sind manche gleicher als gleich! Leonid bewohnte eine Zelle für sich allein, wobei das Wort 'bewohnen' hier wirklich zutraf, denn dieses Zimmer war, einmal abgesehen von den Gitterstäben vor dem Fenster und dem doppelten Schloss in der Tür, wohnlich eingerichtet. Er verfügte über einen großen Fernseher, eine

Musikanlage, Bücher zuhauf und gelangte auch später als einer der ersten in den Besitz eines der neu aufkommenden Handys, obwohl strengstens verboten. Leonid nahm eine Sonderstellung ein, hatte sich mit den Wärtern arrangiert. Frage mich nicht mit welchen Methoden! Aber sie kamen seinen Wünschen nach Möglichkeit entgegen.

Du kannst dir denken, ich gab mir jede erdenkliche Mühe für diesen Mann wichtig zu werden und auch zu bleiben. Obwohl er aus unseren Schachpartien stets als Sieger hervorging, machte ich ihm dies jedoch zumindest nicht allzu leicht. Zudem musste er wohl neben unseren Spielen auch unsere Unterhaltungen, Diskussionen geschätzt haben, denn ich profitierte mächtig von seiner Protektion. Nicht nur, dass mich von nun an die anderen Gefangenen in Ruhe ließen, mir wurde plötzlich die Bibliothek als Arbeitsstelle zugewiesen. Andere mussten sich seine Protektion im Drogenhandel, durch Schutzgelderpressung und Einschüchterung oder Verprügeln von Gegnern erkaufen. Mangels Talent war ich von diesen Aufgaben freigestellt, hatte allein für sein intellektuelles Wohlergehen zu sorgen. Die Drecksarbeit erledigten seine Handlanger, Kerle wie Pjotr oder Wladimir, ein nahezu Intelligenz-befreiter 2-Meter-Mann, dreifacher Mörder, Leonid blind ergeben.

10

Nur ein Umstand bereitete mir Unbehagen. Nach Pits Entlassung wurde Igor, Zweiter innerhalb der strengen Hierarchie der Russlanddeutschen, in meine Zelle verlegt. Ein höchst unsympathischer Zeitgenosse! Kein hirnloser Riese wie Wladimir, sondern intelligent, zudem durchtrainiert und keiner Brutalität abgeneigt. Er wirkte auf mich hinterhältig, falsch. Eine Tatsache, die mich sofort vermuten ließ, dass es genau dieser Charakterzug war, der Leonid dazu gebracht hatte, ihn mir zuweisen zu lassen.

Dieser Igor saß eine langjährige Strafe wegen Menschenhandels ab, hatte er doch eine Vielzahl ahnungsloser Mädchen und Frauen aus verarmten Gegenden des ehemaligen Ostblocks illegal nach Deutschland holen lassen und zur Prostitution gezwungen.

Nach außen hin schien der Kerl Leonid treu ergeben, führte dessen Befehle korrekt aus. Mit der Zeit wurde ich mir aber mehr und mehr sicher, dass er hinter dessen Rücken heimlich seine Intrigen spann. Jedoch konnte ich nichts beweisen, hielt also den Mund.

Nach etwa einem halben Jahr fielen mir die häufigen Treffen Igors mit Fischauge auf, jenem Wärter, der bisher am meisten, wenn auch bestimmt nicht ganz uneigennützig, für die Sonderstellung Leonids gesorgt hatte. Ich wurde misstrauisch, beobachtete meinen Zellengenossen noch aufmerksamer und wurde eines Abends während der Freizeit Zeuge, wie Igor dem Beamten ein Päckchen zuschob und dieser damit kurze

Zeit später in Leonids Zelle verschwand. Mir schwante Böses. Ich musste augenblicklich handeln, konnte unmöglich auf die Rückkehr meines Bosses aus dem Kraftraum warten.

Und so suchte ich nach Fischauges Abzug den Raum auf, etwas, was nur mir und natürlich den Wärtern bei Abwesenheit Leonids erlaubt war. Lange brauchte ich nicht suchen. Hinter den Büchern auf dem Regal befand sich ein Beutel, dessen Inhalt bestimmt nicht aus Traubenzucker bestand. Auch beim besten Willen konnte ich mir nicht vorstellen, dass der Stoff Leonid gehörte, der selbst nicht kiffte und zudem garantiert ein besseres Versteck gewählt hätte.

Ich hielt nach ihm im Gang Ausschau und musste feststellen, dass sich Breitbach und Fischauge der Zelle näherten. Panik! Blitzschnell riss ich die Tüte auf, um den Inhalt im Klo herunterzuspülen. Mein Versuch war jedoch nicht mit Erfolg gekrönt, denn viel zu schnell wurde die Tür geöffnet. Breitbach erkannte augenblicklich die Situation und entriss mir den noch gut gefüllten Beutel.

„Ja, was haben wir denn hier Schönes?" Fischauge nahm höhnisch grinsend eine Probe. „Wollte da jemand dem Boss den Arsch retten? Das Zeug gehört ja wohl kaum dir?"

Instinktiv gab ich die wohl einzig richtige Antwort. Ich widersprach, betonte, dass das mein Stoff wäre und Leonid damit absolut nichts zu tun hätte. Es gab für mich doch keine Alternative! Sollte ich etwa den Wärter anklagen? Wenn ich die Schuld nicht auf mich genommen hätte, wäre Leonid eingebuchtet worden. Eine Chance, die sich Igor bestimmt nicht entgehen ließe. Ohne Protektion wäre ich wieder Hund geworden, jeglicher Gewalt schutzlos ausgesetzt.

Auch wenn Fischauge mit dieser Aussage höchst unzufrieden war und mich mit diversen Fangfragen zum Widerruf bewegen wollte, ich blieb standhaft, zumal ich seit einigen Minuten Leonid im Gang stehen sah, still das Geschehen registrierend. Und er sagte weiterhin kein Wort, auch nicht, als ich zur Strafe zu 'Sicherheit' verdonnert wurde. Auf seinem sonst so emotionslosen Gesicht konnte ich jedoch zum ersten Mal anfangs komplette Verblüffung, dann ein Lächeln und schließlich gar so etwas wie Anerkennung in seinem Blick ausmachen.

'Sicherheit bekommen' klingt eigentlich ja äußerst beruhigend, friedvoll, besonders an einem Ort wie diesem. Die Realität sieht allerdings anders aus.

Eine Einzelzelle. Stelle dir einen winzigen Raum mit einem ebensolchen Fenster in zwei Metern Höhe vor. Eine übelst riechende, steinharte Matratze samt kratzender Decke am Boden, ein verschmutztes Waschbecken und eine Toilette, getunkt in seinen Ursprung nicht verleugnendes, wenig appetitliches Braun.

Sämtlicher privater Besitz von beispielsweise Zigaretten, Schokolade, ja selbst Büchern verboten! Obwohl in einem Buch durfte man lesen: der Bibel! Hört sich nicht besonders schlimm an als Strafe für unerlaubten Drogenbesitz in erheblicher Menge, ist es dennoch, denn du hast keinerlei Ablenkung, sitzt wie ich über Monate ohne jeglichen Kontakt zu anderen Gefangenen in diesem Haftraum, ohne Fernseher, ohne Freizeitangebote, ohne Arbeit.

Du beginnst dein gesamtes Leben in Gedanken aufzurollen, zählst immer wieder sämtliche Mauersteine der einstmals weiß getünchten Wände, empfindest riesige Freude über das Auftauchen einer Fliege. Die

Isolation, die Monotonie frisst dich auf, ist die pure Folter! Der Mensch ist schon ein sonderbares Wesen! Vor einiger Zeit noch hätte ich alles für solch einen Ort, fern von brutalen Mitgefangenen, gegeben, nun fehlten sie mir fast.

„Verdammt nochmal Leo! Du könntest mir zumindest eine Antwort geben. Ich toleriere ja gerne dein großes Interesse an deinem Vater, aber ein bisschen Aufmerksamkeit hab ich doch wohl auch verdient. Kommst du nun mit oder nicht?"
„Wohin?"
„Ja ins Rötharium."
„Ins was?"
Lisa hat allergrößte Mühe sich zu beherrschen. „Ich hab dir soeben alles darüber aus diesem Prospekt vorgelesen und du hast anscheinend absolut nicht zugehört. Also nochmals: Ein Rötharium ist zugleich Warmluftbad sowie Aroma- und Mental-Kabine."
„Und was bitte soll ich da?"
„Entspannen, es dir einfach gut gehen lassen, die Seele baumeln lassen!"
Wovon hat sein Vater zum Schluss geschrieben? Folter! Genau dies scheint ihm ein Rötharium, oder wie das verdammte Ding heißt, zu sein. Ungerührt liest Lisa weiter vor: „Lichtspiele in den Spektralfarben an der Decke, Meditationsmusik und die angenehme Temperatur von konstant 50° Celsius führen zu kompletter Entspannung. Verschiedenste Aroma-Duftstoffe, unter denen Sie auswählen können, wie beispielsweise Patchouli, Sandelholz, Ylang Ylang, May Chang oder Myrrhe, sorgen für sinnliches Erleben."
„Stopp, erstens glaube ich nicht, mich bei 50°

entspannen zu können. Mir reichen schon 35°. Zweitens, was soll die Myrrhe? Wir haben doch noch nicht Weihnachten. Und drittens wäre mir eine andere Art von sinnlichem Erleben tausendmal lieber."

In stoischer Ruhe fährt sie fort: „In der Mitte des Raumes befindet sich ein Bergkristall mit heilenden Kräften. Seine Schwingungen sollen auf den menschlichen Körper übertragen werden, was den Selbstheilungsprozess unterstützt."

„Aber ich bin doch gar nicht krank! Der Stein soll seine Kräfte woandershin schwingen!", mault Leo. „Außerdem ist der Spaß garantiert nicht kostenlos. Geh doch allein hin, dann sparen wir eine Menge Geld."

„Okay, ich gebe zu, auch nicht im Traum damit gerechnet zu haben, dass du wirklich dorthin mitkommst. Ich lasse dich künftig mit derartigen Programmen in Ruhe, solange du mich nicht auch noch bei den Mahlzeiten im Stich lässt."

Lisa hat längst begriffen, wie wenig attraktiv Angebote wie diese für ihren Mann sind und wie sehr er sich wünscht zu den Erlebnissen seines Vaters zurückzukehren und so bleibt es in den nächsten Tagen bei der Abmachung, Lisa wellt, Leo liest, während der Mahlzeiten jedoch höchstens in ihren Augen.

Keine Besuche, keine Telefonate.
À propos Besuche. Du wirst dich sicherlich schon lange fragen, warum ich auf diesen Seiten deine Mutter mit keinem Wort erwähnt habe. Dies wird der Bedeutung, die sie für mich hatte, überhaupt nicht gerecht.
Zweimal im Monat durften wir uns für jeweils eine Stunde sehen, Besuche, auf die ich mich einerseits im Vorhinein wahnsinnig freute, die mich andererseits danach

komplett resignieren ließen, mir den Glauben an eine Zukunft gar mit euch zusammen als glückliche Familie zunehmend raubten. Was allerdings nicht an deiner Mutter lag! Nein. Sie gab sich wirklich alle Mühe mir Kraft und Hoffnung zu schenken, spielte die Starke, selbst in diesen demütigenden Situationen: nie alleine, immer unter den wachsamen Augen eines Aufpassers, der jedem Wort lauschte, jeglichen näheren Kontakt sofort unterband. Und trotzdem ließ sie keinen Besuchstermin verstreichen, selbst als die Anreise mühevoller wurde.

Natürlich sprachen wir auch viel über euch, überlegten, wie ihr am besten geschützt werden konntet und kamen überein, es bei der Notlüge, ich sei ansteckend krank, zu belassen. Tja, und als meine Verurteilung zu einer langjährigen Haftstrafe feststand, gelangten wir nach reiflicher Überlegung zu der Überzeugung, das Beste wäre, euch im dem Glauben zu lassen, ich wäre gestorben. Besser ein toter als ein verbrecherischer Vater! Die Aufrechterhaltung dieser Lüge erforderte allerdings euren Umzug in das entfernte Bayern, in die Nähe der Großeltern.

In der Presse wurde ich damals lediglich mit abgekürztem Namen erwähnt und hatte während des Prozesses stets mein Gesicht mittels tief herunter gezogener Kapuze und vorgehaltenem Aktendeckel vor den Fotografen verbergen können. Trotzdem nahm deine Mutter zur Verwischung aller Spuren ihren Mädchennamen Brückner wieder an. Und ein geschickter Anwalt setzte durch, dass auch ihr Kinder diesen Namen bekamt, was in Deutschland lediglich in Härtefällen erlaubt war. – Erinnerst du dich überhaupt noch an deinen früheren Nachnamen 'Winkler'? -- Ich weiß nicht, wie Elena euch diese Änderung begründete, sicherlich war es für euch schwierig das alles zu verstehen.

Oh Leo, du kannst mir glauben, dies waren keine einfachen Entscheidungen für uns, aber in eurem Interesse wohl die allerbesten. Ich litt allerdings Höllenqualen bei der Vorstellung für euch gestorben zu sein, euch niemals wiedersehen zu dürfen. Nur dieses Foto war mir von euch geblieben. Kannst du mich jetzt verstehen, mir eventuell verzeihen? Alles geschah ausschließlich zu eurem Schutz!

Tja, da gab es allerdings noch etwas, das mich zermürbte: Elena besuchte mich immer seltener, bis sie schließlich ganz wegblieb. Ich konnte es mir einfach nicht erklären, schob es anfangs noch auf die weite Anreise, hatte aber auch ihre schleichende Veränderung bemerkt.

Sie ließ sich zunehmend gehen, nicht nur äußerlich, ihre Kleidung, Frisur und Make-up betreffend. Auch ihr Optimismus trotz aller Widrigkeiten, ihre positive Lebenseinstellung, die sie mir zumindest lange Zeit vorzuspielen suchte, waren mehr und mehr erloschen. Das Schlimmste jedoch war die Tatsache, dass eure Mutter immer häufiger nach Alkohol roch. Diese Entwicklung machte mich schier rasend vor Sorgen. Was würde aus euch werden? Verdammt, ich saß eingeschlossen in diesen Mauern, konnte nicht raus, euch nicht helfen, lediglich hoffen. Wenn ich nur gewusst hätte, wie es euch geht, warum Elena nicht mehr kam. Schließlich aber wichen meine Angst um euch, aber auch die schönen Erinnerungen an unsere gemeinsame Zeit mehr und mehr der Realität.

Mit der Zeit, ob du es glaubst oder nicht, verändert sich nämlich jeder im Knast, verdrängt die Außenwelt. Sie verliert an Wichtigkeit, einfach weil man an solch einem Ort ständig um das eigene Überleben kämpfen muss.

Man wird verschlossen, misstrauisch, psychisch gebrochen, stumpft ab, ist zu großen Emotionen positiver Natur kaum mehr fähig. Notgedrungen passt man sich seiner Umgebung an. Nicht, dass ich euch jemals vergessen hätte, die Zeit mit meiner Familie wurde jedoch immer unrealistischer.

Während der vielen Wochen in 'Sicherheit' kamen die Erinnerungen allerdings wieder stärker durch. Allein schon um angesichts der furchtbaren Langeweile und Einsamkeit nicht verrückt zu werden, suchte ich all unsere wunderschönen gemeinsamen Erlebnisse, jedes Detail aus meinem Gedächtnis hervor zu kramen. Ich hielt Zwiesprache mit euch, begann aber auch die Texte sämtlicher Rollen, die ich jemals gespielt hatte, laut zu rezitieren, um wenigstens eine menschliche Stimme zu hören, überstand so selbst diese harten Monate in Isolation.

11

Bei meiner Rückkehr in die normale Zelle erwartete mich eine Überraschung. Statt Igor stand ich einem Fremden gegenüber. Igor hatte für seine Intrige mit Sicherheit bitter bezahlen müssen. Nach einem längeren Aufenthalt in der Krankenstation war er in ein anderes Gefängnis verlegt worden. Eine Tatsache, die mich nicht allzu sehr trauern ließ, zumal der Neue, Thomas, auf den ersten Blick ein angenehmer Mitbewohner zu sein schien. Freundliche, offene Gesichtszüge, kein Gorilla, mindestens zehn Jahre jünger als ich. Jedoch, als ich ihn nach der Länge seiner Strafe fragte, schwand meine ursprünglich so positive Einstellung dahin. Fast wünschte ich mir Igor wieder herbei.

„15 Jahre. Ich habe meine Freundin getötet."

Als er mein Entsetzen bemerkte, meinte er mich sofort beruhigen zu müssen. „Keine Panik, es war nur Totschlag, nicht Mord."

Der Mann hatte Nerven. 'Keine Panik!' Auch die Aussicht, die zukünftigen Nächte zwar nicht mit einem Mörder, sondern 'bloß' mit einen Totschläger verbringen zu müssen, erschien mir wenig rosig. Erst als ich nach Einschluss mehr von ihm über seine Tat erfuhr, wich meine ursprüngliche Angst – zumindest teilweise. Wie nahezu jeder Neue suchte auch er sein Vergehen zu rechtfertigen.

„Du brauchst keine nächtlichen Attacken von mir befürchten. Ich bin wahrhaftig kein eiskalter Killer. Außerdem hätten in der damaligen Situation mit Sicherheit viele Leute ebenso gehandelt wie ich, ohne

*gewalttätig oder durch und durch böse zu sein. Eine
lange Geschichte. Hast du Zeit sie anzuhören?"*
*Ich lachte schallend. „Das ist so ziemlich das Einzige,
was ich besitze, und zwar im Überfluss. Außerdem hat
unsere Situation hier noch was Positives: Ich bin nämlich
gezwungen, dir bis zum Ende zuzuhören, selbst wenn
ich mich langweile, bin zudem nach der langen Iso
wirklich dankbar für menschliche Gesellschaft."*
*„Na, dann fang' ich mal mit der Geburt meiner
Ururgroßeltern an. Nein, Spaß beiseite. Ich fasse mich
kurz. Mein gesamtes Leben wurde innerhalb von ein
paar Minuten versaut. Ich hab mit Freunden meinen 18.
Geburtstag gefeiert. Sturmfreie Bude, Alkohol satt, geile
Musik, ebensolche Mädchen. Eine hat mir besonders
gefallen und die ist dann auch noch länger geblieben. Ja,
und da ist es passiert. Wir waren beide so besoffen,
dass wir nicht aufgepasst haben."*
*Als Thomas am nächsten Tag mit übelstem Kater
erwachte, war sie weg und er dachte auch nicht mehr
weiter an sie. Schließlich kannte er sie ja gar nicht,
konnte sich noch nicht einmal an ihren Namen erinnern.
Keine drei Monate später jedoch stand die junge Frau
vor seiner Haustür, um unter Tränen von ihrer
Schwangerschaft zu erzählen. Na und, was ging das ihn
an? Natürlich stellte er sofort seine Zuständigkeit in
Frage, eine Haltung, die sie mit einer schallenden
Ohrfeige belohnte. Vor Wut außer sich schrie das
Mädchen, sie sei doch keine Hure, hätte nur mit ihm!
damals geschlafen.*
*Thomas sah sich gezwungen seine Taktik zu ändern.
Und so begann er mit Engelszungen, sie zu einem
Abbruch zu überreden, argumentierte, sie wären doch
noch viel zu jung für ein Baby, stellte trocken fest, dass
ja noch nicht einmal Liebe im Spiel gewesen sei. Das*

85

hätte er besser nicht gesagt. Augenblicklich wurde sie von einem heftigen Weinkrampf geschüttelt. Niemals würde sie ihr Kind abtreiben und Liebe könnte man ja schließlich lernen.

Thomas bezweifelte dies entschieden. Verdammt, er war gerade erst 18 geworden, überhaupt nicht bereit für eine Vaterrolle, hatte das gesamte Leben noch vor sich, wollte erst mal einen Haufen Spaß erleben, sich austoben, wollte nach dem Abi zum Studieren in die U.S.A. Mit den Worten, über alles nachdenken zu müssen, schickte er sie weg.

Jedoch, eine Woche später beschlich ihn dann doch so etwas wie ein schlechtes Gewissen. Er ging zu ihr nach Hause, ein Besuch, in dessen Verlauf ihm bewusst wurde, warum sie das Kind unbedingt haben wollte.

Eine derartige Wohnung hatte er, der Sohn reicher Eltern, noch niemals zuvor gesehen. Und erst die Bewohner! Sie lebten zu sechst in einer winzigen Wohnung: Eltern, eine fette Katze, Julia und ihre kleine Schwester, die sich ein Zimmerchen teilten, sowie ein Baby, das furchtbar stank.

Der üble Geruch kam jedoch nicht nur von dem Winzling, sondern auch aus dem Katzenklo und von alten, teilweise schon mit neuem Leben besiedelten Speiseresten. Dazu rauchten beide Eltern Kette, schienen wohl auch dem Alkohol nicht allzu abgeneigt, ersichtlich aus einer Batterie von leeren Flaschen, bestimmt nicht zu Dekorationszwecken aufgestellt. Sicherlich, es gab Fenster, aber, dass die auch geöffnet werden konnten, schien dieser Familie unbekannt.

Das Schlimmste jedoch war der unglaubliche Lärm, eine Mischung aus Babygeschrei, Gezeter der Mutter, Fußball aus dem einen Fernseher, Getröte von Benjamin Blümchen aus dem anderen.

Klar, dass Julia in dem Baby und in Thomas die Möglichkeit sah, diesem Elend zu entkommen. Und so ließ sie auch weiterhin nicht mit sich über eine Abtreibung reden. Er saß in der Falle, machte allerdings entschieden deutlich: Kind, wenn es denn sein musste , ja, Hochzeit jedoch, nein.

Schließlich galt es, seine Eltern einzuweihen. Natürlich waren sie entsetzt, machten ihm bittere Vorwürfe, erklärten sich letztendlich aber bereit, die drei zu unterstützen.

Nach Tims Geburt bezogen sie eine kleine Wohnung, das heißt im Prinzip Julia und Tim allein. Thomas selbst war tunlichst bemüht, die Existenz der beiden zu ignorieren, verschwieg sie auch seinen Freunden gegenüber, übernachtete nach wie vor meist bei meinen Eltern. Abends ging er fort, suchte sein Vergnügen, bisweilen auch mit anderen Mädchen. Sich in aller Öffentlichkeit mit Julia oder Tim zu zeigen, war undenkbar. Ja, er weigerte sich den Kinderwagen auch nur anzufassen. Kurzum, er war ein miserabler Vater, fühlte sich in dieser Rolle komplett überfordert.

Ob er sich anders verhalten hätte, wenn er in das Mädchen verliebt gewesen wäre? Thomas wusste es nicht. Sicher, sie war hübsch, aber mit einer schönen Hülle ließen sich keine guten Gespräche führen, schon gar nicht, wenn die Themen sich auf Windeln, Mode und ihren ehemaligen Job als Nail-Designerin beschränkten. Auch mit dem Baby konnte er nicht viel anfangen. Es schlief, schrie oder stank. Er war einfach noch viel zu sehr selber Kind, um die Verantwortung für Tim zu übernehmen.

„Aber weißt du", so erzählte er, „das Schlimme an allem war jedoch, dass auch Julia mit ihrer Rolle als Mutter total überfordert war. Sie hat die Wohnung mehr und

mehr verkommen lassen, sich lieber mit Freundinnen getroffen als zu putzen und ist, das hab ich später mitbekommen, häufig nachts ausgegangen, ließ Tim also mutterseelenallein.

An dieser Stelle musste ich ihn unterbrechen. Mir reichte es. „Aber Tim war doch wohl auch vaterseelenallein! Machst du es dir nicht allzu einfach? Du lebst weiter munter dein bisheriges Leben und beschwerst dich, wenn sie mit allem überfordert ist, lässt sie total im Stich."

„Natürlich hast du recht. Es hat allerdings eine Weile gedauert, bis ich das kapiert habe, genau genommen bis zu jenem Moment, als mein Sohn mir auf wackligen Beinchen entgegenkam und das erste Mal 'Papa' sagte. Plötzlich hab ich sogar so etwas wie Verantwortung gefühlt, ihn als m e i n Kind gesehen, aber auch seinen verwahrlosten Zustand und den der Wohnung registriert, alles Sachen, die mir früher irgendwie nicht wichtig waren."

„Na klar, war ja auch bequemer für dich. Andernfalls hättest du handeln müssen."

„Genau. Mir wurde schlagartig klar, dass ich ja auch irgendwie für die Existenz dieses kleinen Kerls verantwortlich war."

Da Julia unfähig schien, tat Thomas von nun an Dinge, die vorher undenkbar, weil lächerlich und mit seiner Männlichkeit unvereinbar waren. Er putzte die Wohnung, brachte den Müll runter, wickelte sogar, anfangs noch ungelenk und voller Ekel, die Windeln. Die verschmutzte Babykleidung durfte seine Mutter waschen, ihm jedoch auch für die Zukunft erklären, wie so eine Maschine überhaupt funktioniert. Alles Tätigkeiten, deren Sinn und Notwendigkeit ihm erst jetzt klar wurden.

Julia allerdings interpretierte sein erwachtes Pflichtgefühl falsch, hoffte wohl auf Hochzeit und Familienglück, eine Hoffnung, die er nicht erfüllen wollte. Thomas reichte ihr momentanes Arrangement. Sie besprachen das Notwendige. Worte wie Zuneigung, gar Liebe kamen in seinem Repertoire nicht vor. Immerhin besuchte er sie nun täglich, half nach Kräften, übernahm auch einige Nachtschichten, wenn sie sich austoben wollte.

Und die Gefühle für seinen Sohn wurden mit der Zeit immer stärker. Bisweilen aber gab es riesigen Krach zwischen Julia und ihm, dann nämlich, wenn er herausfand, dass sie wieder einmal ihr Kind über einen längeren Zeitraum einfach allein zu Hause zurückgelassen hatte. Immer wieder versuchte er ihr klarzumachen, welchen Gefahren Tim ausgesetzt war. Aber hörte sie ihm überhaupt nicht zu? Er hegte da so seine Zweifel.

Und schließlich kam jene verhängnisvolle Nacht.

Für sein Studium hatte Thomas einige Wochen nach London fahren müssen. Alles schien geregelt. Weil auch Julia mal Urlaub machen wollte, hatten sich seine Eltern bereit erklärt, die erste Zeit bis zu ihrer Rückkehr auf Tim aufzupassen. Eines Nachts dann rief ihn eine Freundin Julias in London an mit der Bitte, so schnell wie möglich zu kommen. Sie hatte an mehreren Tagen vergeblich versucht Julia zu besuchen. Niemand hatte aufgemacht. Nur das Weinen und Wimmern von Tim waren zu hören gewesen. Irgendetwas stimmte nicht.

So schnell wie möglich fuhr er nach Hause. Den Anblick jedoch, der sich ihm in ihrer Wohnung bot, wird er niemals mehr vergessen können! Es war einfach schrecklich! Ein unglaubliches Chaos gepaart mit übelsten Gerüchen. Und mittendrin lag ganz still sein kleiner Sohn, der sich nicht mehr rührte. Er war tot. Nicht älter als drei Jahre!"

Thomas fing an zu weinen.

„Und wo war diese Julia?"

„Du wirst es nicht glauben, auf Mallorca! Sie hatte zwar, wie verabredet, nach zwei Wochen Tim bei meinen Eltern abgeholt, war jedoch ein paar Tage später ohne ihn auf die Insel zurückgekehrt. Die Ursache fand ich in unserer Küche: ein flammender Liebesbrief von einem Ricardo, der sie schnellstens wiedersehen wollte. Ich war total fertig, hätte nie gedacht, so an Tim zu hängen. Den Rest gab mir dann die Polizei, die mich stundenlang verhörte, als Mörder darstellen wollte und die mich erst nach Intervention durch den Anwalt meiner Eltern wieder nach Hause ließ.

In jener Nacht saß ich heulend inmitten von Tims Spielzeug, als Julia unerwartet aus Mallorca zurückkam. Die Polizei hatte sie zur Rückkehr aufgefordert, ohne den Grund zu benennen. Sie war komplett überrascht durch meine Anwesenheit, schien jedoch die Abwesenheit ihres Kindes nicht so recht zu registrieren. Und meine Tränen deutete sie völlig falsch, meinte nur 'Du hast wohl den Brief von Ricardo gefunden. Wusste gar nicht, dass du noch solche romantischen Gefühle für mich hegst.'

Glaube mir, ich hab mich wirklich bemüht nicht auszurasten. Umsonst. Ich schrie sie an, bezichtigte sie des Mordes an unserem Sohn. Und was tat sie? Sie grinste nur blöd, wahrscheinlich war ihr die ganze Bedeutung meiner Aussage in diesem Moment einfach nicht klar. Egal, sie grinste und fragte: 'Was für ein Mord?' Meine Beherrschung war endgültig dahin, ich gab ihr eine schallende Ohrfeige, rief 'Der Mord an Tim! Der ist höchstwahrscheinlich verdurstet'. Das Grinsen verschwand, sie schien zu begreifen, fing an zu heulen, protestierte matt: 'Aber, ich hatte ihm doch genug zum

Trinken und Essen hingestellt. Ich versteh das nicht. Oh Gott!' Sie warf sich aufs Sofa, weinte so herzzerreißend, dass sie mir fast leidtat.

Und dann hat sie, wenn auch unter Tränen, jenen verhängnisvollen Satz gesagt: 'Ricardo wird sich freuen. Er mag nämlich keine Kinder.' Inzwischen bin ich mir fast schon sicher, dass das einfach nur eine Feststellung und sie keinesfalls erleichtert über Tims Tod war. Aber in diesem Moment hörte sich ihre Aussage für mich genau so an. Ich fühlte eine mächtige Wut in mir hochsteigen, packte Julia und schleuderte sie in all meinem Hass gegen die Wand. Genickbruch. Das war's für mich! Es gab zwar mildernde Umstände, war ja kein vorsätzlicher Mord, aber mein Leben ist so oder so versaut."

Armer Kerl. Er tat mir leid, erschien mir glaubhaft. Für den Fall jedoch, dass seine Geschichte nicht stimmen sollte, er vielleicht doch kein so harmloser Mensch war, erwähnte ich zu meinem eigenen Schutz später, dass ich unter der speziellen Protektion eines der mächtigsten Strafgefangenen stand. Ich erzählte von Leonid und klärte ihn erst einmal in groben Zügen über das Leben im Knast und seine Bewohner auf.

12

In diesem Leben lernte ich allmählich mich zu integrieren. Besonders mit den Wärtern suchte ich mich gut zu stellen, bot tunlichst weder Redbull noch Sadowski, schon gar nicht Fischauge eine Gelegenheit, Opfer ihrer Wutausbrüche, ihrer Gewalt zu werden. Diese waren äußerst unangenehme Typen. Wärter rangieren ja in der starren Gesellschaftshierarchie wegen ihrer geringen schulischen und beruflichen Anforderungen, wegen ihrer mageren Bezahlung ziemlich weit unten. Im Gefängnis dagegen sind sie nahezu allmächtig, fühlen sich als die besseren Menschen, reagieren ihren Frust bisweilen an den Gefangenen ab. Beschwerden von Häftlingen bei der Obrigkeit brauchen sie auch kaum befürchten, ihrer Rache ist man ziemlich schutzlos ausgeliefert, sei es auch nur, dass sie einem Vergünstigungen begründungslos streichen. Zudem herrscht unter den Vollzugsbeamten so eine Art Korpsgeist. Keiner ist bereit, über unkorrektes Verhalten von Kollegen auszusagen. Allerdings ist wohl kaum jemand vor sadistischen Handlungen komplett gefeit.
Ich erinnere mich an ein Experiment der Stanford University Anfang der Siebziger Jahre, bei dem man herausfinden wollte, inwieweit komplette Machtfülle an einem Ort wie dem Gefängnis Menschen charakterlich beeinflussen kann. 24 freiwillige Studenten aus der Mittelschicht wurden durch Münzwurf in zwei Gruppen eingeteilt. 12 wurden in aller Öffentlichkeit 'verhaftet' und landeten jeweils zu dritt, versehen mit Gefängniskleidung

samt Fußketten, in minimalistisch ausgestatteten Zellen ohne Toilette, eigens für diesen Zweck im Keller der Universität erbaut. Jeder verlor seinen Namen, war künftig lediglich eine Nummer. Die anderen wurden zu Wärtern, ausgestattet mit Uniformen, Sonnenbrillen und Gummiknüppeln. Schon bald entwickelten sich Wärter zu wahren Sadisten und die Gefangenen litten mehr und mehr an Depressionen. Es gab Aufstände, die brutal niedergeschlagen wurden. Die Situation eskalierte dermaßen, dass das Experiment bereits nach sechs Tagen abgebrochen werden musste.

Diese Simulationsstudie ließ mich die Brutalität von Menschen wie Fischauge wenn auch nicht verzeihen, aber zumindest verstehen. Bestimmt entwickeln sich ja auch nicht zwangsläufig alle Aufseher zu brutalen Sadisten, die Mehrzahl ist wahrscheinlich ganz in Ordnung. Außerdem ist ihre Arbeit zwar krisenfest, weil unkündbar, muss aber in einer bedrückenden, zudem extrem gewaltgeschwängerten Atmosphäre ausgeübt werden.

Mit zwei Aufsehern kam ich sogar sehr gut aus. Dabei half mir die Tatsache, dass ein ehemaliger Nachbar mich früher mit Berichten über Fußball, aber auch mit Witzen reichlich versorgt hatte. So konnte ich bei St. Pauli durch meine Kenntnisse über dessen Lieblingsverein glänzen, diesen korpulenten, meist gutmütigen Riesen jedoch auch durch unsere gemeinsam Vorliebe für Rock-Musik für mich gewinnen. Ja und bei Müller kam mir mein ausgezeichnetes Gedächtnis zugute, das selbst d i e nachbarlichen Witze abgespeichert hatte, die mich eigentlich am wenigsten interessierten. Müller aber liebte genau diese, konnte selbst einen nach dem anderen zum Besten geben, lachte dann stets am lautesten.

Der sonst eher schweigsame, in sich gekehrte Mann

schien in diesen Momenten sein eigenes trauriges Schicksal zu vergessen. Seine Frau hatte ihn samt den Kindern verlassen. Wegen der blöden Schichtarbeit im Knast, wie er meinte. Weder reich noch schön noch sonderlich intelligent, dazu äußerst schüchtern, blieb Müller eine neue Beziehung verwehrt. Darüber hinaus hatten seine ständigen Misserfolge mit den Jahren zu einer grenzenlosen Enttäuschung vom anderen Geschlecht geführt. Dabei drehten sich seine Gedanken viel zu häufig um 'Weiber', bevorzugt allerdings in Form von Witzen. Da sein Repertoire beschränkt war, zudem allen Insassen des Gefängnisses mittlerweile bekannt, freute er sich in mir einen bereitwilligen Zuhörer zu finden. Schon bei unserem zweiten Kontakt bekam ich die erste Kostprobe.

„Kennst du den? Ein LKW-Fahrer, der oft wochenlang berufsbedingt seine Freundin Maria nicht besuchen konnte, erhielt schließlich einen Brief von ihr, in dem sie die Beziehung mit ihm aufkündigte. Er sei zu selten bei ihr, außerdem habe sie einen anderen kennen und lieben gelernt. Er möge ihr doch bitte ihr Foto zurücksenden. Der Mann machte daraufhin von verschiedenen, hübschen Frauen heimlich Fotos und schickte alle an seine Ex zurück. Beigelegt war die knappe Bemerkung, er hätte so viele Beziehungen gleichzeitig laufen, dass er sich nicht an jede einzelne erinnern könne. Er wisse nicht, welche von den abgebildeten Frauen Maria sei. Sie solle sich doch einfach ihr Bild raussuchen."

Ich enttäuschte ihn nicht, lachte und erzählte ihm einen Witz aus der Schatzkiste meines ehemaligen Nachbarn: „Drei Frauen stehen an einem Fluss und blicken sehnsüchtig auf ein riesiges Schuhgeschäft auf der anderen Seite. Plötzlich erscheint ihnen ein *wunderschöner Schmetterling, der verspricht, jeder von ihnen einen Wunsch zu erfüllen. Frau Nummer 1 erbittet eine Eigenschaft, um an das andere Ufer kommen zu können. Ein Licht umhüllt sie und sie kann schwimmen. Frau Nummer 2, die wegen ihrer Frisur Wasser meidet, wünscht sich einen Gegenstand, um trocken den Fluss zu überqueren. Inmitten des bunten Lichtes erscheint ein Ruderboot. Frau Nummer 3 möchte es noch bequemer haben und fragt nach einer Möglichkeit, ohne allzu große Mühe hinüber zu gelangen. Auch sie wird in dieses magische Licht getaucht, verwandelt sich in einen Mann und geht wie selbstverständlich über die wenige Meter entfernte, schon immer existierende Brücke zum Geschäft ihrer Sehnsüchte."*

Müller schüttete sich aus vor Lachen. „Ja, so blöd sind Weiber! Weißt du, warum die Frau eine Gehirnzelle mehr besitzt als das Pferd? Damit sie beim Reinigen der Fußböden nicht aus dem Putzeimer trinkt!"

Triumphierend schaute er mich an und ich tat ihm, nicht ganz uneigennützig, den Gefallen und erzählte einen weiteren Witz:

„Ein alter VW Käfer gibt mitten auf einer Landstraße plötzlich den Geist auf. Die Fahrerin fährt rechts an den Straßenrand, öffnet vorne den Deckel und bekommt einen Riesenschreck: 'Mein Gott, ich habe den Motor verloren. Kein Wunder, dass der Wagen stehen bleibt.' In diesem Moment hält ein anderer VW Käfer neben ihr und eine Frau fragt, ob sie helfen könne. 'Mein Motor vorne ist weg. Haben Sie ihn vielleicht irgendwo liegen sehen?' Die Helferin schüttelt den Kopf, kann aber sofort eine Lösung des Problems anbieten. Sie öffnet die Haube hinten in ihrem Auto.

'Ich habe anscheinend zwei Motoren. Wenn Sie

möchten, können Sie diesen hier haben.'
Wann immer sich die Möglichkeit bot, setzten Müller und ich den Austausch von Witzen fort, was mir seine volle Sympathie einbrachte.

Auch innerhalb der Knasthierarchie konnte ich mich einige Stufen nach oben arbeiten. Die größte Rolle dabei spielte natürlich die Protektion durch Leonid, aber auch die Tatsache, dass ich den Drogenbesitz auf meine Kappe genommen und widerstandslos die Isolationshaft ertragen hatte, brachte mir erhebliche Anerkennung. Nicht unerheblich war zudem meine physische wie auch psychische Wandlung.
Oh Leo, du hättest mich mittlerweile kaum wiedererkannt. Leonid hatte mich zu täglichen Besuchen des Kraftraumes gezwungen. Keine moderne Folterkammer mit tausend Geräten, nur einige Reckstangen für Klimmzüge, einige Boxsäcke. Und trotzdem für mich ein Ort der Qualen, zumindest anfangs. Im Laufe der Zeit machte mir das Training allerdings immer mehr Spaß, zumal sich bald erste verblüffende Resultate einstellten. Der schmalbrüstige 'Sport ist Mord'-Harald wandelte sich in ein richtiges Kraftpaket. Dein sensibler, jegliche Aggressivität hassender Vater wusste sich nun nicht nur in Knastsprache verbal zu wehren, sondern konnte auch, falls erforderlich, zuschlagen.
Schüttle nicht den Kopf. Dir bleibt im Knast einfach nichts anderes übrig. Mit Argumenten, gar der Bitte um Verständnis kommst du hier nicht weit. Du musst zum Gorilla mutieren, breite Brust zeigen, dir einen Respekt einflößenden Gang angewöhnen. Und Gorilla Harald steigerte seine Wehrhaftigkeit noch durch die vielen Stunden, in denen Leonid mich in allen möglichen

Kampftechniken unterwies, natürlich heimlich, denn offiziell war diese Art von Training verboten. Allerdings suchte ich immer gewaltbereiten, Streit suchenden Typen aus dem Weg zu gehen.

Viele der Gefangenen können ihre eigene Aggressivität nämlich nur schwer kontrollieren, sind unberechenbar, ohne Mitgefühl, äußerst misstrauisch. Ihr bisschen Selbstwertgefühl beziehen manche allein aus der Tatsache, andere erniedrigen, verletzen, sogar töten zu können. Die Androhung von drastischen Strafen bleibt bei Lebenslänglichen mit anschließender Sicherungsverwahrung ohnehin zwecklos. Es gibt Häftlinge, die bespucken Wärter wie Mitgefangene oder bewerfen sie mit Fäkalien. Andere zertrümmern die Einrichtung ihrer Zellen oder suchen förmlich Streit und Prügeleien. Alles dient dem Frustabbau. Mit der Zeit lernte ich die anderen einzuordnen, die eher Harmlosen, die still ihren Kummer in sich hineinfraßen, resigniert hatten, und die Gewaltbereiten.

13

*Nur bei einem Kerl sollte ich mich schwer täuschen.
Wolf, ein mir bis dahin lediglich aus der Klatschpresse
bekannter Schlagersänger – wegen meiner Abscheu
dieser Art von Musik gegenüber nicht weiter
verwunderlich – , bei der breiten Masse wohl aber sehr
beliebt. Seit seiner Ankunft wurden ständig seine Lieder
in den Gängen gesungen, besser gegrölt, wodurch ich
notgedrungen in deren Genuss kam. Die Texte
zeichneten sich durch grandiose Schlichtheit und das
Fehlen jeglicher Logik aus, waren für jedermann leicht zu
erlernen. Und die eingängige Musik lud förmlich zum
Mitklatschen ein. Gerne sang er von der Hitze. Wandeln
in der Hitze der Nacht im heißen Wüstensand mit Blick
auf das Alpenglühen – Wüste in den Alpen war mir neu!
– , flammendes Begehren, heiße Liebe, heiße Schwüre
und, bisweilen wohl zum Zweck der Abkühlung
eingestreut, eiskalte Blicke, kaltes Herz, Tränen im
Gesicht. Die kühle Vernunft fehlte leider.
Dieses 'Liedgut' gepaart mit seinem fantastischen
Aussehen musste so einige, höchstwahrscheinlich
besonders weibliche Fans entzückt haben. Ständig
umlagert von kreischenden, zu allem bereiten Frauen,
wird er diese Bereitschaft wohl weitlichst ausgenutzt
haben. Auf jeden Fall wirkte sie sich negativ auf sein
Frauenbild aus. Unter allgemeinem Gejohle seiner
Mitgefangenen sonderte er Sprüche ab wie: „Alle Weiber
sind Huren, Schlampen. Nur gut zum Ficken, Putzen und
Kinder kriegen."
Angesichts so vielen Beifalls fühlte Wolf sich ermutigt*

seine Geschichte zu erzählen, eine Geschichte über den Aufstieg vom Koch zum Millionär. „Ich hatte alles, Sportwagen, Villa und Weiber ohne Ende. Bei tausend hab ich aufgehört zu zählen." – Anerkennendes Gemurmel – „Nur meine Nachbarin wollte nicht so wie ich, obwohl ich sie mit Rosen und Geschenken überhäuft hatte." -- „Undankbare Kuh!" „Frigide Alte!" „Alte Hurenschlampe!" „Sicher 'ne Scheißlesbe!"

All sein Werben blieb vergebens, seine kostbaren Geschenke wurden ungeöffnet zurückgeschickt. Wie das? Er war perplex, dann tief in seiner Ehre verletzt, wütend, wütender, schließlich so wütend, dass er handeln, sie zu ihrem 'Glück' zwingen musste. Heimlich kidnappte er ihren Hund und schickte ihr einen Brief mit der Bitte, ihr Tierchen am Abend bei ihm abzuholen. Solche Mühe hatte er sich den ganzen Tag lang gegeben, ein vorzügliches Abendessen warm gestellt, ein Meer von Kerzen angezündet, Rosenblätter in Richtung Schlafzimmer gestreut. Aber sie zeigte nichts als Undank, wollte samt Hund einfach gehen, und zwar nicht in Richtung Bett. Solch ein Verhalten musste bestraft werden, wahrscheinlich war dies sogar in ihrem Sinn.

Mittlerweile war sich Wolf sicher, seine Nachbarin gehörte zur Sado-Maso-Fraktion. Keine Frau konnte ihm widerstehen, sie wünschte eben nur die härtere Gangart, eine etwas andere Art von Sex. Sollte sie haben! Er hatte auch für diesen Fall vorgesorgt, vor einiger Zeit im Keller eine kleine hübsche Folterkammer eingerichtet.

Ihre Qualen dauerten fünf unendlich lange Tage und Nächte und wurden erst durch den Gärtner beendet, dessen Besuch Wolf versehentlich nicht abgesagt hatte. Dieser konnte Schmerzensschreie von denen der Lust sehr wohl unterscheiden und rief die Polizei, die schließlich die schwer verletzte, traumatisierte Nachbarin befreite.

Anders als von Wolf erwartet, erntete er nach diesem Bericht keinen Applaus, sondern betretenes Schweigen. Der große Held hatte an Ansehen verloren, denn Gewalt gegen Frauen war selbst in diesen Kreisen verpönt. Lediglich drei Männer riefen Positives wie 'Geschieht ihr recht!', 'Hat sie verdient!' und blieben auch in der Folgezeit seine treuen Adjudanten.

Im Gegensatz zu mir, der ich als Therapie-resistent eingeschätzt worden war, da ich meine Schuld nicht einsehen wollte, ja gar nicht einsehen konnte, erhielt Wolf intensive psychotherapeutische Betreuung. Und die mit Erfolg! Ganz langsam wandelte er sich vom allein auf persönliche Spaßmaximierung fixierten Macho zu einem nachdenklichen, in sich gekehrten Grübler, der sein eigenes Fehlverhalten einzusehen schien, seine Tat inzwischen bereute. Auch das Leben im Knast hatte ihn Demut gelehrt. Nur in der Küche, da blühte er förmlich auf. Er war ein begnadeter Koch, dem es gelang, selbst die einfache, bisher ziemlich eintönige Gefängniskost zu veredeln und immer neu zu variieren.

Etwa drei Monate vor seiner Entlassung – wir arbeiteten beide in der Küche – geschah das, womit niemand gerechnet hatte. Alle waren vertieft in die Essensvorbereitung, die Stimmung schien harmonisch, Wärter Müller stand neben Wolf, dessen Kochkünste lobend. In diesem Moment drehte der sich blitzschnell um, nahm den völlig überraschten Wärter in den Schwitzkasten und hielt ihm sein Küchenmesser an den Hals. Anfangs lachten wir noch, hielten die ganze Aktion für einen Scherz, wenn auch der übleren Sorte. Ich redete mit Engelszungen auf ihn ein, den Unfug so kurz vor seiner Entlassung zu beenden, musste allerdings mit

Schrecken registrieren, dass diese Aktion alles andere als ein Spaß war. Er meinte es todernst, forderte von dem herbeigeeilten Breitbach, für die Bereitstellung eines Fluchtwagens zu sorgen, an Bord eine Million in nicht registrierten Scheinen. Andernfalls hätte er keinerlei Probleme seine Geisel zu töten. Die Gefängnisleitung schien auf seinen Plan einzugehen. Allerdings endete die Aktion für Wolf höchst unerfreulich, nämlich mit seinem Tod.

Wie mir Sankt Pauli später erzählte, war der Mann problemlos samt Müller durch alle Sicherheitsschleusen zum bereitgestellten Auto gelangt, hatte sich dann jedoch völlig seltsam verhalten. Statt seine Geisel mit auf die Flucht zu nehmen, hatte er Müller von sich gestoßen, um dann seelenruhig zur Fahrertür zu laufen. Eine Situation, die die Fernschützen der Polizei natürlich nicht ungenutzt ließen.

Während viele der Mithäftlinge noch lange über die Blödheit des 'Schlagerfuzzis' lachten, hielten Leonid und ich die Aktion für einen geplanten, wohl durchdachten Selbstmord. Wolf musste sich darüber klar geworden sein, dass sein künftiges Leben in Freiheit, gehetzt von der Presse, ein einziger Spießrutenlauf gewesen wäre. Die Liebe seiner ehemaligen Fans war in Hass umgeschwenkt, an eine Wiederaufnahme seiner Karriere nicht mehr zu denken. Dieser Hölle wollte er sich mit Sicherheit nicht aussetzen, eher sterben. Vielleicht hatte er aber auch mit einer harmloseren Schussverletzung gerechnet sowie mit der Verlängerung seiner Haft wegen Geiselnahme, wer weiß?

14

Meine eigene Freiheit ließ noch lange auf sich warten. Ich saß all die Jahre in einer schrecklichen Zwickmühle. Hätte ich meine Schuld eingestanden, eine Therapie gemacht, Reue gezeigt, wäre ich, wenn auch nicht vorzeitig so doch zumindest nach Verbüßung der gesamten Strafe, aus der Haft entlassen worden. Glaube mir, es gab immer wieder Situationen, in denen ich schon fast zu diesem Schritt bereit war. Dann jedoch siegte stets mein Unrechtsbewusstsein. Verdammt nochmal, ich war unschuldig! Ich konnte einfach keine Tat eingestehen, die ich nicht begangen hatte.

So wartete nach meiner Haft nicht etwa die Freiheit, sondern erneute Haft, die Sicherungsverwahrung, eine Strafe, die unbefristet, allerdings alle zwei Jahre auf ihre Relevanz hin zu überprüfen ist. Vorerst hielt man mich immer noch für gemeingefährlich. Vielleicht verhalf mir auch der Einfluss von Bettinas Vater zu diesem 'Vergnügen'. Ich blieb also im selben Gefängnis, wenn auch in einer speziellen, vom Normalvollzug abgetrennten Abteilung mit einigen Vergünstigungen für die Insassen. Man erhielt beispielsweise eigene Kleidung, Wäsche und Bettzeug, durfte den Haftraum mit persönlichen Dingen ausstatten, es sich 'gemütlich' machen, in meinem Fall in erster Linie in Form von Büchern und – in Eigenarbeit angefertigten Skulpturen. Da staunst du, was?

Ich hatte die langen Jahre meiner Haft nicht ungenutzt verstreichen lassen, sondern mich um meine berufliche Zukunft gekümmert. Mir war klar, meine Karriere als

Schauspieler konnte ich wohl kaum wieder aufnehmen. Leider blieb mir mein größter Wunsch, eine Ausbildung zum Bibliothekar, durch die Obrigkeit verwehrt, die zum Koch absolvierte ich allerdings erfolgreich, arbeitete seitdem in der Gefängnisküche. Meine Freizeit verbrachte ich neben dem Kraftraum zunehmend in der Tischlerei, wurde staatlich geprüfter! Schreinermeister und begann Skulpturen erst aus Holz, später aus Ton und Metall anzufertigen.

Erinnerst du dich noch, wie wir beide in der Vorweihnachtszeit eine Krippe schnitzten und die Figuren und Tiere mit Zetteln versahen, weil sie sonst kein Mensch als solche erkannt hätte? Inzwischen war ich zu einem wahren Künstler gereift, dem man sogar Ausstellungen seiner Werke in der Außenwelt erlaubte, natürlich ohne Anwesenheit des Meisters.

Aber ich hatte noch mehr Glück, nicht nur in der Tatsache, dass ich einen der schwer zu ergatternden Therapieplätze bekam – ohne Therapie ja keine Entlassung – , nein, weit mehr Glück in der Person des Therapeuten. Hier war erstmals ein Mensch, der mir wirklich zuhörte, der nicht einfach aufgab und mich als untherapierbar einstufte, nur weil ich beständig auf meiner Unschuld bestand. Ich kam mehr und mehr zu der Überzeugung, dass er mir den Tathergang glaubte. Auf jeden Fall befand er schließlich, von mir ginge keine Gefahr für die Menschheit mehr aus, ich sei aus der Haft zu entlassen. Zuvor hatte ich den einmonatigen Sonderurlaub in Freiheit zur Zufriedenheit aller bewältigt, hatte keine Mädchen gefoltert, sondern mich ausschließlich um eine Ausstellung meiner Skulpturen gekümmert, wobei ich natürlich nicht unter meinem richtigen Namen auftrat.

Allerdings bedeutete all dies noch immer nicht die

komplette Freiheit für mich, es handelte sich vielmehr um eine 'vorläufige Aussetzung der Vollstreckung der Sicherheitsverwahrung zur Bewährung'. Ich stand für weitere maximal fünf Jahre unter Führungsaufsicht, musste mich wöchentlich auf einem Polizeirevier melden. Erst wenn man sich in dieser Zeit nichts hat zuschulden kommen lassen, ist man endgültig frei, kann leben, wo immer man möchte.

Mein Fazit dieser bitteren Lebensphase: Sicher, ich hatte mich verändert, war jedoch dank Leonid und wohl auch dank einer gewissen Charakterstärke, weder brutalisiert noch allzu sehr traumatisiert oder gar gebrochen, Merkmale, die leider typisch sind für sehr viele Gefangene. Natürlich, Strafe muss sein. Jedoch richtet meiner Meinung nach diese Art von Strafvollzug, der fast ausschließlich auf Bestrafung, kaum auf Resozialisierung durch eine breite Palette sozialtherapeutischer Angebote ausgerichtet ist, mehr Schaden an, kostet den Staat zudem jährlich Milliarden, bringt rund ein Viertel aller Gefangenen erneut in den Knast, nur dieses Mal wegen weit schlimmerer Vergehen als zuvor. Die Häftlinge werden auch nicht auf das Leben in Freiheit vorbereitet, auf die vielen Veränderungen, auf eine Gesellschaft, die sie mit allergrößtem Misstrauen begleitet.
Ich war mir dessen allerdings bewusst und je näher der Monat meiner Freilassung rückte, den ich doch all die Jahre so sehr herbeigesehnt hatte, desto mehr stieg meine Angst vor dem, was mich da draußen erwartete, nämlich nichts und niemand, kein Verwandter, kein Freund. Welcher Arbeitgeber würde mir schon eine Chance geben? Und was, wenn der Grund meiner Haft der Umwelt bekannt werden würde? Tja, und dann

ereignete sich doch etwas, das mir meine Panik nahm und mich sogar positiv in die Zukunft blicken ließ.

Du darfst dir ein Gefängnis nicht als einen komplett von der Außenwelt abgeschnittenen Ort vorstellen. Oh nein, einige Häftlinge besaßen sehr gute Drähte nach draußen. Sicherlich kannst du dir ausmalen, wie sehr mich die Ungewissheit über euer Schicksal quälte und so ließ ich ebenjene Drähte glühen, um etwas über euch sowie den Grund für Elenas Ausbleiben herauszufinden. Der Tod deiner Mutter schockte mich zutiefst, wenigstens wusste ich dich und deine Schwester bei euren Großeltern in guten Händen. Und noch etwas konnte ich in Erfahrung bringen: Bettina Wagner, dieses Miststück, hatte inzwischen geheiratet, natürlich, berechnend wie sie war, einen reichen Juwelier. Ich wünschte dieser Ehe die Pest.

Schließlich lieferte mir die Außenwelt auch den Grund für meinen neu erwachten Optimismus. Ausgerechnet eine Bettina, ein Name, der mich zunächst abschreckte, der sich allerdings auch als die einzige Ähnlichkeit mit meiner ehemaligen Peinigerin herausstellte. Und wieder war es mein Therapeut, dem ich alles verdankte. Unvorstellbar für mich, aber da draußen gibt es doch wirklich Menschen, die Mitleid für zumindest einige Gefangene empfinden, und diese während, aber auch nach Verbüßung ihrer Haftstrafe unterstützen, Menschen wie Bettina.

Mein Therapeut hatte ihr wohl von meinem Fall erzählt und den Kontakt eingefädelt. Wir begannen uns anfangs wöchentlich, bald jedoch täglich zu schreiben, natürlich immer in dem Bewusstsein, dass die gesamte Post kontrolliert wurde. Oh Leo, es tat verdammt gut, der rauen, brutalen Realität des Gefängnisses wenigstens für Momente entfliehen zu können, wenn auch nur gedanklich. Allein schon die gepflegte Sprache, die Höflichkeit, das Mitgefühl in ihren Worten waren Balsam für meine Seele. Stück für Stück offenbarte ich ihr aus meinem Leben, beschrieb ihr auch mein 'Verbrechen' samt Vorgeschichte in allen Einzelheiten und erfuhr im Gegenzug vieles über diese Frau.

Bettina, zwei Jahre jünger als ich, geschieden, kinderlos, eine Deutschlehrerin in einer norddeutschen Kleinstadt. Und eine Seelenverwandte! Wir ähnelten uns tatsächlich sehr, was Lebensvorstellungen, Interessen, Vorlieben, aber auch Abneigungen betraf. Und das Wichtigste: Niemals stellte sie meine Darstellung der mir angelasteten Tat infrage, schien mir zu vertrauen. Ja, sie schickte mir schon bald ein Foto von sich, das mich in meiner Zuneigung zu Bettina noch bestärkte. Da lachte mich eine hübsche, äußerst sympathische Frau an, die im beigefügten Brief auch noch ihren ersten Besuch im Gefängnis ankündigte.

Mein Gott, ich freute mich gewaltig, fieberte dem Tag entgegen. Gleichzeitig aber stieg meine Nervosität, es formte sich sogar eine Art Misstrauen, Skepsis. Keine normale, attraktive, junge Frau würde sich freiwillig mit einem Knastbruder einlassen, schon gar nicht mit einem wegen Kindsmissbrauchs Verurteilten! Das Foto musste getürkt sein! Vielleicht war sie in Wirklichkeit dick und hässlich, litt unter furchtbaren körperlichen Gebrechen. Eventuell ein zänkisches, humorloses Weib? Und falls nicht, wie um Himmels willen sollte ich sie für mich gewinnen, zwar immer noch gut aussehend, aber jämmerlich bekleidet, zudem in dieser trostlosen und alles andere als intimen Atmosphäre des Besucherraumes? Je näher der Tag rückte, desto mehr verstärkte sich mein Gefühl, alles könnte nur in einem

106

einzigen Fiasko enden.

Alle meine Befürchtungen sollten sich als falsch erweisen. Das Foto entsprach komplett der Realität und Bettina entpuppte sich auch nicht als Biest. Und, welch ein Wunder, sie besuchte mich nicht nur einmal, sondern von nun an regelmäßig, ja schmiedete sogar Pläne meine Zukunft betreffend. Ob ich mir ein Zusammenleben in ihrem Haus vorstellen könnte? Und wie ich das konnte! Ob es mich auch nicht störte, dass ihr Bruder mit Familie die zweite Doppelhaushälfte bewohnte? Kein Problem! Was ich davon hielte, bei eben diesem Bruder in dessen Schreinerei zu arbeiten? Oh, ich hielt eine Menge davon! Meine Zukunft färbte sich rosarot!!! So marschierte ich naiv und voller Optimismus in die langersehnte Freiheit. Jawohl, optimistisch!

Kapitel II

1

Tatsächlich, am Tag meiner Entlassung stand sie vor dem Gefängnistor um mich abzuholen, hatte ein Bahn-Ticket für mich gekauft, außerdem Jeans, Hemd, Jacke und Schuhe. Zuerst weigerte ich mich, die Garderobe zu wechseln, ein Blick auf die Kleidung meiner Mitmenschen belehrte mich allerdings schnell eines Besseren. Wie hatte sich die Welt in diesen vielen Jahren verändert, nicht nur was das Outfit der Leute betraf. Fassungslos starrte ich auf die Autos. Was mich allerdings nach all der grauen Tristesse und Enge des Gefängnislebens am meisten beeindruckte, war an diesem sonnigen Sommertag die Natur in all ihrer Vielfalt der Farben, die Weite, nicht begrenzt durch hohe Mauern mit Stacheldraht, die Fröhlichkeit der Menschen, der Lärm des Straßenverkehrs, das ganze quirlige Leben. Gierig sog ich alles auf, dankbar überlebt zu haben.

Der Einstieg in ein normales Leben gestaltete sich problemlos, problemloser als erwartet. „Kannst du denn ein paar Quadratmeter in deinem Haus für mich entbehren? Müssen nicht viele sein, schließlich bin ich wenige Quadratmeter gewohnt, die ich mir auch noch mit meinem Mitgefangenen teilte", hatte ich Bettina auf der Fahrt gefragt.

„Da mach dir mal keine Sorgen. Auf einer Fläche von fast 200 Quadratmetern werden sich schon vier oder fünf für dich finden lassen. Ich besitze eine sehr hübsche Besenkammer, in der du dich ausdehnen kannst und die du nur mit dem Staubsauger teilen musst. Hat zwar kein

Fenster, aber du kannst ja die Tür offen lassen."

„Eine geöffnete Tür klingt geradezu paradiesisch für mich, besonders wenn ich sie auch noch jederzeit von drinnen aufmachen kann."

„Nachts wirst du aber eingeschlossen, schließlich bist du es ja so gewohnt." Sie lachte. „Nein, im Ernst, du bekommst selbstverständlich einen eigenen Schlüssel für die Haustür. Alle anderen habe ich entfernt, mal abgesehen von dem in der Toilette. Die befindet sich im Übrigen nicht entgegen deiner Gewohnheit in der Besenkammer. Sorry!"

Ein Klo mit Tür! Privatsphäre! Die eigenen Winde ungeniert wehen lassen! Hier akzeptierte ich sogar den Schlüssel. Was mich allerdings am meisten begeisterte, war, neben der Größe, die Sauberkeit des Hauses, und zwar nicht nur in der Toilette! Dieser Geruch nach Frische, diese einladende Wohnlichkeit aller Räume, die vielen Dinge, die man im Grunde nicht benötigte, nur dazu da, das Auge zu erfreuen. Und dann die Bücher, ein ganzes Zimmer voller Bücher!

Ich war glücklich. Die Beziehung zu Bettina entwickelte sich äußerst positiv, aus der anfänglichen Sympathie wurde mehr und mehr Verliebtheit. Allerdings ließen wir uns bei allem Zeit. Ich drängte sie nicht, wollte, dass sie mich richtig kennenlernt, wollte, dass auch der kleinste Funken an Misstrauen verschwindet.

Was sollte meinen Neustart gefährden? Zudem Bettinas Bruder Heiner seine anfängliche Skepsis bald überwand und mir tatsächlich, wie versprochen, eine gut bezahlte Arbeitsstelle in seiner Schreinerei verschaffte. In meiner Freizeit durfte ich außerdem seine Werkstatt benutzen, um immer wieder mal Aufträge meiner Kunsthändlerin fertig zu stellen, natürlich unter einem anderen Namen. Lukrative Aufträge! Ja, Leo, dein Vater war als Bildhauer

112

gefragt.

Lediglich Eva, Heiners Frau, beäugte mich misstrauisch und suchte insbesondere ihre Tochter, die über meine Vergangenheit nichts wusste, von mir fern zu halten. Dabei stand mir der Sinn wahrhaftig nicht nach jungen Mädchen, schon gar nicht nach dieser pummeligen, 13-jährigen Renate, die zudem auch nicht mit allzu viel Intelligenz gesegnet war. Dieser letzten Tatsache verdankte ich es, ihr Nachhilfe in Mathematik geben zu dürfen, stets jedoch unter den kritischen Augen ihrer Mutter, die das Zimmer währenddessen nicht verließ. Eva war es auch gewesen, die sich im Vorfeld vehement gegen meinen Einzug ins Nebenhaus gewehrt hatte. Und irgendwie konnte ich sie sogar verstehen.

Heiner jedoch kümmerte sich rührend um mich, führte mich in den Kreis seiner Freunde ein, ging mit mir regelmäßig zum Krafttraining und zum Bowling, seine Leidenschaft. Ich habe nie erfahren, ob ich seine Zuneigung meiner Persönlichkeit oder den Bitten seiner Schwester verdankte. Egal. Die sich langsam entwickelnde Freundschaft zu ihm tat mir gut. Auch ein ausführlicher Artikel in der örtlichen Tageszeitung, der sich mit meiner Kunst, meinen Ausstellungen befasste, trug zu einer schnellen Eingliederung in die Gesellschaft bei.

Brav meldete ich mich regelmäßig bei der örtlichen Polizeidienststelle, ein Ort, an dem mir mit weniger Freundlichkeit begegnet wurde. Ich hoffte inständig, dass den Polizisten der Grund meiner Gefängnisstrafe unbekannt war und wenn nicht, dass sie diesen für sich behielten.

Leo liegt entspannt im Rötharium, als sich plötzlich ein Schatten über ihn legt. Beim Öffnen der Augen sieht er, wie eine riesige Männergestalt gerade zum Hieb ansetzt, um ihn mit dem mächtigen Heilkristall zu erschlagen. In letzter Sekunde kann er ausweichen und fliehen. Der Mann hinter ihm her. Sie hasten durch lange, dunkle Gänge. Leo hört den keuchenden Atem seines Verfolgers näher und näher kommen. Panik erfasst ihn. Er schreit auf. Plötzlich genau vor ihm: ein Abgrund. Er kann nicht zurück, muss springen, fällt tiefer und tiefer, blickt im Fallen in das Gesicht seines Peinigers, erkennt ihn an seinen Augen: Fischauge, in den Händen zwei riesige Klangschalen!

Lisa wird durch den Schrei wach und holt ihren Mann liebevoll aus seinem Albtraum. Leo braucht einige Zeit, bis er sich wieder fängt, dann schimpft er: „Jetzt verfolgen mich die Schrecken eines Wellness-Aufenthaltes sogar nachts. Wie heißt noch mal das Ding, das du morgen aufsuchst? Aromagrotte? Genau in die bin ich wohl vorhin gestürzt. Wird Zeit, dass ich von hier wegkomme."

„Du armer, geplagter Mann. Vielleicht kann ich dich ein bisschen trösten. Der Wettergott schenkt dir nämlich in den nächsten Tagen schönes Wetter. Du kannst dir also deinen Frust von der Seele laufen. Außerdem habe ich ein Paar Hanteln organisiert." Stimmung und Muskelmasse sind gerettet. Leo kann in der kommenden Woche sowohl seinem Körper als auch seinem Vater gerecht werden.

2

Die ganze Zeit über beschlichen mich immer wieder auch mal Zweifel, ob mein optimistischer Blick in die Zukunft wirklich gerechtfertigt war. Und dennoch, meine Umgebung zerstreute diese negativen Gefühle schnell wieder, ja nach etwa einem Jahr beschlossen Bettina und ich sogar unsere Beziehung zu legalisieren. Alles entwickelte sich prächtig, bis ...

Eines Morgens, Bettina und ich saßen friedlich am Frühstückstisch, hatten unsere bevorstehende Hochzeit besprochen, da rief sie beim Lesen der lokalen Zeitung plötzlich wenig friedlich „Diese Schweine!" und deutete empört auf einen Artikel. Allein schon die Überschrift machte mir sogleich bewusst, der Traum von künftigem Glück war ausgeträumt: 'Ortsansässiger Künstler mit krimineller Vergangenheit'. In aller Ausführlichkeit wurden mein Vergehen, der Strafprozess sowie meine jetzige Tätigkeit als Schreiner und Bildhauer geschildert. Zwar erwähnte man mich nicht mit vollem Namen, aber jeder, der mich kannte, konnte mit Leichtigkeit Harald Winkler als die beschriebene Person ausmachen. Wie zum Teufel hatte man meine Vorgeschichte herausbekommen? Waren meine häufigen Besuche auf dem Polizeirevier aufgefallen, hatte einer der Polizisten geplaudert?

Bettina suchte mich zu trösten, suchte mir klar zu machen, dass ich in dem vergangenen Jahr bestimmt alle von meiner absoluten Friedfertigkeit überzeugt hatte und der Artikel wirkungslos verpuffen werde. Allerdings, noch während sie redete, begannen schon die Tränen über ihr Gesicht zu fließen, verdeutlichten den

Widerspruch von Worten und innerer Überzeugung. Ich gab mich keinerlei Illusionen hin, wusste genau welche Wirkung das Wort 'Kinderschänder' auf meine Umwelt haben würde, war zutiefst verzweifelt.

Als ich das Haus verließ, entdeckte ich Heiner, gerade damit beschäftigt, eben dieses böse Wort, mit roter Farbe auf unser Garagentor gesprüht, zu entfernen. Wütend blickte er mich an, wütend Gott sei Dank nicht auf mich, sondern auf den Sprayer. Wie seine Schwester versuchte auch er mir Mut zu machen. „Die Leute schätzen dich doch hier. Wirst sehen, der Artikel ist bald vergessen."

Von wegen! Wo ich hinkam, die Menschen tuschelten, bedachten mich mit vorwurfsvollen Blicken, wandten sich ab. Ich sprach mit Erwin, dem Arbeitskollegen, zu dem ich eine besonders freundschaftliche Beziehung aufgebaut hatte, und erzählte ihm, wie ich damals von diesem Mädchen reingelegt worden war: „Mensch, du kennst mich doch. Traust du mir wirklich solch eine widerliche Tat zu?" Er schaute mich hilflos an, zuckte die Schultern, blieb schweigsam.

Einige Tage später schlug mir Heiner vor, jetzt meinen restlichen Urlaub zu nehmen. Mir war schlagartig klar, warum, und so sprach ich ihn darauf an. „Ja, okay, meine Leute sind momentan nicht gut auf dich zu sprechen. Momentan! Bleib einfach einige Zeit dem Betrieb fern, dann werden sich die Gemüter wieder beruhigt haben." Ich konnte seinen Optimismus nicht so recht teilen, war zutiefst enttäuscht. Dachten die Männer ernsthaft, ich könnte über ihre Töchter herfallen?

Egal ob Arbeitskollegen oder Nachbarn, ich spürte tiefstes Misstrauen, bei einigen auch offene Feindseligkeit. Sogar die liebe, freundliche Verkäuferin in der Bäckerei, die mir beim Brötchenkauf täglich stets alle

116

freudigen, aber auch traurigen Familienerlebnisse anvertraut hatte, schaute mich irritiert an. Ich suchte ihre Verunsicherung wegzulächeln.

„Na, Sie werden mir ja wohl meine Brötchen nicht verweigern oder schenken Sie diesem Zeitungsartikel etwa Glauben?"

„Ja, eigentlich kann ich mir nicht vorstellen, dass Sie zu so etwas Bösem fähig sind. Sie waren doch immer so nett."

Vergangenheit! Sie sprach von meiner Nettigkeit in der Vergangenheit! Noch bevor ich sie auf diesen Fauxpas aufmerksam machen konnte, kam plötzlich der Bäcker in den Verkaufsraum gestürmt und befahl mir wild gestikulierend, sofort seinen Laden zu verlassen und ihn auch in Zukunft nie mehr zu betreten, andernfalls riefe er die Polizei. Gleiches Schicksal ereilte mich auch in den übrigen Geschäften der Stadt.

Ich war fassungslos und wütend. Selbst wenn ich die Tat damals begangen hätte, ich hatte dafür gebüßt, meine Strafe abgesessen, stellte laut Gefängnistherapeut keine Gefahr für die Menschheit dar. Warum verweigerte man mir das Recht auf ein normales Leben? Ich blieb fortan im Haus, suchte meine stille Wut durch Arbeit abzulenken, begann im Erdgeschoss die Wände zu streichen.

Die Spirale des Hasses jedoch drehte sich unaufhaltsam weiter, äußerte sich auf vielfältige Weise. Die Sprayer traten immer wieder in Aktion, hinterließen ihre Botschaft auf Gartenzaun, Mülltonne, Haustür oder Auto. Anrufer, natürlich anonym, forderten mich in drastischen Worten auf, schleunigst aus dieser Stadt zu verschwinden, drohten mit Gewalt. Als ich mir einmal im Schatten der Dunkelheit Zigaretten aus dem Automaten holen wollte, – Jawohl, ich der ehemals so überzeugte Nichtraucher

117

hatte begonnen zu rauchen! – erblickte ich am Baum vor unserer Gartentür ein Plakat, ein Plakat mit meinem Foto, darunter in fetten Buchstaben: Vorsicht Kinderschänder! Natürlich ließ ich es augenblicklich verschwinden, jedoch, ich musste nicht nur dieses entfernen. Überall in der Umgebung hingen derartige Zettel.

Bald konnte ich feststellen, dass Kinder kaum noch ohne Begleitung eines Erwachsenen in unserem Viertel auftauchten. Mutter oder Vater nahmen sie fest an die Hand. Ich könnte ja plötzlich hinter einem Busch hervorspringen, um mich auf die Kleine zu stürzen. Selbst meine Kunsthändlerin wandte sich von mir ab, kündigte eine bereits geplante Ausstellung auf. Obwohl ich das Haus überhaupt nicht mehr verließ, entwickelte sich die allgemeine Furcht zu einer regelrechten Hysterie, was schließlich auch meine Gastgeber zu spüren bekamen.

Eines Nachts, wir waren endlich eingeschlafen, wurden wir durch einen Knall geweckt. Ein Stein von beträchtlicher Größe hatte das Schlafzimmerfenster zertrümmert und Bettinas Kopf nur um Zentimeter verfehlt. Sie schrie auf, zitterte am ganzen Leib, war auch nach Stunden nicht zu beruhigen. Heiner rief die Polizei, die allerdings wenig Hoffnung hatte, den Täter ausfindig machen zu können. „Vielleicht wäre es besser, Sie würden von hier wegziehen", riet man mir zur Lösung des Problems. Diese Lösung hatte auch ich Bettina schon mehrmals vorgeschlagen, war jedoch stets auf vehemente Ablehnung gestoßen. Allerdings war mir klar, dass es so nicht weitergehen konnte, sah ich doch, wie sie zunehmend blasser und nervöser wurde, wie all ihre Fröhlichkeit und Zuversicht mehr und mehr schwanden. Oft hörte ich sie weinen und immer häufiger waren auch lautstarke Auseinandersetzungen nebenan zu vernehmen. Bettina und ihr Bruder hielten zwar tapfer zu mir, aber die Situation schien auch sie zunehmend zu überfordern. Wir konnten die ganze Problematik nicht einfach weiter ignorieren, auf bessere Zeiten hoffen. Und so lud ich Heiner samt Frau zu einem Gespräch zu uns. Die Tochter hatte ich ohnehin seit geraumer Zeit nicht mehr zu Gesicht bekommen.

Ich war zutiefst gerührt, denn keiner erzählte von den eigenen Problemen, davon erfuhr ich auf Umwegen. Alle drucksten eine ganze Weile herum, bis ich endlich die volle Wahrheit erfuhr.

Bettina war letzte Woche zu ihrem Chef zitiert worden, der sie unmissverständlich aufgefordert hatte, mich umgehend aus ihrem Haus zu werfen. Sie wäre angesichts einer derartigen Beziehung weder für Eltern noch für Schüler tragbar. Natürlich betonte sie sogleich, sie werde versuchen, sich in eine andere Stadt versetzen zu lassen, was allerdings angesichts des momentanen Lehrerüberschusses nicht ganz einfach wäre. Und Heiner waren mehr und mehr Aufträge entzogen worden, sodass ihm bald das finanzielle Aus drohen könnte. Zudem wurde seine Tochter wegen mir gemobbt, traute sich nicht mehr in die Schule.

Niemand erhob direkte Vorwürfe gegen mich oder forderte mich zum Auszug auf, aber ich wusste, ich hatte verloren, musste gehen. Sie hatten schon genug für mich gelitten. Noch in derselben Nacht schrieb ich Heiner einen Dankesbrief, Bettina einen noch viel längeren, packte meine wenigen Sachen und verließ heimlich die Stadt.

Damals wäre ich am liebsten geflohen, weit, weit weg in ein Land, in dem ich vor solch einem Schicksal verschont bliebe. Allerdings war mir dies untersagt. Fünf

119

Jahre nach der Entlassung aus der Sicherheitsverwahrung, ist man zum Aufenthalt in Deutschland gezwungen, muss man sich wöchentlich auf einem Polizeirevier melden. Erst wenn der ehemalige Häftling sich in dieser Zeit nichts zuschulden kommen lässt, gilt die Bevölkerung als sicher vor ihm und er ist endgültig frei.

Dieser Bevölkerung wollte ich es allerdings nicht so leicht machen, mich als ehemaligen Kinderschänder auszumachen. Ich färbte mir die Haare schwarz, ließ mir einen Bart wachsen und wechselte wie ein Vagabund spätestens nach einem halben Jahr den Aufenthaltsort. Warum sollte ich auch irgendwo länger bleiben? Ich hatte doch niemanden, keine Freunde, keine Familie. Euch wollte ich nicht gefährden, schon gar nicht als Toter. Aber ich vergaß nie meine wöchentlichen Besuche bei der Polizei. Arbeit als Koch war überall relativ leicht zu finden und, da ich keine großen Ansprüche stellte, reichte mir der oft schmale Lohn zum Leben. Obwohl Leben wohl das falsche Wort ist. Dahinvegetieren trifft meinen Zustand in diesen Jahren wohl besser.

Trostlos, oder? Dies war jene Zeit auch wirklich für mich, bis ich eines Tages im Schaufenster eines Reisebüros ein riesiges Poster entdeckte.

Türkisfarbenes Meer, unberührter, weißer Strand, üppige Vegetation und, ganz wichtig, überaus freundlich lächelnde Menschen. Das Paradies! Thailand, hier wollte ich leben, hier gab es auch Touristen, die bekocht werden wollten.

Vielleicht ein eigenes kleines Restaurant? Ich verfügte ja aufgrund der Arbeit bei Heiner und, mehr noch, wegen der Verkäufe meiner Skulpturen über einiges Geld, sparte zudem jeden Pfennig für meinen Traum. Endlich hatte ich wieder ein Ziel und damit die Möglichkeit, auch diese trostlosen Jahre zu überstehen.

3

Thailand! Mit einem einfachen Touristenvisum ausgestattet bereiste ich das Land auf der Suche nach meinem Paradies und hatte die Qual der Wahl, denn paradiesische Orte gab es hier zuhauf. Besonders faszinierte mich jedoch Koh Samui. Leo, falls du noch nie auf dieser Insel einen Urlaub verbracht hast, hole dies unbedingt nach. Du wirst es nicht bereuen. Diese Landschaft, das Meer, das einzigartige Essen, die stets freundlichen Menschen und nicht zuletzt die Schönheit der thailändischen Frauen! Obwohl, als ich neulich einen aktuellen Fernsehbericht der ARD über Koh Samui sah, war ich entsetzt, wie sich diese Insel seit meiner Abwsenheit angesichts der Massen an Touristen verändert hat, leider nicht im positiven Sinn. Tja, wie du dem letzten Satz entnehmen kannst, habe ich schon vor einigen Jahren mein Paradies verlassen, bin wieder in Deutschland. Aber der Reihe nach. Zurück nach Thailand.

Ich fand schnell Arbeit als Koch in einem kleinen Restaurant, bisher ein reiner Familienbetrieb, der Vater als Chef und Organisator, die Mutter in der Küche, zwei Töchter im Service, der jüngste Bruder als Fahrer und Einkäufer. Ihr exquisites Essen sowie die herrliche Lage direkt an einem der schönsten Strände hatten immer mehr Gäste angezogen, sodass man mich bei meiner Anfrage sofort einstellte. Ob meine Beschäftigung allerdings ganz legal war, bezweifelte ich. Egal, ich hatte einen Arbeitsplatz in einer angenehmen Atmosphäre, regelmäßige, wenn auch nicht allzu üppige Bezahlung, Mahlzeiten vor Ort und sogar eine kleine Unterkunft im hinteren Bereich des Gartens, die ich im Lauf des ersten Jahres in Eigenregie zu einem schmucken Häuschen umbaute.

Ganz Deutscher bemühte ich mich bald um etwas mehr Legalität, reiste alle drei Monate jeweils an einem anderen Grenzübergang aus dem Land aus und wieder ein, um mein Visum zu verlängern und erhielt später das Non-Immigrant-Visum B mit einer Gültigkeit von einem Jahr.

Damals war ich 51 Jahre alt, verwitwet und, ohne falsche Eitelkeit, ein immer noch sehr gut aussehender Mann, was ich den Blicken einiger Touristinnen entnehmen konnte. Chandra, die älteste, verwitwete Tochter meines Chefs, war damals 45 Jahre alt und, ohne Übertreibung, eine immer noch sehr gut aussehende Frau, was ich den Blicken einiger männlicher Touristen entnehmen konnte. Du ahnst, was kam, oder? Große Liebe, allerdings auch große Ablehnung seitens des Vaters, der sich wohl einen buddhistischen Thai als Ehemann für seine Tochter gewünscht hatte, vielleicht auch Befürchtungen hegte, sie könnte dem Restaurant als dringend benötigte Arbeitskraft verloren gehen. Es dauerte einige Zeit, bis wir ihn für unsere Heiratspläne gewinnen konnten, noch viel längere Zeit jedoch, bis wir endlich alle erforderlichen Papiere zusammengetragen hatten: Geburtsurkunden, Bescheinigungen des Zentralregisteramtes, Sterbeurkunden der vormaligen Partner, Auszüge aus dem Hausregister, Ehefähigkeitszeugnisse (so etwas gibt es wirklich!), Ledigkeitsbescheinigungen und und und.

Die Heirat selbst erfolgte dann problemlos und schnell. Eine wahre Traumhochzeit mit meiner Traumfrau am

Traumstrand. Obwohl ich evangelisch war, gab es keinerlei Schwierigkeiten, den Wunsch der Eltern nach einer buddhistischen Trauung zu erfüllen. Ein Lob für die Toleranz dieser Glaubensrichtung, wenn du bedenkst, welche Probleme bei der kirchlichen Trauung zwischen einem Katholiken und einer Person evangelischen Glaubens auftauchen.

Eigentlich hatte ich eine kleine Feier im engsten Kreis vor, aber keine Chance! Bereits am Vortag unserer Hochzeit, deren Datum übrigens mein Schwiegervater mithilfe eines Glückshoroskops zuvor festgelegt hatte, trafen dutzende, selbst entfernteste Familienmitglieder auf Koh Samui ein und am folgenden Tag gesellten sich noch weitere Bekannte dazu.

Das Brautpaar sowie die engsten Verwandten mussten am Tag der Trauung bereits sehr früh aufstehen, denn um 6 Uhr begann die traditionelle buddhistische Zeremonie, vollzogen durch vier Mönche: Gebete, Gesänge, Segnungen, Anzünden von Kerzen, Reinigungsritual mit gesegnetem Wasser. Ich verstand nicht viel und dennoch waren dies ergreifende Momente auch für mich. Der Dank an die Mönche erfolgte in Form von Reisspeisen und Almosen.

Pünktlich um 9:09 Uhr (9 ist eine Glückszahl in Thailand) folgte die Prozession von meinem Haus zu dem von Braut bzw. Brautvater, begleitet von anmutigen, in traditionelle Kostüme gekleideten Tänzern und Trommlern, die durch unglaublichen Lärm die bösen Geister vertreiben sollten. Normalerweise befinden sich im Gefolge des Bräutigams seine Eltern und Verwandten, womit ich armer Kerl leider nicht dienen konnte. Stattdessen unterstützten mich einige meiner neu gewonnenen Freunde, auch beim Tragen der mit Blumen wunderschön geschmückten Geschenke für die

124

Brauteltern, wie die traditionellen Zuckerstangen, Sesamsaat und Reis, dazu Essensgaben für das Fest sowie neun, der Glückszahl entsprechende, Nachspeisen.

Auf dem Weg zu meiner Auserkorenen galt es für mich drei Tore in Form von Blütengirlanden erfolgreich zu passieren, möglich allerdings erst nach Beantwortung witziger Fragen und Entrichten des Zolls, also von Geldumschlägen oder Süßigkeiten an die jeweiligen Torwächter, die Nichten und Neffen der Braut. Alle Anwesenden hatten dabei einen Riesenspaß, lediglich meinem Portemonnaie war nicht nach Lachen zumute. Einen solchen Geldumschlag erhielt auch Chandras Bruder, der mir feierlich die Schuhe putzte.

Im Haus meines Schwiegervaters tauschten wir Brautleute Blumengirlanden, verbeugten uns vor den Älteren und wurden dafür gesegnet. Ich überreichte dem Brautvater das Brautgeld. Dieses Sinsod wird normalerweise vorher ausgehandelt und besteht gerade in der Welt der Reichen aus beträchtlichen Geld- und Goldgeschenken. In meinem Fall musste sich mein Schwiegervater allerdings mit einem kleineren Betrag begnügen, wobei ihn wohl auch mehr unser Versprechen freute, weiterhin in seinem Restaurant zu arbeiten. Die künftige Schwiegermutter erhielt von mir eine hübsche Kette.

Höhepunkt für mich war dann der Austausch der Ringe. Schließlich wurden zwei weiße Bänder kreisförmig über unsere Oberköpfe gelegt und miteinander verbunden, was sowohl die Individualität als auch die Verbundenheit der Eheleute symbolisieren soll, außerdem malte man uns jeweils drei weiße Punkte pyramidenförmig auf die Stirn. Zum Abschluss segneten und beglückwünschten uns alle älteren und höher gestellten Anwesenden, indem sie heiliges Wasser über unsere Hände gossen, eine äußerst wichtige traditionelle Prozedur, durch die wir endgültig zu einem Ehepaar wurden. Allerdings forderte auch in Thailand die Bürokratie ihr Recht: Ein Beamter überreichte die offizielle Heiratsurkunde.

Nachdem Tänzer sowie Musiker noch einmal aufgetreten waren und Chandra und ich eine Palme gepflanzt hatten, ein altes Liebesritual, durften wir uns alle endlich an dem üppigen Buffet stärken, aufgebaut in einem riesigen Zelt direkt am Meer, bevor der nächste für eine typische Thai-Hochzeit ebenso wichtige Akt erfolgte: der zweistündige Rückzug der neu Vermählten in das künftige Schlafzimmer. Jedoch nicht etwa um jetzt zu schlafen oder andere Dinge zu tun, was, wie du sehen wirst, außerdem unmöglich gewesen wäre. Nein, auch dieser Vorgang entsprach ganz der Tradition. Ein älteres, glücklich verheiratetes Paar hatte das Bett zuvor vorbereitet und auf ihm neun glücksbringende Dinge drapiert. Natürlich alles Symbole für Glück und Wohlstand, wie beispielsweise einen Mörser für beständige Liebe, einen Gehstock für ein langes, gemeinsames Leben, einen grünen Kürbis für eine friedliche, glückliche Ehe, eine kleine Schüssel mit Regenwasser als Symbol für Harmonie und so weiter. Mit all diesen Gegenständen musste sich das Paar in den kommenden drei Nächten das Bett teilen, so verlangte es zumindest die Tradition, was sich insbesondere mit der gefüllten Wasserschale allerdings als sehr schwierig erweisen sollte.

Beim zweiten Durchlesen dieser Zeilen erscheint mir die Darstellung dieses Tages irgendwie viel zu nüchtern, zu emotionslos ausgefallen zu sein. Ein falscher Eindruck! Trotz all dieser, für uns Deutsche eher befremdlichen, Zeremonien genoss ich diesen wunderschönen Tag nämlich sehr, wurde zu einem überaus glücklichen Ehemann.

Jedoch sollten uns all die Wünsche und Segnungen, all die Symbole nur ein paar Jahre voller Glück bringen. Unfassbar! Wie konnte ein einzelner Mensch nur so viel Pech anziehen? Immer wenn es um die Verteilung von Unglück ging, schienen sich die Götter einig zu sein, da nehmen wir mal den Harald. Oder hatte ich in einem früheren Leben der Menschheit schweres Leid zugefügt, was ich in diesem bitter büßen musste? Egal, das Unheil blieb mir treu.

Dabei hatte sich unsere Ehe so vielversprechend entwickelt. Die Schmetterlinge im Bauch blieben uns erhalten, keiner bereute die Heirat. Auch beruflich lief es prächtig für mich. Nicht nur im Restaurant, das enorm prosperierte, auch meine Skulpturen, die ich in einem eigenen Laden verkaufte, waren besonders bei den Touristen sehr gefragt. Ich war mir absolut sicher, diesmal auf der Glücksseite des Lebens zu stehen. Was für ein Trugschluss!

Chandra war für drei Tage zu ihrem jüngsten Bruder Somchai gefahren, um dessen Frau nach der Geburt ihres ersten Kindes zu unterstützen. Ausgerechnet zu Somchai! 18 Jahre jünger als meine Frau, das von allen verhätschelte Küken der Familie und der Einzige, der mir stets mit allergrößtem Misstrauen, wenn nicht sogar Feindseligkeit begegnete, egal wie sehr ich mich auch um seine Gunst bemühte! Mochte er keine Europäer, zumindest nicht als Familienmitglied? Spielte Neid eine Rolle, da er Chandra, die sich seit seiner Geburt am meisten um ihn gekümmert hatte, nun nicht mehr für sich alleine besaß? Mutmaßungen, die mir nicht weiterhalfen. Somchai hatte begonnen mich zu mobben, ja sogar einmal des Diebstahls bezichtigt. Da sowohl meine Frau als auch mein Schwiegervater zu mir gehalten hatten, alle Vermittlungsversuche gescheitert waren, hatte er die Konsequenz gezogen und war in einer Nacht- und Nebelaktion verschwunden, um im Geschäft eines Schwagers anzuheuern.

Ich benötigte in jenen Tagen unser Auto für den Transport einiger schwerer Skulpturen zum Hafen und so nahm Chandra für die fünf Kilometer bis zu Somchais Haus ihr Moped. Allerdings blieb sie nicht wie beabsichtigt drei Tage. Am zweiten Abend muss es zu einem schrecklichen Streit mit ihrem Bruder gekommen sein, so schrecklich, dass sie sich mitten in der Nacht auf den Heimweg machte, so schrecklich, dass sie, in Tränen aufgelöst und mit Sicherheit viel zu schnell unterwegs, beim Abbremsen vor einer Vorfahrtsstraße ins Schlingern und damit auf die falsche Fahrbahn geriet. Besonders tragisch ist die Tatsache, dass um diese Zeit normalerweise keine Menschenseele an dieser Stelle unterwegs ist, nicht jedoch in jener Nacht! Ein entgegenkommender LKW erfasste das Moped und der Aufprall katapultierte Chandra in hohem Bogen auf die Straße.

Um kurz nach drei Uhr klingelten mich zwei Polizisten aus dem Schlaf, um mir mitzuteilen, meine Frau läge schwerverletzt im Krankenhaus. Ich sollte mich beeilen, wollte ich sie noch lebend sehen. Ich reagierte wie in Trance. Das alles konnte nicht wahr, musste ein Missverständnis sein! Die gesamte Fahrt lang hoffte und betete ich inbrünstig. Auf der Intensivstation führte man mich zu einer Frau. Überall hingen Schläuche, ihr Kopf war nahezu komplett bandagiert. Chandra? Die Patientin schlief. Ich nahm ihre Hand, betrachtete den Ehering, erschrak, machte mir jedoch sofort wieder Mut. Ein derartiger Ring war keine Einzelanfertigung. Dann, für einen kurzen Moment, öffnete die Frau ihre Augen, schien mich zu erkennen, lächelte, fiel erneut in Ohnmacht. Nun gab es keine Zweifel mehr. Dies hier war meine Chandra! Wenige Stunden später war sie tot.

Ich taumelte durch die nächsten Tage, konnte, ja wollte das Geschehene nicht wahrhaben, hoffte immerzu, es möge sich lediglich um einen bösen Albtraum handeln. Nachts lag ich stundenlang wach, zermarterte mir den Kopf mit wilden Spekulationen. Wäre sie doch nicht zu ihrem Bruder gefahren! Kein Streit, kein überhasteter Aufbruch mitten in der Nacht! Warum nur musste in dieser gottverlassenen Gegend genau zu diesem Zeitpunkt der verdammte LKW auf der Straße sein? Wahrscheinlich das einzige Auto weit und breit! Hätte ich ihr doch bloß unseren Wagen zur Verfügung gestellt, als ob die Auslieferung meiner Skulpturen nicht hätte warten können. Dann könnte Chandra noch leben! Hätte, könnte, wäre. Dieser verfluchte Konjunktiv half mir nicht weiter, ich musste mich mit der Realität befassen. Gleichzeitig wuchs die Wut in mir, Wut auf Somchai, auf den LKW-Fahrer, auf mich selbst, Wut auf all die Ungerechtigkeit in meinem Leben. Einmal übermannte sie mich so sehr, dass ich mit irrsinniger Gewalt eine meiner Skulpturen mit einem Hammer zertrümmerte.

Voller Neid und zugleich Unverständnis blickte ich auf meine buddhistischen Freunde, für die der Tod ja nicht das Ende, sondern ein Neuanfang war. Selbst meine Schwiegereltern wirkten blass, aber gefasst. Mein Schwiegervater meinte einmal zu mir: „Du musst loslassen, an die wunderschönen Momente mit Chandra denken. Starke Trauer erschwert nur ihre Wiedergeburt in ein hoffentlich besseres Leben."

Ich war ihm dankbar, dass er die Planung der Totenfeier – manche sprachen sogar von einer Abschiedsparty –

mir abnahm. Die Verstorbene wurde gleich nach der Freigabe durch das Krankenhaus in einen Tempel unserer Ortschaft gebracht. Dort sah ich sie wieder, aufgebahrt in einem schlichten Holzsarg, der in einen prächtigeren, wegen der Hitze mit Kühlaggregaten ausgestatteten gelegt worden war. Drei Tage und Nächte blieb sie an diesem Ort, ständig umgeben von Verwandten, Freunden, aber auch Fremden, die alle im Tempel kochten, aßen, tranken, für die Verstorbene beteten und sogar dort übernachteten. Es wurde erzählt, gelacht, unterbrochen nur durch die traditionellen Gesänge der Mönche in regelmäßigen Abständen. Stell dir vor, abends fanden doch tatsächlich zur allgemeinen Unterhaltung ansonsten verbotene Glücksspiele statt. Ich litt wie ein Tier unter der allgemeinen Heiterkeit, hätte alle am liebsten rausgeschmissen, konnte lediglich in den Stunden, in denen alle endlich eingeschlafen waren, in Ruhe von meiner Frau Abschied nehmen und weinen.

Am vierten Tag meiner Qualen erfolgte die eigentliche Abschiedszeremonie sowie das Kruad Naam, bei dem während eines Gebetes der Mönche gesegnetes Wasser aus einem Zeremonialkelch in eine kleine Schüssel und später neben einem Baum ausgeschüttet wurde. Mein Schwiegervater warf in glänzendes Papier gewickelte Münzen in die Menge der Anwesenden, Symbol für Wohlstand in Chandras künftigen Leben. Als Zeichen der Vergebung und Reinigung von allen bösen Taten und Worten, die zwischen der Toten und den Anwesenden vorgekommen waren, wusch man ihr Gesicht und vor allem ihre rechte Hand mehrmals feierlich mit geweihtem Wasser. Schließlich wurde der mit kleine Bündeln aus Holz und Blumen geschmückte Sarg im Tempelkrematorium verbrannt.

Die ganze Zeremonie lief wie ein schlechter Film vor mir

130

ab. Ich musste dermaßen bemitleidenswert gewirkt haben, dass mein Schwiegervater mich tröstend in den Arm nahm: „Nicht weinen, Chandras Seele ist jetzt schuldlos und frei, frei für ein neues Leben." Ein schwacher Trost für mich, der sie hier bei sich in diesem Leben haben wollte.

In den kommenden Wochen gab ich mir wirklich alle Mühe, wieder in ein geordnetes Leben zu finden, aber unmöglich. Jeder Gegenstand erinnerte mich an sie, an gemeinsam Erlebtes, entfachte erneute Trauer. Mir wurde immer mehr bewusst, so konnte ich nicht weiterleben. Ich brauchte Abstand, Abstand auch zu diesem Land, das nie mehr Paradies für mich sein konnte. So entschloss ich mich, nach sieben Jahren Aufenthalt nach Deutschland zurückzukehren.

4

Du wirst mich für verrückt halten. Eine Rückkehr in dieses Land, das mir so viel Kummer bereitet hatte? Freiwillig? Und du hast recht. Schon bei der Landung in Frankfurt erschien mir dieser Plan als komplette Dummheit. Es war ein Tag Ende November. Nebel, klirrende Kälte, kahle Bäume, Menschen, die mit missmutigem Gesichtsausdruck durch die Straßen hasteten. Der Kontrast zu Thailand konnte kaum größer sein.

Was sollte mir dieses Land überhaupt bieten? Mir, dem ehemaligen Straftäter, inzwischen 58 Jahre alt, mutterseelenallein? Sicherlich, ich besaß aus dem Verkauf von Haus und Laden etwas Geld, beherrschte die Sprache, würde als Koch bestimmt Arbeit finden. Und dennoch: was zum Teufel wollte ich hier?

Ich glaube, mein Handeln entsprang damals einer Mischung aus Masochismus und Wut. Ich war mutlos, schicksalsergeben. Los Götter, leert noch weitere Kübel mit Unheil über mir aus, schlimmer kann es doch sowieso nicht werden! Und dann gab es immer wieder diese Momente, in denen ich unglaublichen Hass empfand, Hass auf die Verursacherin all meiner Schmerzen, auf Bettina Wagner. Wäre sie nicht gewesen, könnte deine Mutter noch leben, würde ich glücklich und zufrieden mit dir, Viola, vielleicht sogar mit einer Schar von Enkelkindern zusammen sein, ein erfolgreicher Schauspieler. Ich hatte mich mehr und mehr in diese fixe Vorstellung verrannt, wollte Rache, zumindest sehen, was aus dieser Teufelin inzwischen geworden war. Ich benötigte ein Ziel. Und so trieb es mich in die Stadt zurück, in der mein Verhängnis begonnen hatte. Irrsinn, oder?

Mit meinen bescheidenen Ansprüchen fand ich bald eine kleine Wohnung und eine Arbeitsstelle als Koch. In meiner Freizeit mutierte ich zum Detektiv, der schnell viele Fakten über das Leben von Bettina Wagner herausfand. Übrigens war dies angesichts ihrer ausgeprägten Sucht nach öffentlicher Zurschaustellung relativ einfach.

Die Medien waren voll mit Fotos und Berichten über diese 'Dame' der Gesellschaft, begründet durch ihre Heirat mit dem reichen Juwelier Peter Rübner sowie ihre eigene Abstammung aus der prominenten Anwaltsfamilie Wagner. Zudem mussten die Pressefotografen wohl auch von ihrem freizügig dargebrachten Aussehen begeistert gewesen sein.

Zu diesem Zeitpunkt war sie 41, eine durchaus attraktive, schlanke, großgewachsene Frau, allerdings überhaupt nicht mein Typ, denn sie hatte sich ihre Vorliebe für das Zuviel bewahrt. Zu grell geschminkt, zu blond, zu schrill und offenherzig gekleidet, von einem Chirurgen zu üppig gestaltete Brüste.

Einige Fotos zeigten sie mit ihrem Ehemann, einem blendend aussehenden, jedoch schmallippigen, stets finster dreinblickenden 43-Jährigen. Ich beneidete den Mann nicht, würde höchstwahrscheinlich bei dieser Ehefrau ebenso düstere Züge entwickelt haben.

Beide waren kinderlos geblieben und ich bin mir absolut sicher, diese Nichtgeborenen waren ihrem Schicksal zutiefst dankbar. Über eine Sache wurde ich mir schnell klar, glücklich wirkte dieses Paar nicht! Welch eine Genugtuung! Eine vor Glück strahlende Bettina inmitten einer fröhlichen, kinderreichen Familie hätte ich kaum ertragen.

Eines Tages las ich in der örtlichen Zeitung eine Annonce, aufgegeben von Peter Rübner, der einen Mann für viele Funktionen suchte: Koch, Chauffeur, zudem Bodyguard. Welch eine Chance für mich in die Nähe dieser verhassten Frau zu kommen, wobei die Form meiner Rache mir damals noch unklar war. Ich wollte zunächst einfach nur die Fragen klären, die mich schon lange umtrieben: Wie konnte ein Mensch leben, der so viel Schuld auf sich geladen, der die Existenz einer ganzen Familie zerstört hatte? Entsprach das Bild, das die Medien von ihr zeichneten, das Bild einer unbeschwerten, stets strahlend lächelnden Frau der Realität? Für mich unvorstellbar!

Du wirst dies als Schwachsinn abtun, denken, dass Bettina mich sofort erkennen und meine Anstellung ablehnen würde. Allerdings, Leo, ich hatte mich in den letzten Jahrzehnten verändert, trug ja einen Bart und längere Haare, die ich zudem immer noch schwarz färbte, hatte mir eine kräftige, muskulöse Statur antrainiert, sogar einige Tattoos stechen lassen. Zudem waren all die Jahre, vor allem aber der Gefängnisaufenthalt und die vielen Schicksalsschläge nicht spurlos an mir vorbei gegangen, hatten auch mein gesamtes Auftreten, mein Wesen geprägt. Ich war keineswegs mehr der stets fröhliche, blondgelockte Sonnyboy. Auch einen neuen Namen hatte ich mir zugelegt, trat nun überall mit meinem zweiten Vornamen Peter auf und brauchte auch nicht fürchten, dass mein Allerwelts-Nachname Winkler Argwohn erwecken könnte.

Und trotzdem kamen mir vor dem Vorstellungsgespräch leise Zweifel. Was, wenn man meine Papiere, meinen

134

Lebenslauf sehen wollte? Eigenartigerweise warteten außer mir nur noch drei weitere Bewerber, eigenartig deshalb, weil die in Aussicht gestellte Bezahlung durchaus großzügig erschien, besonders, da einem darüber hinaus eine Dienstwohnung innerhalb des Rübnerschen Grundstückes kostenlos zur Verfügung gestellt wurde.

Nach einer Wartezeit von über einer Stunde erbarmte sich schließlich der Herr unser und mir wurde schlagartig klar, warum die Anzahl der bei ihm Arbeitssuchenden sich in Grenzen hielt. Kaum betrat er den Raum, beschlich einen das Gefühl, die Raumtemperatur wäre um zwanzig Grad abgesackt. Allein schon dieser eisige Blick ließ einen frösteln. Da war nichts Warmes, Freundliches, kein Lächeln. Kalte Augen musterten einen jeden von uns. Wortlos, lediglich durch eine Kopfbewegung Richtung Tür befahl Herr Rübner mir zu folgen und kam dann augenblicklich zur Sache.

„Name?"

„Peter Winkler"

„Qualifikation?"

„Ich habe viele Jahre als Koch gearbeitet, beherrsche mehrere Kampfsportarten und fahre auch seit Jahrzehnten Au..."

„Wichtigstes Gebot, wenn Sie für mich arbeiten wollen: keine Geschwätzigkeit, nicht bei mir und schon gar nicht der Presse gegenüber. Klar? Außerdem erwarte ich Pünktlichkeit, keine ansteckenden Krankheiten und gute Manieren. Klar?"

Statt eines bissigen Kommentars, insbesondere zu letzterer Forderung, nickte ich nur kurz. „Jawoll, mit alldem kann ich dienen."

„Drei Monate zur Probe, dann Festanstellung. Bei Fehlverhalten sofortige Kündigung. Klar? Sie fangen

kommende Woche an. Meldung Montag, 7 Uhr, bei Frau Richter. Adresse bekannt?"

„Jawoll!" Das 'Herr General' verkniff ich mir, nahm allerdings Haltung an. Zu meiner großen Erleichterung hatte er keine Papiere, kein polizeiliches Führungszeugnis gefordert. Vergeblich wartete ich auf den Befehl 'Wegtreten!'. Herrn Rübners eisige Blicke kühlten mittlerweile schon längst ein Schriftstück auf seinem Schreibtisch.

Doch Leo, auch wenn du es nicht glaubst, ich trat die Stelle an. Masochismus? Nein! Solch ein Mensch jagte mir nach der harten Knastschule wahrhaftig keine Angst ein. Im Gegenteil, er wirkte eher lächerlich. Tja, und nach Lachen war mir wirklich zumute, wenn ich mir Bettinas Ehe mit diesem Kerl ausmalte. In diesem Fall konnte Herr Rübner gar nicht genug an Kälte, Humorlosigkeit und Zynismus aufweisen können. Wie viele Wärmflaschen wird sie wohl jeden Abend in das eheliche Bett mitnehmen müssen? Ich wollte mich an ihrem Unglück weiden und dabei auf eine Chance für meine persönliche Rache warten.

5

Und so stand ich Montag, kurz vor 7 Uhr an der mächtigen Eingangspforte des Rübnerschen Anwesens, zutreffender: der Rübnerschen Trutzburg. Das gesamte Gelände war von hohen Mauern umgeben, die nicht nur vor fremden Blicken schützen sollten, vielmehr war ich mir sicher, oben machten Stacheldraht oder spitze Glasscherben auch ungebetenen Fremden den Besuch schwer. Überall entdeckte ich Kameras sowie Scheinwerfer, die finstere Eindringlinge zu erhellen hatten. Über eine Gegensprechanlage musste ich Namen und Grund des Besuches angeben, ehe sich das Tor öffnete.

Höchstwahrscheinlich genauestens beobachtet, marschierte ich auf einem schier endlosen Kiesweg in Richtung Herrenhaus – hier wirklich der passende Ausdruck – , währenddessen ich innerhalb der riesigen Parkanlage einen Tennisplatz, eine Schwimmhalle sowie zwei weitere Gebäude, vermutlich für Gäste beziehungsweise Angestellte, ausmachte. Das Wohnhaus selbst musste ebenfalls eine enorme Größe aufweisen. Wütend dachte ich an meine vier Quadratmeter, die mir im Gefängnis zur Verfügung gestanden waren, wohingegen sich die Verursacherin dieser Strafe hier zur selben Zeit in all dem Luxus buchstäblich verlaufen haben musste. Brauchen zwei Menschen wirklich derart viel Raum? Na klar, zwei Menschen wie diese konnten nur zusammen leben, wenn sie sich niemals begegneten! Ich musste grinsen.

Meine Wut war augenblicklich verraucht.

Punkt 7 Uhr meldete ich mich bei besagter Frau Richter. Stelle dir eine 63-jährige, stark ergraute, hagere Frau vor, die sich stets so steif und gerade hielt, als hätte sie einen Besen verschluckt, deren Enden zudem in Form kräftiger Barthaare aus ihrem Gesicht wucherten. Sie roch nach einer Mischung aus Kernseife und Kölnisch Wasser, trug eine akkurat gebügelte weiße Bluse, einen dunkelblauen, ihre Knie züchtig bedeckenden Rock sowie Schuhe, die pure Inkarnation von Bequemlichkeit, denen man die vielen Kilometer, die sie in diesem Haus schon absolviert hatten, förmlich ansah. Egal zu welcher Tages- und Nachtzeit, du konntest sicher sein, ihr in Kürze zu begegnen. Scheinbar war sie 24 Stunden pro Tag im Einsatz und dies sieben Tage die Woche. Das Wort 'Privatleben' existierte für sie nicht.

Hörte man Frau Richter reden, wurde man augenblicklich an ihren Chef erinnert. Knappe, präzis formulierte Anweisungen, die jegliche Art von menschlicher Nähe, von Vertraulichkeit augenblicklich unterbanden, eventuellen Widerspruch im Keim erstickten. Obwohl nur wenige Jahre jünger, fühlte ich mich vor ihr stets wie das kleine Schulkind in Erwartung eines Tadels oder gar einer körperlichen Züchtigung. Übrigens habe ich sie in all den Jahren bei Rübners – ja wirklich, Leo, es wurden Jahre – kein einziges Mal herzhaft lachen gesehen. Humor war ihr fremd.

Frau Richter fungierte seit vielen Jahrzehnten als Hausdame oder, besser gesagt, als Hausdrachen. Ein Leben verschrieben dem Kampf gegen Disziplinlosigkeit, Unordnung und Dreck, stets auf der Suche nach sich auf perfide Weise verbergenden Staubkörnchen. Und sie führte ein strenges Regiment, was ihr bei den Angestellten den Spitznamen Frau Staubwedel oder auch Frau Stabswedel eingebracht und was einen häufigen Wechsel der Bediensteten zur Folge hatte.

Mit 19 war sie, gleich nach dem erfolgreichen Abschluss einer Haushaltsschule, von Rübners, den, wie sie sagte, alten Herrschaften, eingestellt worden und hatte sich in vier Jahrzehnten eine unangefochtene Stellung im Haus erobert. Gleich nach der Geburt des Juniors veränderte sich aber ihr Aufgabengebiet. Höchstwahrscheinlich weil die Eltern weder Zeit noch Lust hatten, sich um ihren Sohn zu kümmern, fiel diese Aufgabe Frau Richter zu, die ihm wohl die Mutter, die viel auf Reisen war, ersetzte, ihn zumindest aber wesensmäßig stark prägte. Die gleiche Sucht nach Disziplin und Ordnung, die gleichen freudlosen, verkniffenen Gesichtszüge konnten kein Zufall sein.

Nur im gegenseitigen Umgang zeigten sie Spuren von Wärme, Achtung, gar Zuneigung. Frau Richter war es auch, die mit ihm zu Abend aß, wenn Madame mal wieder abwesend war, und mit ihr wechselte er sogar ganze Sätze, wenngleich diese Aussagen sich ausschließlich um Geschäftliches drehten. Ja, ihr schien Herr Rübner sogar zuzuhören, sie unterbrach er nie mitten im Satz. Ganz anders verhielt er sich bei seiner Ehefrau.

Woher ich all dies weiß? Nun, als Koch musste ich des öfteren auch das Essen servieren, konnte also zeitweise den Unterhaltungen lauschen, wobei das Wort 'Unterhaltung' eigentlich höchst unzutreffend ist.

Tut mir leid, meine Gedanken sind schon wieder mal davongeeilt. Zurück in chronologischer Reihenfolge. Nach einer ausgiebigen Begutachtung und einem verächtlichen, ungläubigen „Und der Chef hält Sie w i r k l i c h für den Richtigen auf diesem Posten?" führte mich die gestrenge Dame kopfschüttelnd in die Küche, stellte mich einer Svenja vor, um dann sofort mit den Vorschriften zu beginnen. „Arbeitsantritt Punkt 7:30 Uhr – Zubereitung des Frühstücks für den gnädigen Herrn, Servieren dessselben exakt 8 Uhr – Abdecken des Tisches und Aufräumen des Geschirrs – Punkt 9 Uhr fahren Sie den gnädigen Herrn zum Juweliergeschäft – anschließend Einkäufe für die Mahlzeiten, Putzen der Küche, Wartung des Wagens – Freizeit von 12 – 17 Uhr, in der Sie allerdings für den gnädigen Herrn telefonisch für eventuelle Fahrten zu Händlern oder Kunden erreichbar sein sollten – Zubereitung und Warmstellen des Abendessens, da Sie exakt 20 Uhr den gnädigen Herrn im Geschäft abholen – Servieren des Essens und Aufräumen der Küche nur an Tagen, an denen das Mädchen frei hat – Samstags lediglich Fahrdienst um 8 bzw. 16 Uhr, ansonsten die Wochenenden dienstfrei – vier Wochen Urlaub zur selben Zeit wie der gnädige Herr – Klar? Am Montag legen Sie mir immer den Essensplan für die Woche vor! Ganz wichtig: leichte, gesunde Küche, nichts Fettes, nichts Blähendes, keine Gurken, Auberginen, kein Knoblauch! Der gnädige Herr hat Magenprobleme. Klar?"

Wer hatte von wem wohl das Wort 'klar' als krönenden Abschluss übernommen? Egal, was mir allerdings aufgefallen war: in dieser liebenswürdigen Rede tauchte eine gnädige Frau überhaupt nicht auf.

„Sehe ich das richtig, ich koche immer nur für eine Person, oder?"

„Nein. Das Frühstück nehme ich mit dem gnädigen Herrn ein. Sie verzichtet darauf. Beim Abendessen ist sie manchmal dabei und wenn nicht, dann leiste ich dem gnädigen Herrn Gesellschaft. Klar?"

Die Fronten waren geklärt. Bettina verdiente lediglich ein 'sie', war 'gnädige Frau' nicht wert. Vielleicht wollte Frau Richter auch nicht allzu verschwenderisch mit ihrem Wortreservoir umgehen und so reichte das viel verwendete Wort 'gnädig' lediglich für den Herrn des Hauses.

„Was ist eigentlich an den Wochenenden? Schwingt da Frau Rübner den Kochlöffel?"

Verächtliches Schnauben. „Diese Aufgabe obliegt selbstverständlich mir. Der gnädige Herr würde ansonsten verhungern."

„Klar!" Ich konnte mir das Wort nicht verkneifen. Im Übrigen freute ich mich aber über Frau Richters Aversion Bettina gegenüber, eine Aversion, die mir den Hausdrachen gleich eine Spur sympathischer machte. Wir hatten also einen gemeinsamen Feind.

Mit den Worten „Alles andere im Haus außerhalb von Küche und Esszimmer hat Sie nicht zu interessieren!" wurde ich von ihr zu meiner Unterkunft geführt, einer kleinen Wohnung oberhalb der Garagen. Ein kleines Wohnzimmer, Schlafraum, Küche und Bad, komplett mit ziemlich neuem, keineswegs billigem Mobiliar eingerichtet. Hier konnte ich es mir wirklich gemütlich machen, den Unsympathen aus dem Herrenhaus zumindest für einige Zeit entfliehen, Rachepläne schmieden.

„Die Wohnungen im Gesindehaus – sie benutzte tatsächlich diesen Namen! – sind alle belegt, sodass diese Wohnung hier neu errichtet wurde. Ihr Vorgänger hat sie lediglich ein knappes halbes Jahr genutzt."

Der Grund war klar. Mich wunderte nur, dass jemand es überhaupt so lange Zeit in der Gesellschaft dieser reizenden Menschen ausgehalten hatte.

6

Das 'Gesinde' lernte ich im Laufe der nächsten Tage kennen.

Da gab es Lina, 31 Jahre alt, stämmig gebaut, das Gegenteil von Schönheit, auch nicht mit allzu viel Intelligenz gesegnet, aber stets freundlich und von einzigartiger Gutmütigkeit, so gutmütig, dass sie sich nun schon über 14 Jahre lang bereitwillig von Frau Richter als Putzsklavin drangsalieren ließ. Ich schloss sie sofort ins Herz. Sie besaß derart viel Wärme und Herzlichkeit, dass ihr die eisige Atmosphäre im Haus scheinbar nichts anhaben konnte. Jegliche Art von Unfreundlichkeit seitens ihrer Vorgesetzten lachte sie einfach nieder. Und sie lachte gerne, dies allerdings in beträchtlicher Lautstärke, sehr zum Missfallen ihres Chefs.

Frau Richter nervte mehr, dass Lina von früh bis spät fröhlich vor sich hin plapperte. Die Worte sprudelten, jeder Gedanke drängte in die Außenwelt, ob wichtig oder nicht, meistens Letzteres. Da die junge Frau allerdings alle Anordnungen fleißig befolgte, beließ die Hausdame es bei tadelnden Worten wegen der 'Geschwätzigkeit'. Im Übrigen habe ich Lina niemals über die enorme Arbeitsbelastung klagen gehört. Als ich sie einmal auf diese Tatsache hin ansprach, schaute sie mich verwundert an.

„Mensch, mir ging's noch nie so gut wie hier bei Rübners! Meine Jugend war nämlich nicht ganz angenehm. Mit sechs starben meine Eltern bei einem Autounfall und meine kleine Schwester und ich mussten

ins Heim. Kein schöner Ort, das sag ich dir! Statt Trost und Liebe gab's Zucht und Hiebe. Bei dem dicken Fell, das ich mir damals antrainiert habe, prallen all die unfreundlichen Worte und auch die viele Arbeit an mir einfach ab."

Sie patschte auf ihren runden Bauch, lachte ihr lautes Lachen. „Weißt du, warum ich so dick geworden bin? Im Heim bekamen nur d i e Kinder beim Essen eine zweite Portion, die am schnellsten ihre Teller leerten. Für die anderen war nichts mehr da. Essen war das Einzige, was mir gegen meine Trauer geholfen hat. Und so bin ich zu einer Meisterin im Schnellessen geworden."

Am meisten hatte ihr allerdings stets Schokolade geholfen, eine Köstlichkeit, die den Kindern zumeist verwehrt blieb. Lina allerdings hatte Glück. Einmal konnte sie beobachten, wie aus einem Lieferwagen mehrere Kartons voller Schokoladentafeln ausgeladen wurden. Wie ein Luchs passte sie auf, wohin diese gebracht wurden, um dann nachts in den Lagerraum neben der Küche zu schleichen und für sich und ihre Schwester eine Fuhre zu holen. Die Kostbarkeiten wurden unter ihren Matratzen versteckt.

„Die anderen Mädchen im Schlafsaal haben Gott sei Dank nichts mitbekommen und wir zwei haben, immer wenn wir traurig waren, heimlich genascht. Schau mich an, dann weißt du, dass wir eigentlich die meiste Zeit traurig waren." Wieder dieses Lachen, trotz der Aussage!

„Klar, dass die Wärme in unseren Betten der Schoko nicht allzu gut getan hat. War uns wurscht! Auch, dass das Mindesthaltbarkeitsdatum schon weit überschritten war: wurscht! Wahrscheinlich hat damals ein Supermarkt seine abgelaufene Ware 'gespendet', was die übrigens bald schon wieder taten, sodass uns der Vorrat nicht ausgegangen ist. Einmal hat uns aber ein anderes

143

Mädchen nachts erwischt, es den anderen erzählt und wir mussten notgedrungen unseren Schatz durch zehn teilen."

Auch die Schule wird eine einzige Qual für Lina gewesen sein. „Die anderen Schüler, manchmal auch die Lehrer haben mich ausgelacht, weil all die Zahlen und das Zeug, was wir lernen sollten, irgendwie nicht in meinen Kopf wollten. Ich hab mir dann immer eingeredet, dass das alles später im Leben schon nicht so wichtig sein wird."

„Und dann hast du dich mit Schoko getröstet!"

„Genau! Erwachsenwerden fand ich schlimm, dabei blieb mir fürs Kindsein überhaupt keine Zeit, weil ich mich doch all die Jahre wie eine Mutter um meine kleine Schwester kümmern musste."

Dies tat sie übrigens aufopferungsvoll in ihrer kargen Freizeit bis heute.

Und schließlich gab es noch einen weiteren wichtigen Menschen in ihrem Leben. Einmal stellte sie ihn mir vor, ihren Freund. Ein Duplikat, nur männlich! Ein großer, dicker, freundlicher Mann, der gerne laut lachte. Ebenso gutmütig, denn er sorgte rührend für seine verwitwete, kränkelnde Mutter, bei der er auch lebte.

Seit Jahren schmiedeten Lina und er Hochzeitspläne. Jedoch bekam die Mutter, justament immer bevor die Kirchenglocken läuten konnten, immense Herzbeschwerden, sodass der Termin erneut verschoben werden musste. „Aber wir sind ja noch jung. Irgendwann wird's schon klappen!" Verliebte Blicke. Lautes Lachen von beiden.

Im Gegensatz zu Lina hielten es die anderen Hausmädchen nie besonders lange in diesem Haus aus. Als ein treuer Angestellter hatte sich hingegen Thomas, der Gärtner, erwiesen. Seine Treue war höchstwahrscheinlich nur möglich, weil sein Wirkungsfeld weit genug von Herrschaften und Hausdrachen entfernt lag! Zudem hatten diese keine Ahnung von Gartenkunst, ließen ihn in Ruhe arbeiten, solange er seine Pflichten erfüllte.

Ich bewunderte seine Art der Gartengestaltung. Verschwenderisch blühende Staudenrabatten in allen Farben, kunstvoll arrangiert und trotzdem natürlich wirkend, keine langweiligen, wie Zinnsoldaten schnurgerade aufgereihten Pflanzen. Alles hatte Schwung, Rundungen, bot Überraschendes.

Obwohl er rund 30 Jahre jünger war als ich, entwickelte sich eine Freundschaft zwischen uns, die nur einmal auf eine harte Probe gestellt wurde. Häufig gingen wir nach Arbeitsende noch ein Bier trinken, manchmal in einer benachbarten Kneipe, meist bei mir, aber niemals in seiner Wohnung im 'Gesindehaus'. Stets hatte ich vermutet, Thomas wollte in seiner Freizeit nicht Frau Richter über den Weg laufen, die ebenfalls dort wohnte. Nein, der wahre Grund wurde mir bewusst, als ich ihn eines Abends bewaffnet mit einer Flasche Wein überraschen wollte. Er schien durchaus erfreut.

„Ach Peter. Das ist nett. Komm rein. Du musst aber die Unordnung entschuldigen. Ich hatte in den letzten Tagen so viel im Garten zu tun, bin einfach nicht zum Aufräumen gekommen. Aber setz dich doch!"

Leo, so etwas habe ich vorher noch nicht gesehen! Das Wort Unordnung ist äußerst schmeichelhaft angesichts dessen, was mich in seiner Wohnung erwartete. Stelle dir einen Raum vor, nahezu komplett vollgestellt mit Möbeln, alt, aber wahrhaftig keine Antiquitäten, sondern einfach schäbig.

„Willst du etwa ausziehen wegen der vielen

145

Umzugskartons und Kisten auf dem Boden?"

„Nö, ist einfach praktisch so und einige konnte ich einfach noch nicht auspacken. Viel zu viel Arbeit im Garten!"

„Ja, aber du lebst doch schon seit vielen Jahren hier!"

Er grinste: „Sind alles Sachen, die ich nie brauchte. Aber glaube mir, das mag dir hier wie Chaos erscheinen, aber ich finde sofort alles auf Anhieb! Jetzt setz dich doch endlich."

Leichter gesagt als getan! Nicht dass es keine Sitzmöglichkeiten gegeben hätte! Nein, ich zählte zwei Sofas, vier Sessel und neun Stühle, die ich allerdings mied. Meine Zweifel, ob sie mein Gewicht dulden würden, waren erheblich. Zudem mussten sie bereits Schachteln, Socken, Gartenbücher, Pizzakartons und vieles mehr tragen. Thomas hatte Erbarmen mit mir und wischte mit einer großzügigen Bewegung einen riesigen Stapel an Kleidungsstücken von einem Sessel.

„Praktisch, deine Garderobe!", meinte ich in der Hoffnung, die für ihn doch sicherlich peinliche Situation zu entkrampfen. Ich bahnte mir einen Weg durch das Möbellager in Richtung Sessel-Garderobe, registrierte ein angekipptes Fenster und dachte mit Grausen an den Geruch im Winter, wenn Thomas nicht permanent lüften konnte. Es miefte und dreckte jedenfalls auch so noch genug, was mich angesichts der sich akrobatisch türmenden, mit munteren – zumindest glaubte ich Leben zu erkennen – Essensresten verzierten Geschirrberge auch nicht weiter verwunderte. Am liebsten hätte ich augenblicklich angefangen zu putzen.

Thomas musste mein Entsetzen bemerkt haben. Vielleicht erkannte er auch zum ersten Mal, welch einen Eindruck sein Chaos bei anderen hinterlassen könnte. Jedenfalls forderte er mich auf, die warme Sommernacht

146

zu nutzen und den Wein besser draußen zu genießen. Erleichtert stimmte ich sofort zu.

Ich war fassungslos. Wie konnte ein Mensch mit soviel Sinn für Schönheit, den er im Garten täglich unter Beweis stellte, in solch einer Wohnung leben? Die Erklärung folgte prompt:

„Mensch Harald, schau nicht so entsetzt. Wenn du so aufgewachsen wärst wie ich, sähe es bei dir ebenso aus." Er lachte. „Für meine Eltern war Ordnung nicht das halbe, sondern das ganze Leben. Du hättest mal den Schreibtisch meines Vaters sehen sollen. Beim Herrn Archivar herrschte militärische Strenge. Stets gespitzte Bleistifte, Füller und Buntstifte standen stramm, das Papier bei Fuß, Radiergummi und Spitzer nahmen sofort Haltung an, wenn er auftauchte. Jeder Gegenstand war kaserniert an seinem exakt zugewiesenen Standort, durfte von meiner Mutter um keinen Millimeter beim Staubwischen verrückt werden.

Sie war das absolute Pendant zu meinem Vater, Pendant und Pedant. In unserem Haus fühlte ich mich wie in einem Museum, so akribisch aufgeräumt und sauber war alles. Ich kann mich nicht erinnern, dass ein Möbelstück einmal den Standort wechselte, ein Kissen ohne Knick in der Mitte platziert wurde. Ja, ich bin mir sogar ziemlich sicher, dass es seit Generationen in diesem Haus auch nicht die allerwinzigste Veränderung gegeben hatte, denn es war seit Jahrhunderten im Familienbesitz.

Kennst du diese schrecklichen roten Kordeln, die in den Museen die Besucher von den Möbeln fernhalten? Ich glaube, meine Mutter hätte am liebsten genau solche Kordeln um alle ihr Möbel gespannt. Auf jeden Fall waren meine Eltern höchstwahrscheinlich beide froh, dass ich mich die meiste Zeit in unserem riesigen Garten herumtrieb."

„Klar, hier konntest du wenigsten die Ordnung nicht stören und hier hast du wohl auch die Liebe zur Gärtnerei entwickelt, oder?"

„Oh ja, allerdings zum Leidwesen meiner Eltern, die für mich eine ordentliche!, akademische Karriere erhofft hatten. Mit der Pubertät kam bei mir jedoch die totale Auflehnung. Komplettes Chaos in meinem Zimmer, komplettes Chaos aber auch in meinen Gedanken, wodurch ich mir in der Schule erhebliche Probleme einhandelte. Ich weiß noch, mein Vater hat mich mal ermahnt: 'Du musst dein Lernen besser strukturieren. Gib dir mehr Mühe, dann kannst du einmal Beamter werden, als Lehrer, Archivar oder im Finanzamt, auf jeden Fall etwas Ordentliches.'" Er grinste. „Alles, was mit Ordnung zu tun hatte, erregte bei mir jedoch augenblicklich Widerspruch. Ich wollte partout nichts Ordentliches, nichts Akademisches, wollte in der freien Natur nicht mit dem Kopf, sondern mit beiden Händen arbeiten, möglichst im dicksten Dreck wühlen, wurde also Gärtner und habe diesen Entschluss auch in meinem ganzen Leben noch nie bereut!"

„Klar, und diese Rebellion gegen Eltern und Ordnung setzt du anscheinend in deiner Wohnung heute noch fort."

Thomas lachte lauthals: „Woran siehst du das? -- Okay, natürlich hast du vollkommen recht, aber mich stört mein Chaos schlicht und ergreifend nicht. Übrigens hat es durchaus Struktur, wenn nicht sogar Ordnung, allerdings nur in meinen Augen, das ist mir klar. Meine Eltern würden sich im Grabe umdrehen, wenn sie wüssten, wie ich hause. Ich weiß, für andere ist dies alles hier wahrscheinlich nur schwer zu ertragen, weshalb ich ja auch keine Weiber zu mir in die Wohnung schleppe."

Ich mochte seine offene, humorvolle Art, verbrachte besonders an den Wochenenden viel Zeit mit ihm, wenn auch nicht unbedingt bei ihm zu Hause.

Eine weitere Konstante innerhalb des Personals war Svenja, Seit gut zwanzig Jahren kümmerte sie sich hauptsächlich um die Belange von Peter Rübners Eltern, die mittlerweile das ehemalige Gästehaus bewohnten – durchaus freiwillig, wie sie betonten. Ich vermute, weil sie auf diese Weise allzu häufigen Kontakt mit Schwiegertochter und Sohn vermeiden konnten. Ich hatte nur selten mit den älteren Herrschaften Kontakt, immer dann, wenn ich sie zu einem Arzt fahren musste. Sie kränkelten, lebten sehr zurückgezogen, rührend umsorgt von Svenja, die sich so eine Sonderstellung erarbeitet hatte, gefeit vor Anfeindungen durch Frau Richter, geschätzt von Rübner junior, zudem auch noch gut bezahlt.

7

Du wirst dich sicher fragen, warum ich all die Zeit kein Wort über Bettina verloren habe. Nun, es dauerte mehrere Wochen, bis ich sie das erste Mal zu Gesicht bekam. Sie stand stets sehr spät auf, ließ sich von Lina einen frisch gepressten Obstsaft in ihr Zimmer bringen, verzichtete ansonsten auf ein Frühstück. Lediglich von Weitem sah ich sie in der Schwimmhalle und später in ihren Porsche steigen, der sie meist spät in der Nacht zurückbrachte. Und ehrlich gesagt, war ich froh um jeden Tag ohne eine Begegnung mit der Dame, hegte mittlerweile große Zweifel an diesem ziemlich überhastet angenommenen Job.

In den ersten Nächten hatte ich die wildesten Rachepläne geschmiedet. Ich sah mich mit scharfem Messer Gemüse schneiden, als sie die Küche betrat, sah mich zustechen, sah, wie sich ihr Blut über das Gemüse ergoss. Oder ich malte mir aus, wie ich ihr, erneut in der Küche, das Messer an die Kehle setzte und sie zwang ein vorher verfasstes Geständnis ihrer Lügen zu unterschreiben. Allerdings, Bettina kam nie in die Küche. Außerdem bezweifle ich, zu solchen Taten überhaupt fähig zu sein. Nur nachts war ich der blutrünstige Rächer, zumindest in Gedanken, tagsüber froh, ihr nicht über den Weg zu laufen. Wie würde ich in der Realität reagieren? Was würde passieren, wenn sie mich erkannte? Lediglich ein sofortiger Rausschmiss oder hysterisches Schreien nach Polizei?

Und schließlich kam dieser gefürchtete Moment. Ich wollte gerade die Suppe auftragen, als ich im Esszimmer ein schrilles und etwas gequältes Frauenlachen vernahm, ahnte sogleich das Schlimmste, dachte zunächst an Flucht, setzte dann jedoch auf mein geändertes Aussehen, das ihr ein Wiedererkennen erschweren würde. Und, Leo, meine Panik sollte sich als sinnlos erweisen! Sie schenkte mir allenfalls einen flüchtigen Blick, wandte sich sofort wieder ihrem Ehemann zu. Ich hatte komplett vergessen, in den Augen solcher Herrschaften bist du kein menschliches Wesen, sondern lediglich ein zum Haushalt gehörendes Inventar, das seine Funktion zu erfüllen hat, ein die Suppe servierendes Faktotum, keines Blickes würdig! Ich schwankte zwischen Erleichterung und Wut, eine Wut, die in den kommenden Wochen allerdings schon beinahe in Mitleid umschlug.

Als Faktotum bekommst du natürlich zwangsläufig eine Menge über das Familienleben mit und dies fand im Fall der Rübners einfach nicht statt. Die Ehe zwischen Bettina und Peter existierte nur auf dem Papier, von Zuneigung, gar Liebe keine Spur. Hier hatte das kühle Kalkül Herrn Rübners das Geld und die Publicity der Wagners geheiratet. Sicher, das Juweliergeschäft schien durchaus profitabel zu sein, konnte es aber einen derart aufwändigen Lebensstil komplett alleine finanzieren? Ich hatte so meine Zweifel. Jeder der beiden ging seines Weges, wobei lediglich Bettina bisweilen zumindest eine Art von Konversation suchte. Den kühl und rational denkenden, Geschwätzigkeit und Tratsch verachtenden Mann mussten die Geschichten seiner Ehefrau über das gesellschaftliche Leben, über das Wer-mit-Wem, über all die Gerüchte schlichtweg nur nerven. Ich erinnere mich noch genau an den Verlauf eines Abendessens.

Bettina war gerade von einer fünftägigen Reise aus Paris zurückgekehrt, wollte ihrem Ehemann in euphorischer

Stimmung das Ergebnis ihres Beutezuges durch die Rue Faubourg Saint-Honoré präsentieren. „Du musst dir einmal die fantastischen Sachen ansehen, die ich ergattert habe."

„Interessiert mich nicht!" Nüchtern holt er sie aus ihrer Begeisterung. Sie aber, das Gesicht eine einzige Enttäuschung, stockt nur kurz in ihrem Redefluss und erzählt schließlich weiter, muss erzählen. Ihr ist das Erlebte doch so wichtig. „In einer einzigen Straße findest du alle Luxuslabels: Hermès, Gucci, Chanel, Prada … Ein Traum! Und alles aus dem ..."

Bei dem Wort Luxus war er bereits zusammengezuckt, nach dem Wort Traum fühlte er sich verpflichtet, sie aus diesem zu holen. „Komm zur Sache! Was hat der Spaß gekostet?"

Sie kämpfte mit den Tränen. „Das wollte ich dir gerade erzählen. Ich hab alles im Outlet-Store gekauft, erheblich reduziert. Außerdem bezahle ich diese Sachen immer von meinem eigenen Geld!"

Der Rest des Abends verlief in eisigem Schweigen, ebenso wie die meisten anderen, an denen Bettina ihm etwas erzählen wollte. Rübner würgte unsanft ihre Sätze ab, interessierte sich nicht dafür, augenscheinlich aber auch nicht für sie als Mensch. Er liebte es, sie zu degradieren, ihre mangelnde Intelligenz bloßzulegen, behandelte sie wie ein kleines, dummes Kind. Sie war mit einem Kühlschrank verheiratet.

Ich beobachtete sie genau, wann immer sich die Gelegenheit bot, registrierte zufrieden, wie sie litt, empfand anfangs sogar allergrößte Genugtuung angesichts ihrer ehelichen Qualen, war Peter Rübner regelrecht dankbar, ersparte er mir doch vorläufig meine eigene Rache. Und überhaupt, war diese Ehe nicht schon Strafe genug für sie?! Manchmal tat sie mir fast

152

schon leid. So an einem anderen Abend.

Während des Essens verkündete sie: „Nächsten Samstag müssen wir ..."

„Wir müssen gar nichts!", unterbrach er sie unsanft.

Bettina wirkte gekränkt, konnte jedoch ihr Redebedürfnis nicht unterdrücken. „Es ist aber ein wichtiger Termin! Weißt du denn noch nicht das Neueste über Renningers?"

„Von deinen Klatschgeschichten will ich überhaupt nichts wissen!"

„Ja, aber Renningers sind doch unsere Freunde! Da muss es dich doch interessieren, dass sie ..."

„Wenn es wichtig ist, dann möchte ich es von Hans-Dieter selber erfahren und nicht aus deiner Gerüchteküche."

Sie gab nicht auf. „Keine Gerüchteküche, sondern die Wahrheit! Erinnerst du dich, als wir die beiden auf der Charity-Gala vor einem Monat trafen? Sie trug dieses fantastische Kleid von Gucci. Leider ein bisschen zu kurz für ihre dicken ..."

Das zornige Schnauben ihres Mannes ließ Bettina sofort verstummen. Allerdings hielt sie ihr Schweigen nicht lange durch, die Neuigkeit musste erzählt werden. „Ich weiß ja nicht, welchen Eindruck sie bei dir hinterließen, für mich jedenfalls, wirkten sie wie das perfekte, glücklich verheiratete Paar. Ich hab Betty immer um ihre Ehe und ihren Mann beneidet, der ihr jeden Wunsch zu erfüllen suchte, sie wirklich auf Händen trug, sie sogar ausreden ließ."

„Ersteres völlig unverständlich, Zweites angesichts ihrer Körperfülle ein Ding der Unmöglichkeit!" Den ironischen Seitenhieb seiner Frau schien Rübner überhört zu haben.

Sie schmollte: „Ich hab das symptomatisch gemeint!"

„Das heißt symbolisch, dumme Kuh. Und jetzt komm endlich zur Sache oder, noch besser, halte deinen Mund!"

Bettina weinte: „Ich wollte dir doch lediglich erzählen, dass Renningers sich scheiden lassen und dass ..."

„Warum sagst du das nicht gleich? Thema damit erledigt? Können wir jetzt endlich in Ruhe essen?"

Länger konnte sie sich nicht mehr beherrschen. Sie begann ihre Aussage herauszuschreien, in der Hoffnung, er möge ihr auf diese Art zuhören, sie nicht mehr unterbrechen. „Wir müssen nächsten Samstag Abend zu Renningers. Sie feiern mit Freunden und Bekannten ihre erfolgreiche Scheidung!" Rums, die Tür wurde zugeschlagen, und Bettina blieb die nächsten Tage verschwunden.

Diese Ehe erinnerte mich stark an die Leonids, meines Beschützers im Knast, der ja ebenfalls keine Person, sondern Geld und gesellschaftliches Ansehen geheiratet hatte. Aber warum nur hatten die Eheleute Rübner sich nicht schon längst scheiden lassen, diese für beide qualvolle Beziehung nicht einfach beendet? Rätselhaft!

In den ersten Monaten meiner Anstellung sah ich Bettina häufig weinen. Später jedoch schien sie sich mit ihrem Schicksal abgefunden zu haben, versuchte ihren 'Kühlschrank' zu meiden, trat nur bei gesellschaftlichen Ereignissen mit ihm zusammen auf, dann sogar Händchen haltend.

Den Berichten Linas zufolge bewohnte Madame ihren eigenen Trakt im Haus, verbrachte die Vormittage in Schlafzimmer, Bad und Ankleidezimmer – „Allein dieser Raum ist größer als meine gesamte Wohnung!", empörte sich das Dienstmädchen – Ihre Restaurierung zur Beautyqueen erforderte stets einige Stunden.

Anschließend floh sie samt Porsche zum Shoppen, traf sich mit Freundinnen. Bettina betrieb – Lina wusste Bescheid -- eine vom Vater finanzierte Kunstgalerie , keine Ahnung, ob als Spielzeug zum Zeitvertreib oder aus echter Liebe zur Malerei – oder vielleicht doch mehr zu den Malern. Erst abends ließ sich Madame wieder blicken, um sich für das Nachtleben zu verschönern, ihren 'gesellschaftlichen Pflichten nachzukommen', die sich bisweilen, so wurde gemunkelt, in den Betten ihrer ständig wechselnden Liebhaber abspielten. All dieser Stress forderte selbstverständlich seinen Tribut, eine längere Ruhepause in Form eines zumeist neunstündigen Schönheitsschlafes bis mindestens 11 Uhr, den sie, ganz treue Ehefrau, zwar nicht im ehelichen, aber doch im eigenen Bett zu Hause hielt.

Ein einziges Mal hatte ich etwas länger mit Bettina zu tun. Da sich ihr Porsche wegen einer Reparatur in der Werkstatt befand, musste ich sie in die Stadt fahren. Sie saß hinter mir im Wagen. Plötzlich bemerkte ich, wie sie mich über den Rückspiegel längere Zeit musterte. Eine Situation, die mich das Schlimmste vermuten ließ, die mir allergrößte Angst einjagte. Sie schien zu grübeln. Hatte sie mich erkannt? Ich bemühte mich, Ruhe zu bewahren, fragte sie, eine Art Ablenkungsmanöver, mit tieferer Stimme als gewöhnlich, noch dazu in breitem Dialekt, nach der genauen Adresse. Und siehe da, ihr Blick änderte sich von fragend, interessiert zu teilnahmslos, arrogant, ja verachtend -- wie gewohnt. Ich war erneut zur Sache degradiert, konnte wieder aufatmen.

Ansonsten hatte ich mich in erster Linie um Herrn Rübner zu kümmern, eine Aufgabe, die mir zumindest anfangs ein hohes Maß an Selbstbeherrschung abverlangte. Schnell wurde mir klar, warum es keiner

155

meiner Vorgänger allzu lange mit ihm ausgehalten hatte. Dieser Mann hatte während meines Einstellungsgespräches von mir gutes Benehmen verlangt, war selbst allerdings dazu nicht bereit oder fähig. Auf mein freundliches „Guten Morgen" erfolgte seinerseits ein angedeutetes Kopfnicken und auf meine ein einziges Mal gestellte Frage „Wie geht es Ihnen heute, Herr Rübner?" bellte er zurück: „Sparen Sie sich dies Geschwätz! Im Übrigen geht Sie das nichts an." Ansonsten erfolgte lediglich eine knappe Anweisung wie „Laden", „Kunde XY" oder „Bank!". Er errichtete schon beim Einsteigen eine gläserne Wand zwischen uns, wenn auch nur virtuell, verabscheute jede Art von persönlichem Verhältnis. Wenn ich mit ihm unterwegs war, hatte ich stets das Gefühl die Heizung im Auto hochdrehen zu müssen. Er war ein, entschuldige den Ausdruck, arrogantes, kaltherziges Arschloch, verheiratet mit einem ebensolchen. Insofern passten die beiden sogar zusammen!

Ich bin mir sicher, du wirst dich schon seit Längerem fragen, wieso ich es in diesem unangenehmen Umfeld so viele Jahre ausgehalten habe. Wahrhaftig, ich bin kein Masochist! Auch meine hitzigen Rachepläne waren mittlerweile abgekühlt − was Wunder in dieser kalten Atmosphäre! Nun, mit der Zeit hatte ich mich an die Eigenheiten der Rübners gewöhnt, mir ein dickes Fell zugelegt, schätzte meine zwar langen, aber auch nicht allzu stressigen Arbeitstage, liebte es zu kochen. Bis auf die von Herrn Rübner gesetzten Termine konnte ich mir meine Zeit frei einteilen, war, nachdem Frau Richter mich als zuverlässig ausgemacht hatte, mein eigener Herr, dazu noch solide bezahlt. Ich mochte meine Wohnung, verstand mich gut mit dem übrigen Personal, sehr gut mit Thomas und noch viel besser mit Svenja, die keinesfalls ihre Arbeitsstelle bei den älteren Rübners aufgeben wollte. Da hast du die Hauptursache meines Verbleibens. Und ewig lockt das Weib! Dabei war ich mir absolut sicher gewesen, den Rest meiner Tage als Solist verbringen zu müssen.

Wie soll ich sie dir beschreiben? Sie ist 52, schlank, gut proportioniert, kein Mauerblümchen, in meinen Augen natürlich die hübscheste Frau der Welt! In Vielem erinnert sie mich an deine Mutter: die schwarzen Haare, der stets leicht gebräunte Teint, aber auch ihre ruhige, humorvolle Art. Du merkst, ich bin verliebt. So verliebt, dass ich sie am 2. Mai heiraten will. Allerdings habe ich auch ein bisschen Angst, nicht vor der Ehe, aber vor ihrem möglichen jähen Ende. Bisher ließ mich das Schicksal ja immer dann, wenn ich am glücklichsten war, tief abstürzen.

Warum ich dir das genaue Datum schreibe? Na, insgeheim hoffe ich, dass du dieser Hochzeit beiwohnst, vielleicht sogar als mein Trauzeuge. Während ich dies schreibe, wird mir klar, höchstwahrscheinlich verlange ich zu viel von dir. Lass uns die Dinge nicht überstürzen. Schließlich musst du dich erst einmal daran gewöhnen, dass dein toter Vater gar nicht so tot ist. Kannst du mir überhaupt verzeihen? Bitte, gib uns beiden noch eine Chance. Dies ist mein sehnlichster Wunsch. Wenn ja, so würde ich dich sehr gerne besuchen. Schreibe an obige Adresse, nenne Zeit und Ort und ich werde da sein.

In Liebe, dein Vater

Kapitel III

1

„Jetzt ist mein Leo wieder glücklich in seiner ungewellten Welt, oder?" Lisa hilft ihrem Mann die Koffer ins Haus zu tragen.

„Oh ja! Zwei Wochen Wellness in solch einem alten Kasten, noch dazu im Winter, sind entschieden mindestens 14 Tage zu viel!"

„Echt?" Sie tut überrascht und fügt grinsend hinzu: „Und ich habe gedacht, wir machen solch einen Urlaub von nun an regelmäßig, sozusagen Dauerwelle."

„Das wellst du doch wohl nicht im Ernst?! Die pure Folter für mich!"

„Ich weiß, stattdessen sehnst du dich schon lange nach deinem Kraftraum, für mich die reinste Folterkammer!"

Dieser Erinnerung hat es nicht bedurft. Leo ist bereits in sein Paradies verschwunden und, während Lisa die beiden Koffer in die Waschküche hievt, wuchtet er schon längst die ersten Gewichte. Er quält seinen Körper so exzessiv, als wolle er alle in den letzten zwei Wochen versäumten Übungen mit einem Schlag nachholen. Am nächsten Morgen rächt sich sein Körper und quält zurück.

Sie beobachtet ihren ächzenden, vor Muskelschmerz stöhnenden Mann nicht ohne ein gehöriges Quäntchen Schadenfreude, kann die Frage: „Wer von uns beiden wellt denn nun besser?" nicht unterdrücken. Schließlich foltert sie ihn beim Frühstück, wenn auch ungewollt, weiter: „Vergiss den Brief an deinen Vater nicht!"

Sein Vater? Sein Vater lebt? Ein schöner Gedanke! Leo möchte dem Mann zu gerne Glauben schenken, aber es gibt sie immer noch, die Zweifel, wenn auch nur geringfügig. Während der gemeinsamen Mahlzeiten im Hotel hat Leo seiner Frau alle Geschehnisse aus dessen Leben detailliert erzählt. Ihr scheint die Beichte plausibel und absolut glaubhaft.

„Willst du endgültige Sicherheit in dieser Frage, so musst du ihn zu uns einladen. Handelt es sich um einen Betrüger, so wird er ablehnen oder aber du wirst ihn als solchen ausmachen, auch wenn du ihn 37 Jahre nicht zu Gesicht bekommen hast. Also, setz dich hin und antworte ihm."

Und genau darin liegt ja die Schwierigkeit! Könnte er ihn anrufen, eine SMS oder eine E-Mail schreiben, kein Problem! Aber Leo besitzt lediglich diese dämliche Postadresse. Wann hat er das letzte Mal einen Brief verfasst? Gefühlte Jahrtausende her! Und wer schreibt denn heute überhaupt noch Briefe? Allerdings ist ihm bewusst, es gibt keine andere Möglichkeit, Klarheit zu gewinnen.

Brav setzt er sich an Lisas Schreibtisch und kommt sofort ins Grübeln. Wie soll er beginnen? Vater? Lieber Vater? Vermeintlicher Vater? Sehr geehrter Fremder? Er lässt die Anrede erst einmal weg, kann ja Lisa später fragen. Dann das nächste Problem: Wie soll er den Adressaten anreden, mit du oder Sie? Und was soll er überhaupt schreiben?

Leo zermartert sich den Kopf, beginnt einen Satz, zerknüllt das Papier, schreibt den nächsten, verwirft auch diesen. Nach einer Stunde voller Qualen hat er, mal abgesehen von einem gut gefüllten Papiereimer, absolut nichts zustande gebracht. Wütend greift er ein letztes Mal zum Stift und kritzelt:

'Vater?! Komme am kommenden Sonntag um 15 Uhr zu uns nach Hause. Wenn du kannst. Wir werden da sein. Leo'

162

In diesem Moment kommt eine fassungslose Lisa in ihr Büro, fassungslos wegen des überquellenden Papierkorbs, noch fassungsloser, nachdem sie das Resultat von einer Stunde Arbeit und unendlicher durchs Haus hallender Flüche begutachtet, oder vielmehr beschlechtachtet. Aber sie erbarmt sich seiner und diktiert ihrem Mann eine freundliche Einladung.

Die kommenden Tage verbringt Leo in schier unerträglicher Nervosität und Anspannung. Wieder und wieder schaut er sich das letzte Familienfoto mit seinem Vater an. Wird er ihn nach all den Jahren wiedererkennen? Wie soll er den Mann empfangen, wie ansprechen? Nur in einem Punkt ist er sich sicher. Falls die Geschichte der Wahrheit entspricht, dann kann er ihm sein plötzliches Verschwinden auch verzeihen! Der Sonntag wird Klarheit bringen.

Und dennoch, als es Punkt 15 Uhr an ihrer Haustür klingelt, da wäre er doch am liebsten geflohen. Es ist Lisa, die den Gast herein bittet, das Gespräch beginnt, schließlich ihren Mann rufen muss. Unsicher betritt Leo das Wohnzimmer und atmet erleichtert auf, als der Unbekannte ihm nicht überfallartig entgegen springt, um ihn in seine Arme zu schließen. Nein, er scheint Leos Unsicherheit zu spüren, empfindet diese wohl auch selbst, läßt beiden rücksichtsvoll Zeit einander zu mustern.

Da steht er nun, ein großer, immer noch gut aussehender Mann, kräftiger als er ihn in Erinnerung hat, vom Leben gezeichnet, bärtig, die Haare grau geworden. Sein Vater? Durchaus bekannte Gesichtszüge. Und diese strahlend blauen Augen! Seine Zweifel werden geringer und verschwinden komplett, als er nach langem Schweigen die Worte „Hallo, Leo. Ich bin es wirklich!"

vernimmt. Die Stimme hat sich nicht verändert! Gedanken, Gefühle laufen Amok. Er versucht, Ruhe zu bewahren, versucht es mit Ironie: „Für einen Toten hast du dich wirklich gut gehalten. Kompliment!" und merkt augenblicklich am erleichterten Lachen seines Gegenübers, dass dies genau die richtigen Worte als Auftakt waren.

Die anfängliche Verlegenheit, die Unsicherheit, wie man sich verhalten soll, sind verflogen. Und für innige Umarmungen, für Tränen der Rührung haben beide vom Wesen her sowieso nicht viel übrig, auch ist es für derartige Emotionen zu früh, viel zu viel Zeit seit ihrer letzten Begegnung vergangen.

„Mensch Leo, hatte ich Panik vor diesem Moment, aber jetzt glaube ich, es war richtig von den Toten aufzuerstehen. Hast du meine Aufzeichnungen gelesen? Verstehst du mein damaliges Verschwinden zumindest ein wenig und kannst mir dies eventuell verzeihen?"

Leo nickt bestätigend und muss anschließend das Interesse seines Vaters am eigenen Werdegang, am Leben der Familie, an dem seiner Schwester befriedigen, was er Leo-typisch in kurzen, knappen Sätzen tut, die wiederum Lisa zu ausführlicheren Beschreibungen veranlassen. Es wird geredet, geredet und geredet, die Zeit völlig vergessen, sodass der Gast völlig überhastet in den Morgenstunden aufbrechen muss.

„Und ihr kommt zu meiner Hochzeit?"

„Na klar! Mein Gott, nach über 30 Jahren als Vollwaise habe ich plötzlich einen Vater und bald sogar eine Mutter, wenn auch Stief!"

2

Nur zwei Wochen später wird Leo mitten in der Nacht unsanft aus dem Schlaf geholt. Dabei hat er diesen nach einem ereignisreichen Arbeitstag bitter nötig.

Ein gestohlen gemeldetes Auto war in der Nähe ihrer Polizeistation gesichtet worden, weshalb er zusammen mit seinem Kollegen Pit die Verfolgung aufnahm. Zwar wurden sie schnell fündig, zwangen den Fahrer zum Halt, als die Polizisten jedoch sich dem Wagen näherten, gab der Mann urplötzlich Gas und Leo verdankte lediglich einem blitzschnellen Sprung auf die Seite, dass er noch am Leben war. Mit Blaulicht und überhöhter Geschwindigkeit jagten sie hinter dem Kerl her, riskierten Kopf und Kragen. Das Fahrzeug hielt exakt vor dem Eingang des städtischen Gefängnisses. Der Fahrer stieg seelenruhig aus, schlenderte auf sie zu und erklärte grinsend, er hätte vor seinem Haftantritt am heutigen Tag nur noch ein bisschen Spaß haben wollen.

Leo war überhaupt nicht nach Lachen zumute, auch nicht als es galt, einen Exhibitionisten festzunehmen, der auf einem nahen Supermarktparkplatz gesichtet worden war. Die Polizisten brauchten auch gar nicht lange suchen. Bis zu ihrer Ankunft hatte sich bereits eine sensationslüsterne Menschenmenge um den Mann herum aufgebaut. Allesamt moralisch integre Leute, die sich sogleich voller Empörung an die beiden Beamten wandten. „Buchten Sie den Kerl sofort ein!" „Dieses Land geht moralisch vor die Hunde. Kein Anstand mehr." „Und das mitten am Tag in aller Öffentlichkeit!" „Man stelle sich vor, Kinder könnten das sehen!" „Solche Typen gehören doch für immer weggesperrt!"

Pit und Leo bahnten sich einen Weg durch die gierig gaffenden Anstandsbürger und staunten nicht wenig. Vor ihnen stand ein splitterfasernackter junger Mann an ein rotes Auto gedrängt, festgehalten von zwei Personen, wild beschimpft von einer dritten, die lauthals schrie: „Das Schwein hat meinen Wagen komplett ruiniert!" Erst jetzt registrierten die Polizisten, dass es sich hier um zwei Fälle handelte: Exhibitionismus u n d Autounfall. Der rote PKW war wohl schwungvoll in den parkenden grünen gerauscht.

Leo schwante sofort Böses. Da haben die drei Männer dem Unfallverursacher wohl aus Rache die Kleidung abgenommen. Sein Mitleid war sogleich entfacht: „Nun lassen Sie den armen Kerl endlich los, damit er sich wieder ankleiden kann."

Die Menge war empört. „Verdammte Bullen!" „Jetzt wird der Täter auch noch zum Opfer gemacht!"

Nachdem der Mann sich angezogen und Pit die aufgebrachten Gemüter wieder einigermaßen beruhigt hatte, erfuhren sie, was zuvor geschehen war.

Vor einer Stunde hatte das rote Auto noch friedlich an einer etwas abgelegenen Stelle des Parkplatzes gestanden. Im Wagen selbst war es weniger friedlich zugegangen. Gepackt von einem plötzlichen Bedürfnis nach Liebe, hatten der junge Mann und seine Freundin dieses ungeniert befriedigt, in der Gewissheit, unbeobachtet zu bleiben. Ihr Liebesspiel muss allerdings so heftig ausgefallen sein, dass sie versehentlich die Handbremse gelöst und auch nicht bemerkt hatten, wie sich das Auto auf dem leicht abschüssigen Gelände in Bewegung gesetzt hatte. Erst der kräftige Aufprall hatte sie in die Realität zurückgeholt.

166

„Dem roten PKW stand wohl auch der Sinn nach Vereinigung mit dem grünen!", hörte Leo seinen Kollegen murmeln. Erst jetzt registrierten sie die junge Frau, die völlig verängstigt im Auto saß, ihre Nacktheit unter einem Mantel verbergend.

Als Krönung dieses Tages galt es schließlich noch die Streitereien zweier Ehepaare zu schlichten. Im ersten Fall hatten Nachbarn die Polizei verständigt: „Sie müssen schnell kommen. Der Mann bringt seine Familie noch um." Und tatsächlich, vor Ort hörte Leo gellende Schreie, dann Röcheln, im Hintergrund ein weinendes Kind, das ständig 'Nicht, Papa. Nein! Hör auf!' rief. Er machte sich auf das Schlimmste gefasst, klingelte Sturm, bereit, bei Nichtöffnen die Tür einzutreten, was er allerdings nicht tun musste. Freiwillig wurden sie von einem verschlafen wirkenden jungen Mann hereingelassen, der, da Frau und Tochter bei den Schwiegereltern zu Besuch waren, diese Gelegenheit genutzt hatte, um sich mal wieder einen Horrorfilm anzusehen.
Die Adresse des zweiten Paares war ihnen schon bekannt. Hier mussten sie wirklich Hilfe leisten. In regelmäßigen Abständen glaubte der Herr der Wohnung, sein Dasein in Arbeitslosigkeit und Hartz IV nur mit seinem Freund, dem Alkohol, ertragen zu können. Volltrunken erreichte er eine Sichtweise, die die Hässlichkeit und Dummheit seiner Frau potenzierte, was selbstverständlich mit kräftigen Schlägen bestraft werden musste.
Wie jedes Mal hatten die Polizisten für den Mann eine Ausnüchterungszelle und für die Frau einen Arzt zu besorgen. Und wie jedes Mal widersetzte sich die Ehefrau jeglicher Vernunft und aller Überredungskünste

Leos und betonte stur: „Der meint es nicht böse. Schuld ist allein der Schnaps. Wissen Sie, wenn er wieder nüchtern ist, dann ist er ganz lieb. Nein, ich werde ihn nicht anzeigen und auch nicht in ein Frauenhaus gehen." Verrückte Welt!

Tja, und genau nach jenem anstrengenden Tag klingelt jemand Leo aus dem Schlaf, klingelt Sturm. Laut fluchend öffnet er die Tür, um herauszufinden, dass es sich bei diesem Jemand um seinen Vater handelt. Der drängt sich hastig an ihm vorbei, lässt sich auf den nächstbesten Sessel fallen und verkündet: „Du musst mir helfen. Sie sind hinter mir her. Die Polizei sucht mich."
„Na, da bist du bei mir ja genau richtig!" Leo versucht zu scherzen, muss erst einmal richtig wach werden, seine Gedanken ordnen, nimmt die ganze Aktion zunächst nicht ernst. Erst als er seinen Vater genauer mustert, erkennt er sogleich, all dies ist kein böser Scherz. Vor ihm sitzt ein Mann, dem die Angst aus allen Poren zu kriechen scheint, kreidebleich, verstört.
„Ich habe es gewusst, die ganze Zeit befürchtet", jammert er. „Mein gesamtes Leben lang war es so. Immer wenn ich richtig glücklich war, folgte postwendend der nächste Schicksalsschlag. Da steckt doch System dahinter! Jetzt ist es anscheinend wieder so weit. Der Himmel hat bemerkt, dem Harald geht es gut, was anscheinend nicht sein darf, und so denkt er sich sofort die nächste Katastrophe für mich aus."
Leo versucht ihn zu beruhigen.
„Das sagst du so leicht 'mich beruhigen'. Mir steht das Wasser bis zum Hals."
„Aber nicht bis zu den Ohren, weshalb du noch reden kannst."
Lisa, die inzwischen dazu gekommen ist, schaut ihren

um diese frühe Stunde wohl noch nicht zu allzu großem Mitgefühl fähigen Mann vorwurfsvoll an. Sie entschuldigt ihn, beginnt Kaffee zu kochen und fordert den Gast auf, alles der Reihe nach zu berichten. Lisas ruhige Art tut Harald/Peter gut. Er versucht die anfängliche Unruhe, das Gefühl des Getriebenseins abzustreifen, bemüht sich um Konzentration.

„Ich habe einen großen Fehler gemacht, ach was, mehrere große Fehler." Harald seufzt, beginnt zu erzählen. Alles begann gestern Abend. Er hatte Madame zum Atelier eines Künstlers zu fahren, um einige ausgeliehene Exponate zurückzubringen. Ein umgebauter ehemaliger Bauernhof, etwas abgelegen am Stadtrand. Irgendwie wirkte sie blasser als gewöhnlich, nicht so souverän, hatte gerötete, verweinte Augen. Aus unerfindlichen Gründen war ihr, kaum in den Wagen eingestiegen, sogar zum Reden zumute und so mutierte er von dem Ding, das sie stets schweigend von A nach B brachte, zu einem Lebewesen mit Ohren und Stimme, dem sie sogar so etwas wie Gefühle zugestand.

Unverhofft fragte sie: „Wie kommen Sie eigentlich mit meinem Mann klar?"

Harald war dermaßen verblüfft über ihre momentane Beachtung seiner Person, dass er eine Weile brauchte, ihr zu antworten. Auch rang er nach einer diplomatischen Antwort, wollte seinem eigentlichen Arbeitgeber nicht in den Rücken fallen. Auf jeden Fall vergaß er bei all diesen Überlegungen, seine Stimmlage zu ändern und in einen Dialekt zu wechseln, sondern erklärte in schönstem Hochdeutsch: „Mittlerweile komme ich mit ihm klar, allerdings zugegebenermaßen erst nach größeren Anfangsschwierigkeiten. Man muss sich an seine Art erst einmal gewöhnen."

Er erschrak. Sie jedoch schien seinen Fauxpas nicht

169

bemerkt zu haben, war viel zu sehr vertieft in ihre eigene Gedankenwelt, erlaubte sogar einen Einblick. Seufzend murmelte sie: „Ich werde mich niemals daran gewöhnen! Ich leide wie ein Vieh in dieser Ehe!" Sie begann zu weinen, was ihn alle Zurückhaltung vergessen ließ.

Leo vergisst diese ebenso, unterbricht seinen Vater: „Ja, verdammt, warum reicht sie nicht einfach die Scheidung ein? Bei all der Kohle in ihrer Familie ist sie auf ihren Ehemann doch gar nicht angewiesen."

Genau diese Frage hatte Harald ihr auch gestellt und diese Vertraulichkeit sogleich bereut. Doch zu seinem allergrößten Erstaunen ging sie ohne zu zögern auf diese ziemlich dreiste Frage ein, meinte: „Das wird nicht leicht, denn Peter weiß da etwas aus meiner Vergangenh ..."

Urplötzlich brach sie den Satz ab, schien sich zu erinnern, schien ihre Umgebung wieder zu registrieren, schaute ihn über den Rückspiegel prüfend an und – erkannte ihn! Harald war sich dessen sicher, sah es an ihrem entsetzten Gesichtsausdruck. War er der düstere Fleck in ihrer Vergangenheit, von dem ihr Ehemann wusste? Vielleicht hatte sie diesem in einer schwachen Stunde einmal ihre Missetat aus Teenagerzeiten gebeichtet, weshalb er sie in der Hand hatte. Ein Hinweis von Rübner an die Presse und ihr Renommee als gütige Charityfee wäre dahin! Keine Ahnung! Er konnte nur vermuten. Mit Sicherheit aber wurde ihm Bettinas Erinnerung an die Vergangenheit zum Verhängnis.

Harald beobachtete sie. Wie würde sie reagieren? Zunächst blieb sie noch ganz ruhig, war viel zu überrascht, hat wohl Gewissheit gesucht, aber dann gerufen: „Mein Gott, der Winkler! Der Schauspieler! Das sind Sie doch?! Und ich habe Sie all die Jahre nicht erkannt! Bei den Veränderungen!"

170

Bettinas ansonsten zur Schau gestellte snobistische Gelangweiltheit wich allergrößter Nervosität. „Was wollen Sie? Doch wohl nicht Rache?"

Sie fing an zu lachen, suchte die Situation herunterzuspielen, ihn zu besänftigen. Ja, sie begann ihn zu duzen, um eine vertraulichere Ebene herzustellen: „Mensch, du bist so ein süßer, lieber Kerl, von deinem Wesen her als blutrünstiger Racheengel total ungeeignet, hast mir ja auch bisher nie etwas getan. Außerdem ist die Geschichte schon Lichtjahre her und interessiert kein Schwein mehr."

Dies hätte sie nicht sagen sollen. Seine Beherrschung war dahin. „Da liegst du falsch. Mich Schwein interessiert sie noch immer!", fuhr er sie an. Unfassbar! Glaubte sie wirklich an die Mähr, Zeit heile alle Wunden? Konnte sie sich ernsthaft vorstellen, ein Mensch sei in der Lage solch ein Unrecht einfach zu vergessen? Eine unvorstellbare Wut erfasste Harald. Er schrie sie an: „Du hast mein gesamtes Leben zerstört, mich unschuldig ins Gefängnis gebracht, meine Frau in den Tod getrieben, mir meine Kinder genommen! Und da soll mich deine Falschaussage nicht mehr interessieren?"

Überrascht blickte sie ihn über den Rückspiegel an, was ihn in der Überzeugung stärkte, Bettina hatte ihre damalige Untat komplett verdrängt. Urplötzlich dachte er doch an Rache, wollte, dass sie sich zumindest eine kurze Zeit lang vor ihm fürchtet, wollte sie psychisch leiden sehen, nicht aber physisch!

„Das müsst ihr mir glauben. Leo, du weißt, ich hasse blutige Gewalt. Auch habe ich gehofft, ihr in diesem Zustand der Furcht klar machen zu können, was sie damals angerichtet hatte."

Harald bog auf einen verlassenen Industrieparkplatz ab. Keine Menschenseele war weit und breit zu sehen.

171

Mittlerweile hatte die Nacht eingesetzt. Der richtige Ort, die richtige Zeit, jemandem Angst einzujagen! Und sie reagierte wie erwartet, brüllte ihn an: „Verdammt, was soll das? Bringen Sie mich augenblicklich zum Atelier! Ich werde dort erwartet."

Da er nicht wie befohlen auf die Straße zurückkehrte, stattdessen den Motor ausschaltete, versuchte Bettina es erneut auf die sanfte Tour.

„Mann, ich verstehe ja, dass du sauer auf mich bist und ich entschuldige mich für mein damaliges Benehmen. Mein Gott, ich war ein naiver Teenager, unglaublich verliebt in dich als Schauspieler und du hast nicht so reagiert wie ich wollte, mich sogar ziemlich schroff abgewiesen. Das musste bestraft werden! Solch ein Verhalten war ich schlicht und ergreifend nicht gewöhnt. Ansonsten wurde mir nämlich immer jeder Wunsch erfüllt."

Er schäumte. „Und du glaubst, dass mit dieser Entschuldigung alles erledigt ist? Warum nur hast du mich all die Jahre im Gefängnis schmoren lassen? Ein kleines Wort von dir und ich wäre frei gekommen! Du warst minderjährig und dein Vater hätte garantiert dafür gesorgt, dass dein Geständnis keinerlei böse Folgen für dich haben würde. Wie konntest du all die Jahre nur mit diesem Unrecht leben?"

Wieder dieser verständnislose Blick, dann die lapidare Erklärung: „Herrje, ich war einfach der Meinung, du hättest Strafe verdient. Später hab ich irgendwie nicht mehr daran gedacht oder hab's verdrängt. Keine Ahnung. In meinem Leben ist dann aber auch so viel passiert. Ich bitte nochmals um Entschuldigung. Mehr geht nicht. Das war wirklich nur eine dumme Jugendsünde."

Aufgebracht unterbricht Leo seinen Vater. „Was für eine

Unverschämtheit! Du hast dich ja wohl kaum mit dieser dürftigen Entschuldigung zufrieden gegeben."

„Keineswegs. Allein der Ausdruck 'nur eine dumme Jugendsünde' brachte mich in Rage, was sie zu bemerken schien, denn plötzlich hat sie mir Geld als Wiedergutmachung geboten, mich gefragt: 'Wieviel willst du?'

Ich war fassungslos. 'Wieviel ist denn deiner Meinung nach mein verpfuschtes Leben wert?', habe ich sie gefragt. Bettina hat kurz gezögert, 50 000 geboten und, als ich wütend schnaubte, ihr Angebot auf das Doppelte erhöht. Für sie schien damit alles erledigt. Wisst ihr, was sie sagte? 'Aber dann gibst du Ruhe und wir sind quitt. Ich werde auch meinem Mann nichts von diesem Vorfall erzählen. Du kündigst und haust ab.'"

„Und, bist du auf diesen Deal eingegangen und hast das Geld genommen?"

Harald schaut seinen Sohn enttäuscht an.

„Für wen hältst du mich? Kein Geld der Welt kann ihre Tat aufwiegen! Bettina hat übrigens nicht eine Sekunde gedacht, ich könnte ihr Angebot ausschlagen. Sie hatte bereits wieder zu ihrer ursprünglichen Selbstsicherheit und Arroganz zurückgefunden, fing sogar an zu lachen und meinte: 'Für Peter wird das Ganze allerdings eine Katastrophe. Wie soll der so schnell jemanden finden, der es mit ihm aushält? Mit dir kam er jedenfalls klar, hat dich sogar einmal in einem Anfall von grenzenloser Sentimentalität gelobt. Ansonsten kommt ja Lob niemals über seine Lippen.'

Gerade als ich ihr klarzumachen suchte, dass ich nicht käuflich sei, als ich ihr die Konsequenzen ihres damaligen Handelns verdeutlichen wollte, in jenem Moment schrie sie urplötzlich auf: 'Mein Gott, was bin ich für ein Idiot! Natürlich! Dass ich da nicht sofort draufgekommen bin! Du steckst mit Peter unter einer Decke! Sollst du mich in seinem Auftrag umbringen?' Augenblicklich änderte sie ihr Verhalten, schaute mich voller Angst an. Vergeblich hab ich versucht sie zu beruhigen. Bettina glaubte an eine Mordverschwörung, begann nervös an ihrer Handtasche zu nesteln. Ich ahnte sofort, sie sucht nach ihrem Handy, um die Polizei zu rufen, musste also augenblicklich handeln. Blitzschnell bin ich aus dem Auto gesprungen, hab die hintere Tür aufgerissen, ihr die Tasche entwunden, um sie in hohem Bogen ins Gebüsch zu werfen. Wieder und wieder wollte ich sie beschwichtigen. Ohne Erfolg! Oh Gott, ihr hättet sie sehen sollen! Aus ihren Augen sprach das blanke Entsetzen."

„Sehr gut!", meint Leo. Lisa dagegen ist anderer Meinung: „Schrecklich. Hoffentlich ist das Ganze nicht noch weiter eskaliert."

Harald schüttelt traurig den Kopf. „Leider doch. Meine Worte sind einfach nicht zu ihr durchgedrungen. Anfangs wimmerte sie, schließlich begann sie hysterisch zu schreien, um Hilfe zu rufen. Ihr könnt euch meine Panik vorstellen. Plötzlich aber wandelte sich ihr Verhalten. Wie eine Furie stürzte sie sich auf mich, schlug auf mich ein." Er deutete auf seine Kratzspuren im Gesicht sowie an den Händen. „Schließlich suchte sie an mir vorbei zu kommen, wollte fliehen. Was sollte ich tun?"

„Na, zurückschlagen, dieses Miststück windelweich prügeln, nach allem, was sie dir angetan hat!" Leo ist sich sicher.

Nein, irgendwie konnte sein Vater das nicht, wollte es wohl auch gar nicht, obwohl er früher oft genug von einer solchen Möglichkeit geträumt hatte. Ihm war völlig klar, was passieren würde, sollte Bettina in dieser Verfassung verschwinden. Das durfte er keinesfalls zulassen. So rannte er hinter ihr her, packte sie, hielt sie fest, schüttelte sie, damit sie endlich zur Vernunft kommt, ihm zuhört. Wieder und wieder sagte er, sie brauche keine Angst haben. Niemand wolle ihr etwas antun. Die Frau aber schien ihm nicht zu glauben, begann augenblicklich erneut lauthals zu schreien, weshalb Harald ihr den Mund zuhielt. Es war einfach furchtbar. Er geriet in Panik, war sich der Ausweglosigkeit der Situation bewusst. Was er auch machte, es war falsch!

Irgendwann hat er schließlich aufgegeben, sie losgelassen, regungslos zugesehen, wie sie in Panik zum Auto rannte und mit quietschenden Reifen davonfuhr. Der Wagenschlüssel hatte ja noch im Zündschloss gesteckt.

Das war sie nun, seine Rache. Erneut hatte diese Frau gesiegt. Er konnte sich ausmalen, wie sie nach Hause kommt, die Sache dramatisiert, sofort die Polizei verständigt, um von einem schrecklichen Mordversuch zu berichten.

Harald schlägt seine Hände vor den Kopf. Ein gebrochenes Häufchen Elend. Eine Weile schweigen alle drei betreten, Lisa vor Entsetzen. Selbst Leo fällt in dieser Situation rein gar nichts ein, eine Seltenheit! Schließlich ist es sein Vater, der in seinem Bericht fortfährt.

„Ja, ich weiß, ich habe Mist gebaut, aber was hätte ich machen sollen?"

Da stand er nun mitten auf dem Parkplatz in dieser einsamen Gegend, wusste nicht weiter. In diesem Moment tauchte ein Spaziergänger auf, der wohl noch seinen Hund ausführen musste, und kam direkt auf ihn zu. Wie lange hatte er sie beobachtet? Harald bekam panische Angst, war sich sicher, der Mann musste zumindest einen Teil des Streits mitbekommen, Bettinas

Schreie gehört haben. Hatte er eventuell schon die Polizei gerufen?

„Mein Gott, Vater, jetzt hat dieses Miststück auch noch einen perfekten Zeugen!"

„Das habe ich natürlich auch gleich gedacht, bin mir inzwischen aber nicht mehr ganz so sicher. Jedenfalls entpuppte sich der Mann als kein allzu großer Anhänger der Frauenwelt. Seelenruhig und breit grinsend meinte er bloß: 'Weiber! Einfach hysterisch! Im Streit werden die zu Hyänen! Lässt Ihre Alte Sie hier mutterseelenallein sitzen.' Dankbar hab ich die Vorlage aufgegriffen, mich zu einem Lachen gezwungen und erwidert: 'Genau! Wenn ich aber nach Hause komme, hat sie sich wie immer beruhigt und bereut ihren Fehler. Ich kenne das.' 'Muss ich das verstehen?', hat er gefragt und ist kopfschüttelnd davongezogen."

„Schwein gehabt! Den Mann müssen wir ausfindig machen, sollte Bettina eine Anklage gegen dich einreichen. Und nach allem, was du von ihr und ihrem Anwalt-Vater erzählt hast, wird sie dies garantiert tun."

In diesem Moment fängt sein Vater an zu weinen und schüttelt heftig den Kopf. „Wartet ab. Die Geschichte ist nämlich noch lange nicht zu Ende."

„Willst du nicht einmal eine Pause machen, etwas essen und trinken, vielleicht ein paar Stunden schlafen? Du bist doch völlig fertig." Lisa ist wie immer sehr aufmerksam. Harald jedoch ist nicht nach Schlaf zumute, auch würde er keinen einzigen Bissen hinunter bekommen.

„Nein danke, dazu habe ich absolut keine Zeit. Leo, ich weiß nicht, wann die Polizei meine Verbindung zu dir ausfindig machen und hier auftauchen wird." Er blickt seinen Sohn schuldbewusst an. „Verdammt, ich weiß ja, dass ich euch durch mein Aufkreuzen in Schwierigkeiten bringe, aber an wen sonst soll ich mich denn wenden?"

Leo beschwichtigt ihn, drängt zum Weitererzählen.

„Ate ist mir treu geblieben, denn ..."

„Verdammt, wer zum Teufel ist denn jetzt schon wieder Ate?", fragt er seinen Vater ungehalten.

„Oh, die Bildung, mit der standst du gerne auf Kriegsfuß. Ate ist die griechische Göttin des Unheils. Egal, wieder zurück zum Parkplatz. Mittlerweile hatte es begonnen, heftig zu regnen, eine Tatsache, die mir komplett egal war. Zu diesem Zeitpunkt war mir eigentlich alles egal! Sollte doch die Sintflut einsetzen, egal! Ich hab mich auf einen kleinen, halbverrosteten Container gesetzt und gewartet, gottergeben auf das Eintreffen der Polizisten gewartet, gefühlte Ewigkeiten lang. Die ganze Zeit über hab ich versucht das Chaos in meinem Kopf zu lichten, allerdings hat es lange gedauert, bis ich endlich klare Gedanken finden, meine Lage analysieren konnte. Im ersten Moment hab ich an Flucht gedacht."

„Was du hoffentlich nicht getan hast, denn das hätte die Anschuldigungen der Frau leider nur noch mehr untermauert."

Harald nickt matt. „Genau zu diesem Ergebnis kam ich auch. Allerdings sah die Alternative auch nicht rosig aus. Ich konnte mir ausmalen, mit welcher Dramatik Bettina der Polizei den Vorfall schildern würde, hab mir keinerlei Illusionen gemacht, wem die Justiz Glauben schenken wird. Der Tochter aus gutem Hause, der bekannten Charitylady oder dem ehemaligen Strafgefangenen, der sich an seinem ehemaligen Opfer rächen wollte?"

Wütend unterbricht Leo. „Verflucht!! Exakt die gleiche Situation wie damals. Und wieder hast du keine Chance gegen dieses Weib, egal, was du auch tust. Wie ging's denn nun weiter?"

„Nun, ich hab mir das Gehirn zermartert, ohne eine Lösung zu finden. Und dann ist wieder der Mann mit

Hund aufgetaucht, wahrscheinlich auf dem Rückweg nach einem ausgiebigen Spaziergang oder Kneipenbesuch, und hat gemeint: 'Mensch, es ist fast ein Uhr und Sie hocken ja immer noch da. Glauben Sie wirklich, Ihre Alte holt sie noch, oder soll ich Ihnen ein Taxi rufen?' Ich hab dankend abgelehnt und er ist mit den Worten 'Gott sei Dank bin ich nicht verheiratet!' verschwunden. Erst da ist mir bewusst geworden, ich hatte um die zwei Stunden auf dem Parkplatz gewartet und keine Polizei war aufgetaucht. Irgendwie hab ich erneut Hoffnung geschöpft, mir eingeredet, dass Bettina vielleicht doch aus schlechtem Gewissen wegen ihrer damaligen Tat überhaupt nichts gegen mich unternommen hat. Und so bin ich also nach Hause gegangen, um die Sachlage zu überprüfen."

3

Es dauerte fast zwei Stunden bis Harald in seine Straße einbog und dort erwartete ihn der nächste Schock, ein Schock, der ihn sofort hinter die nächstbeste Hecke trieb. Auf dem Gehweg standen viele Nachbarn, die neugierig auf das Rübnersche Anwesen schauten. Und vor dem Hauptgebäude befand sich der Chauffeurswagen, wild dort abgestellt, die Fahrertür weit geöffnet. Er konnte sich die Szene lebhaft ausmalen, wie Bettina mit quietschenden Reifen vorgefahren und in Panik ins Haus geeilt war, um von dort die Polizei zu verständigen.

„Irgendwie ist das seltsam." Lisa blickt ihn verwundert an. „Sie glaubt doch an ein Mordkomplott von ihrem Ehemann und dir. Und da kehrt sie ausgerechnet nach Hause zurück, wo sie auf Peter Rübner treffen musste?"

„Der hatte Revision zu machen. An solchen Abenden kam er meist erst nach Mitternacht mit dem Taxi heim, Egal. Mich hat etwas anderes weit mehr beunruhigt, die Polizei war nämlich bereits vor Ort, außerdem ein Krankenwagen mit Blaulicht."

„Super, das Weib hatte einen Herzinfarkt vor Schreck!", frohlockt Leo spontan. Sein Vater aber zuckt nur die Schultern.

„Ich weiß es nicht. Natürlich habe ich nicht gewagt nachzufragen, wollte bloß nichts wie weg. Dann aber ist mir Svenja eingefallen. Ich musste ihr doch die Wahrheit sagen, bevor ich verschwand. Außerdem benötigte ich für meine Flucht Geld, ein paar Klamotten, eventuell meinen Ausweis. Mit Entsetzen sah ich Svenja

179

zusammen mit Lina und Thomas in der beleuchteten Vorhalle stehen, unerreichbar für mich.

Bei diesem Polizeiaufgebot hab ich mich zunächst noch nicht in meine Wohnung gewagt, sondern mich erst einmal hinter der nachbarlichen Hecke versteckt. Und diese Entscheidung sollte sich als goldrichtig erweisen. Kurze Zeit später nämlich sah ich einige Polizisten aus dem Haus rennen. In Richtung meiner Räume!"

„Hat sie dich also doch angezeigt!"

„Anzunehmen. Keine Ahnung, wie lange ich dort im Schutz der Dunkelheit alles beobachtet habe, immer in der Angst, bei Tagesanbruch entdeckt zu werden. Aber irgendwann ist die Armada der Polizeiwagen abgezogen. Auch der Krankenwagen hat das Gelände verlassen, ohne Blaulicht und, weit wichtiger, ohne jemanden eingeladen zu haben. Ein erneuter Hoffnungsschimmer! Niemand war mehr zu sehen, ich musste handeln, schlich mich in meine Wohnung, dankbar nicht zusammen mit den anderen Bediensteten im 'Gesindehaus' zu wohnen. Dankbar auch, weil ich vor meiner Fahrt mit Bettina alle Rollläden heruntergelassen hatte, somit nicht total auf Licht verzichten musste. Ganz besonders dankbar jedoch, als ich feststellen durfte, man hatte auf der Suche nach meiner Person meine Räume noch nicht komplett durchwühlt. Hastig hab ich meiner Freundin ein paar Zeilen geschrieben, in denen ich meine Unschuld betonte, einige Kleidungsstücke in einen Rucksack gestopft. Dann wollte ich mein Geld sowie die Papiere holen, die ich unter meiner Matratze versteckt hatte, und hab den nächsten Schock erlebt."

„Alles war weg, oder?"

„Mensch Leo!" Lisa schaut ihren Mann vorwurfsvoll an. „Jetzt lass deinen Vater doch endlich mal in Ruhe erzählen. Deine dauernden Zwischenrufe bringen ihn ganz aus dem Konzept."

„Ist schon gut." Harald winkt ab. „Absolut nichts war weg! Es fanden sich sogar mehr Dinge als zuvor, nämlich unter dem Bett! Dinge, die mir überhaupt nicht gehörten, die ich allerdings augenblicklich erkannt habe. Ein Paar brilliantbesetzte Ohrringe, eine kostbare Armbanduhr sowie ein prächtiger Ring mit großem blauen Stein. Alle drei Schmuckstücke stammten aus dem Besitz Bettinas, jedenfalls hatte sie sie einige Male während des Abendessens getragen!"

„Wollte sie dich etwa bestechen, nichts aus eurer gemeinsamen Vergangenheit auszuplaudern?" Leo kann seinen Mund einfach nicht halten.

„Diese Idee hatte ich anfangs auch, hab sie allerdings bald verworfen. Ich vermutete eher, sie wollte mir so nebenbei noch einen Diebstahl unterschieben. Zeit genug, diese Sachen bei mir zu platzieren, hatte sie ja gehabt und sie besitzt mit Sicherheit auch eine Art Generalschlüssel für alle Gebäude auf dem Anwesen."

„Hat sie denn den Schmuck an diesem Abend getragen?"

„Genau dies ist der springende Punkt. So sehr ich mir darüber meinen Kopf auch zermartere, ich kann mich einfach nicht erinnern. Egal! Gerade als ich aus meiner Wohnung türmen wollte, schien sich draußen erneut etwas zu tun. Ich brauchte Gewissheit, hab das Licht ausgemacht und durch einen kleinen Rollladenspalt einen Blick auf die Auffahrt zum Herrenhaus gewagt. Genau in diesem Moment ist ein weiteres Auto vorgefahren. Glaubt mir, dieser Anblick hat mir vor Angst und Beklemmung schier die Kehle zugeschnürt. Es war nämlich ein Leichenwagen! Zwei Bestatter sind ausgestiegen und samt Sarg in dem Gebäude verschwunden."

181

„Oh Gott, und wen holten sie ab?"

„Das konnte ich leider nicht feststellen. Mir sind aber augenblicklich Bettinas Worte vom Vorabend eingefallen, wie sehr sie unter dieser Ehe litte, wie schwierig eine Scheidung von ihrem Mann sei. Dann ihre Idee von einem Mordkomplott! Sie glaubte ja felsenfest, ihr Mann hätte mich als Auftragsmörder angeheuert, wollte uns garantiert zuvorkommen. Für mich war klar, um den Toten musste es sich um Peter Rübner handeln. Und der war keinen natürlichen Tod gestorben, war ermordet worden. Und zwar von seiner Ehefrau! Ich hatte keine Zweifel."

„Aber Vater, woher willst du das denn wissen? Das sind doch bloße Spekulationen! Vielleicht ist der Hausdrache Frau Richter an ihrem Lieblingswort 'Klar' erstickt."

„Deine Fantasie in allen Ehren, aber bei d e m großen Polizeiaufgebot konnte es sich nicht um einen normalen Todesfall handeln, sondern um Mord an einem der beiden Rübners. Und für mich kam allein Bettina als Täterin infrage. Je mehr ich darüber grübelte, desto sicherer wurde ich mir, sie wollte mich als Mörder ihres Mannes präsentieren. Darum die Juwelen unter meiner Matratze."

„Und du hast hoffentlich nicht weiter zugeschaut, sondern bist abgehauen."

„Exakt. Ich schnappte mir meinen Rucksack, rannte aus der Wohnung, als mir die Schmuckstücke einfielen."

Diesmal unterbricht ihn Lisa: „Genau über die denke ich die ganze Zeit nach. Warum nur hat Bettina nach dem Mord an ihrem Mann – immer vorausgesetzt, der hat überhaupt stattgefunden – irgendwelche Schmuckstücke von sich in deinem Zimmer platziert statt Wertgegenstände Peter Rübners, die der gerade bei sich trug? Das hätte doch viel eher auf dich als Täter gedeutet."

Harald denkt kurz nach. „Stimmt. Eigentlich hast du recht. Das klingt wirklich merkwürdig. Aber warte erst einmal ab, lass mich zu Ende erzählen. Ich war zu diesem Zeitpunkt viel zu sehr verwirrt, konnte keinen klaren Entschluss fassen, hatte einfach nur so ein dumpfes Gefühl, ich müsste das Zeug aus meinem Zimmer verschwinden lassen. Also bin ich zurückgerannt. Gerade als ich den Schmuck in meinen Rucksack packen wollte, wurde meine Wohnungstür aufgerissen und vor mir stand ..."

„Bettina!" Leo ist sich absolut sicher.

„Nein, Herr Rübner!"

„Der Tote? Das gibt's ja nicht!"

„Nein, für einen Toten wirkte der viel zu lebendig, so lebendig, dass mir für irgendwelche Gegenwehr, für eine Flucht gar keine Zeit blieb. Der Mann stürzte in den Raum, schrie 'Du Schwein hast sie umgebracht! Ich mach dich fertig!' Ihr hättet den Hass und die Wut in seinen Augen sehen sollen. Viel schlimmer war allerdings die Tatsache, dass er eine Pistole auf mich gerichtet hielt. Und ich stand da mit Bettinas Schmuck in der Hand! Glaubt mir, in dem Moment war mir absolut klar, der Kerl würde keine Sekunde zögern, seine Drohung wahrzumachen!"

Die Nachricht von Bettinas Tod konnte Harald nicht so schnell verarbeiten, dafür aber in dieser bedrohlichen Situation blitzschnell reagieren. Der harten Schule des Knasts sei Dank. Ein kühler Kopf war jetzt gefragt. Kaum zu glauben, aber es gelang ihm tatsächlich seine vorherige Nervosität zu zügeln. Er wurde relativ ruhig und erinnerte sich sogleich an einen Trick aus alten Gefängniszeiten. Sein Blick wanderte von seinem Gegner zum Flur in dessen Rücken, zudem stieß er ein verwundertes 'Oh!' aus, so als ob sich jemand im Hintergrund befinden würde. Und der Mann reagierte wie erwartet, schaute sich um, ein Moment, den Harald augenblicklich nutzte, um ihm die Waffe aus der Hand zu schlagen.

Beide stürzten sich auf die Pistole. Bei dem anschließenden Kampf entwickelte der schmal gebaute, gänzlich untrainierte Rübner urplötzlich ungeahnte Kräfte. Zwar ergriff Harald die Waffe zuerst, stolperte jedoch bei dem Versuch über die Teppichkante und schlug unsanft bäuchlings auf dem Boden auf, die Pistole unter sich begraben.

Schon war sein Gegner über ihm, bohrte ihm sein Knie in den Rücken. Und da waren sie, zwei Hände, die sich wie Schraubstöcke um seinen Hals legten, ihm erbarmungslos die Luft nahmen. Harald wusste nicht wie, aber unter Aufbietung aller seiner Kräfte konnte er sich hochdrücken und den anderen abschütteln. Beide atmeten sie schwer, beide waren sie am Ende. Die Waffe jedoch war in seinem Besitz, gerichtet auf seinen Gegner.

Harald stand auf, zwang sich, Ruhe in das wilde Tohuwabohu in seinem Kopf zu bringen. Eigenartigerweise schien Rübner eher zu klaren Gedanken fähig, denn, noch bevor sein Gegenüber das Geschehene überhaupt verarbeitet hatte, sah er ihn mit diesen eiskalten Augen an und fragte: „Na, und wie soll es jetzt weitergehen?" Diese Frage brachte Harald total aus dem Konzept, obwohl, sein Problem lag ja eher darin, dass er überhaupt kein Konzept hatte. Er war dermaßen verwirrt, suchte verzweifelt nach einer Antwort und sagte schließlich völlig unüberlegt: „Ich nehme Sie als Geisel!"

„Mein Gott, Vater! Das darf doch alles nicht wahr sein!

Eine Geisel nehmen! Warum nur hast du das gemacht?"

„Na, ich hab doch überhaupt nicht nachgedacht, hatte irgendwie die fixe Idee, der Mann könnte mir zur Flucht verhelfen."

„Aber das macht doch alles nur noch viel schlimmer! Wäre es nicht besser gewesen, sich gleich der Polizei zu stellen?"

Sein Vater lacht verkrampft: „Bei meinen schlechten Erfahrungen in der Vergangenheit? Was meinst du, was passiert wäre, wenn ich mich ergeben hätte. Einfach alles spricht doch gegen mich. Ein ehemaliger Strafgefangener, der sich für unschuldig hält und sich an seinem ehemaligen Opfer blutig rächen wollte. Ein Mord, nachdem der erste Versuch gescheitert war. Diebstahl der Schmuckstücke der Toten. Glaubt ihr allen Ernstes, Polizei und Justitia könnten mir Glauben schenken? Natürlich war das eine Scheißsituation, aber was hätte ich denn machen sollen? Ich wollte nur irgendwie von dort weg, zu dir Leo, in der Hoffnung, du könntest die Wahrheit ans Licht bringen. In der Zwischenzeit kann ich ja untertauchen."

Sein Vater wirft einen verzweifelten, hilfesuchenden, um Verständnis flehenden Blick auf Leo. „Aber ich kann dich, was die Geiselnahme angeht, trösten. Zumindest dazu kam es nicht."

4

Die Geschichte nahm nämlich eine ganz andere Entwicklung. Während Harald, mit seinen Nerven am Ende, aufgeregt hin und her lief, saß Rübner kerzengerade auf dem Stuhl, betrachtete ihn, kalt kalkulierend. Und je länger er dies tat, desto ruhiger und gefasster schien er zu werden. Schließlich meinte er: „Mensch, Mann. Gib auf! Du bist doch restlos fertig, am Ende."

Komisch, zum ersten Mal in all den Jahren degradierte er seinen Chauffeur, indem er ihn duzte, ebenso duzte wie den Bettler, der es bisweilen gewagt hatte, sich vor seinem Juwelierladen aufzuhalten.

„Eine Geiselnahme, was für ein Witz, Winkler! Was meinst du, wie weit du mit mir kommst? Die gesamte Polizei wird dich verfolgen. Du hast doch nicht die Spur einer Chance."

„Wo er recht hat, hat er recht!" Leo kann einfach nichts unkommentiert lassen.

Die eigene Chancenlosigkeit war seinem Vater inzwischen auch klar geworden. Plötzlich fragte Rübner ihn spöttisch lachend: „Na, und nun? Willst du mich jetzt auch umbringen?"

Und da brach die ganze Verzweiflung aus Harald heraus. Er schrie ihn an: „Was heißt hier 'auch'? Verdammt, ich hab noch niemals irgendwem etwas angetan, schon gar nicht jemanden umgebracht! Sicher hatte ich eine Auseinandersetzung mit Ihrer Frau gestern Abend. Das Letzte, was ich von ihr gesehen habe, war jedoch, wie sie mit dem Wagen davonfuhr, und da war sie noch quicklebendig. Natürlich hätte ich jeden Grund der Welt, mich an ihr zu rächen, hab ihr aber all die Jahre nie etwas getan. Also, warum sollte ich dies jetzt plötzlich tun?"

Rübner schaute ihn nur zweifelnd an: „Und was für ein Grund soll das gewesen sein?"

Harald erwähnte Bettinas Falschaussage vor Gericht. Zu mehr kam er nicht. Sein Chef fiel ihm ins Wort.

„Ach, diese Geschichte. Frau Richter hat mir vorhin erzählt, wer du wirklich bist. Ist doch eigenartig: Da sucht sich ausgerechnet das ehemalige Opfer meiner Frau einen Arbeitsplatz in unserem Haus, so ganz freiwillig, ohne einen Rachegedanken? Wenig plausibel!"

Eine perverse Situation! Harald, der in diesem Moment vermeintlich Stärkere, er, der eine Waffe auf seinen Gegner gerichtet hielt, glaubte sich verteidigen, dem anderen die Geschehnisse der gestrigen Nacht ausführlich erzählen zu müssen, alles bis zu dessen Auftauchen in dieser Wohnung. Er vergaß weder den Zeugen auf dem Parkplatz um 1 Uhr noch die Schmuckstücke, die auf ungeklärte Weise unter sein Bett gelangt waren.

Rübner hörte ihm zwar zu, notgedrungen, schüttelte dann jedoch den Kopf.

„Sorry Winkler. Auch wenn ich dich in den letzten Jahren als einen ruhigen, wenig gewaltbereiten Menschen erlebt habe, so wurde mir die Geschichte der heutigen Nacht allerdings komplett anders dargestellt. Als ich um etwa 12:50 Uhr nach Hause kam, lief mir meine Frau Richter entgegen, verzweifelt und in Tränen aufgelöst. Sie schrie fortwährend 'Bettina! Ich glaube, sie ist tot.' und brachte mich ins Ankleidezimmer meiner Frau. Dort fand ich sie in einer Blutlache liegen. Der Kopf zertrümmert, daneben die Tatwaffe, ein Baseballschläger, höchstwahrscheinlich dein Baseballschläger, Winkler!"

Leo muss seinen Vater erneut unterbrechen. „Himmel, wenn es sich um den in deinem Wagen handelt, sieht es übel für dich aus."

„Das brauchst du gar nicht erst betonen. Wenn es meiner ist, dann befinden sich auch jede Menge Fingerabdrücke von mir drauf. Aber, verdammt, ich war's nicht, war doch zur Mordzeit auf dem Parkplatz oder auf dem Heimweg. Mein Gott Leo, du musst für mich diesen alten Mann mit Hund finden. Dann bin ich doch aus dem Schneider, oder?"

„Da mach dir mal keine Sorgen, den finden wir schon." Leo möchte ihm Hoffnung geben.

Dieses Alibi hatte sein Vater natürlich auch Rübner gegenüber erwähnt. Beim Wort 'Zeuge' stutzte dieser zwar, dennoch schien er ihm nicht zu glauben. Und wieder führte er Frau Richter an, die ihm angeblich eine völlig andere Sachlage präsentiert hatte. Zunächst einmal hatte es eine Weile gedauert, bis er die „arme, alte Dame" soweit beruhigt hatte, dass sie überhaupt sagen konnte, was passiert war. Jedoch, nach deren Angaben hatte sie Frau Rübner im Wagen ihres Mannes vorfahren und in Panik ins Haus rennen sehen und – Harald glaubte, sich verhört zu haben – nur kurze Zeit später ihn, Winkler, beobachtet, wie er aus einem fremden Auto gestiegen und in seine Wohnung geeilte war. Irgendwann in der Nacht, eine genaue Zeitangabe konnte sie nicht machen.

Leo überlegt, wie immer laut: „Und wie sollst du so schnell ohne Auto vom Parkplatz nach Hause gekommen sein? Per Anhalter in dieser verlassenen Gegend? Klingt wenig wahrscheinlich."

„Eben, ich hab ja dort noch einige Zeit gehockt. Keine Ahnung, warum die Richter so einen Blödsinn erzählen

188

konnte."

Natürlich hatte Harald auch Rübner gegenüber entschieden betont, dass das überhaupt nicht der Wahrheit entsprechen könnte, dieser ging allerdings überhaupt nicht auf seinen Einwand ein, sondern fuhr ungerührt in seinem Bericht fort, erzählte, was ihm seine Hausdame mitgeteilt hatte. Und jetzt wurde es erst richtig abenteuerlich!

„Selbstverständlich wollte Frau Richter erfahren, was passiert war, ist sogleich zum Haupthaus gerannt, wo sie meine Frau total verängstigt und hysterisch schreiend 'Der wollte mich umbringen!' vorfand. Einige Zeit verging, bis sie endlich Genaueres erfuhr, auch deine wahre Identität und die Geschichte von damals. Nun, der Anfang deiner Geschichte stimmt mit der Schilderung Bettinas überein, aber eben nur der Anfang. Auf der Fahrt zum Atelier hatte sie dich erkannt und tierische Angst bekommen, eine Angst, die du noch verstärkt hast, indem du auf den einsamen Parkplatz abgebogen bist. Und hier enden schon die Gemeinsamkeiten. Du hast nicht lange gezögert, die hintere Wagentür aufgerissen, sie herausgezerrt, geschrien, sie solle für ihre Tat büßen, ihr gedroht, sie zu töten. Meine Frau hat versucht sich zu wehren, was die Kratzspuren in deinem Gesicht belegen, hätte allerdings auf Dauer nichts gegen dich machen können. Nur der, auch von dir erwähnte, Mann mit Hund hat Bettinas Leben gerettet, zumindest zum damaligen Zeitpunkt. Du hast notgedrungen von ihr abgelassen, mit dem Mann geredet, was sie sofort nutzte, um mit dem Wagen davonzufahren."

Harald wollte dagegenhalten, kam aber nicht dazu. Rübner unterband rigoros seinen Versuch, wieder ganz der Boss.

Leo ist verblüfft. „Der Mann muss ja Nerven wie

Drahtseile haben. Ich weiß nicht, ob ich im Angesicht einer Pistole so ruhig geblieben wäre, wundere mich allerdings noch mehr über dein Verhalten. Warum hast du ihn nicht schon längst eingeschlossen, um zu türmen? Stattdessen hörst du dir sein Gequassel an. Dir musste doch klar geworden sein, dass dich irgendwer linken will."

Harald versteht das Argument seines Sohnes durchaus. „Selbstverständlich war ich mir dessen bewusst, aber irgendwie hatte ich die vage Hoffnung durch Rübners Gequassel, wie du es nennst, genau diese Person möglichst schnell ausfindig machen zu können, noch bevor die Polizisten mich erwischen."

Er ließ Rübner also reden: „Frau Richter jedenfalls hat Bettinas Darstellung geglaubt, so wie die aussah. Die Bluse zerrissen, rote Druckstellen an den Armen. Zudem ist eine derartige Todesangst selbst für meine Frau nur schwer zu spielen. Allerdings, je mehr sie erzählte desto ruhiger wurde sie, so ruhig, dass sie, als Frau Richter die Polizei rufen wollte, dies vorläufig erst einmal ablehnte. Idiotisch, aber ich kenne sie, habe sofort den Grund erahnt. Unmöglich sich in ihrem momentanen Zustand der Öffentlichkeit zu präsentieren! Sie wollte sich tatsächlich zuerst aufhübschen, bevor Polizei und vor allem die Presse eintreffen. Ich sehe es an deinem fassungslosen Blick, Winkler, aber meine Frau war so. Niemals wäre sie ohne makelloses Make-up, frisch gestylte Frisur sowie perfekt sitzende Designerklamotten unter Menschen gegangen. Selbst das Argument, sie würde, so übel zugerichtet wie sie jetzt war, viel glaubwürdiger wirken, ließ sie nicht zu, sondern zog sich für eine halbe Stunde in ihre Gemächer zurück. Zu ihrem Schutz sollte allerdings Thomas vorläufig Posten in der Vorhalle beziehen."

190

Rübner hielt kurz inne, begutachtete die Gemütslage seines Gegenübers, um dann in seinem Bericht fortzufahren.

„Frau Richter wartete also wie befohlen, ohne die Polizei zu rufen, wartete sogar fast eine Stunde. Sie wusste ja, dass Bettina für ihre Restaurationsbemühungen stets sehr lange brauchte. Schließlich wurde sie jedoch unruhig, ging nach oben und fand die Tote. Ihr durchdringender Schrei ließ Thomas herbeieilen, der wohl noch, allerdings erfolglos, versuchte meine Frau zu reanimieren. Erst danach, also unmittelbar vor meiner eigenen Rückkehr, haben die beiden die Polizei verständigt."

Mehrmals hatte Harald zuvor vergeblich nach einer Chance gesucht zu protestieren, das Ganze als Lüge zu entlarven. Nun allerdings schwieg er, war komplett verwirrt, fassungslos, versuchte das Gesagte irgendwie zu verarbeiten.

Inzwischen hatte Rübner sich erhoben, kam auf ihn zu. Wollte er seine momentane Unkonzentriertheit ausnützen? Harald riss sich zusammen, richtete die Waffe erneut auf ihn, befahl drohend, er solle sich augenblicklich wieder setzen. Und er hatte Glück. Der Mann befolgte seine Anordnung. Hätte er wirklich geschossen, wenn dieser noch näher gekommen wäre? Wahrscheinlich nicht.

Jedoch, obwohl die Situation nicht eskaliert war, da gab es etwas an Rübner, was ihn zutiefst irritierte. Diese Selbstsicherheit, die sachliche Kühle, mit der dieser den Fall analysierte, die Ruhe, die er sogar bewahrte, als er vom Auffinden seiner toten Frau berichtete. Dies alles im Angesicht des vermeintlichen Mörders, bedroht durch eine Pistole! Und dass er Harald zweifelsfrei für den Täter hielt, das machte er sogleich deutlich:

191

„Auch wenn du mir etwas anderes einreden willst, ich glaube meiner Frau Richter mehr als dir. S i e hat dich, Winkler, zu einer Zeit hier bei uns gesehen, als du angeblich viele Kilometer entfernt auf einem Parkplatz saßt. S i e hatte keinerlei Zweifel an deinem Mordversuch an Bettina. S i e war sich sicher, dass du es noch einmal versuchen würdest. Und s i e fand neben der Leiche einen Baseballschläger, auf dem man mit Sicherheit deine Fingerabdrücke finden wird. Außerdem, wie kam der Schmuck meiner Frau in deinen Besitz?"

„Ich habe absolut keine Ahnung!" Mehr konnte Harald dazu nicht sagen. Mittlerweile war ihm klar geworden, dass er gegen diese Zeugin keine Chance besaß. Würde nach ihrer Aussage überhaupt noch jemand nach seinem Hundebesitzer suchen? Kaum anzunehmen. Und wenn doch, würde der Mann seine Darstellung bezeugen, sich an die genaue Uhrzeit erinnern?

Seine Verzweiflung wuchs mehr und mehr, ein Tatbestand, den Rübner ihm wohl ansah. Jedoch schien Harald aus ungeahnten Gründen plötzlich in seinen Augen an Ansehen gewonnen zu haben, denn er siezte ihn erneut.

„Ich möchte nicht in Ihrer Haut stecken. Dabei kann ich Sie sogar verstehen. Bettina hat Ihnen übel mitgespielt. Sie war ein richtiges Miststück, dazu nicht gerade mit Intelligenz überschüttet. Im Grunde bin ich gar nicht so traurig über ihren Tod."

Er blickte auf sein Gegenüber und begann lauthals zu lachen. „Mensch Winkler, jetzt schauen Sie mich nicht so fassungslos an. Sie haben meine Frau doch erlebt, bestimmt mitbekommen, wie schlecht es um unsere Beziehung bestellt war. Jawohl, je länger ich darüber nachdenke, desto dankbarer bin ich Ihnen, sie mir vom Hals geschafft zu haben."

Haralds Protest, er wäre keinesfalls ihr Mörder, schien Rübner überhaupt nicht zu hören, so tief war er in irgendwelche Überlegungen verstrickt. Schließlich machte er ihm einen Vorschlag, mit dem dieser niemals gerechnet hätte.

„Ich bin Ihnen sogar äußerst dankbar. Aus diesem Grund werde ich Ihnen sogar helfen zu verschwinden. Erinnern Sie sich an die alte, baufällige Jagdhütte meines Vaters, aus der wir beide einmal für ihn dieses kolossale Hirschgeweih holen mussten? Packen Sie Ihr Geld, ein paar Kleidungsstücke, alle Lebensmittel und Getränke, die Sie hier haben, in Ihren Rucksack und tauchen Sie einige Zeit dort ab. Der Schlüssel wird noch immer unter dem zweiten Fensterladen rechts neben der Tür verklemmt sein. In der Zwischenzeit werde ich mich um einen anderen Pass für Sie kümmern und einen meiner Juwelenkuriere beauftragen, Sie aus Europa rauszubringen."

Leo ist fassungslos. „Wie bitte? Das ist ja nicht zu glauben!"

Sein Vater nickt. Er war zunächst ebenso überrascht gewesen wie sein Sohn jetzt. Dann hatte er fieberhaft seine Situation überdacht, um schließlich einzusehen, er musste diese Chance nutzen. Wenn es jemandem gelingen konnte ihn außer Landes zu bringen, war das Herr Rübner mit all seinen internationalen Verbindungen, deren Legalität Harald übrigens manchmal bezweifelt hatte. Das Haus selbst lag einsam, und niemand würde ihn ausgerechnet in der Rübnerschen Jagdhütte vermuten, falls deren Existenz überhaupt jemandem bekannt sein sollte.

Allerdings gab es da ein Problem. Wie sollte er dort hinkommen? Und wieder war es sein Chef, der eine Lösung parat hielt. Dieser erinnerte sich an das

193

Motorrad, das Bettina unbedingt einmal haben wollte, das aber seit vielen Jahren unbenutzt in einem Schuppen auf dem Gelände stand, der Schlüssel höchstwahrscheinlich noch in der oberen Schublade der Werkbank.

Plötzlich jedoch überfielen Harald erhebliche Zweifel. Was bezweckte Rübner mit seinem Angebot? Wollte er ihn lediglich von der geplanten Geiselnahme abbringen? Würde er nicht augenblicklich nach seinem Verschwinden die geballte Polizeimacht auf ihn ansetzen?

Allerdings erwies sich der Mann abermals als äußerst kooperativ. Bereitwillig übergab er sein Handy, betonte, er werde Harald nicht verraten und ließ sich, gefesselt an einen Heizkörper, widerspruchslos in der Wohnung einschließen."

„Und was hast du mit dem Schmuck gemacht?", will Lisa wissen.

„Nun, in diesem Punkt bin ich nicht seinem Rat gefolgt, ihn liegenzulassen, sondern hab ihn ebenfalls in den Rucksack gepackt und später von einer Brücke in den Fluss geworfen."

„Höchstwahrscheinlich eine kluge Idee!", lobt Leo.

„Keine Ahnung. Ich wusste nur, der muss irgendwie verschwinden."

So ganz traute er Rübners Stillhalte-Versprechen doch nicht, weshalb er, sicher ist sicher, noch das Telefonkabel aus der Wand riss. Anschließend schlich er sich via Hauptgarage, wo er sich einen gefüllten Benzinkanister schnappte, zum Schuppen. Und tatsächlich, da stand ein Motorrad, ziemlich verdreckt und verstaubt, dermaßen verstaubt, dass ihm sofort alle Hoffnungen schwanden, es könnte noch fahrbar sein. Der Zündschlüssel lag an der angegebenen Stelle.

Natürlich überprüfte Harald die Funktionstüchtigkeit nicht an Ort und Stelle, sondern schob die Maschine erst einmal ein gutes Stück durch den Hinterausgang die rückwärtige Nebenstraße entlang.

Er spürte schreckliche Panik, spürte seine Kleidung trotz der frühmorgendlichen Kälte auf seinem Körper kleben. Angstschweiß!

Gut, dass er Benzin mitgenommen hatte. Der Tank war nahezu leer. Er füllte ihn auf und versuchte, das Motorrad zu starten. Ein müdes Röcheln ertönte. Harald probierte es erneut. Vergeblich! Die Maschine schien am Ende ihrer Kräfte zu sein. Das Röcheln erstarb ebenso wie Haralds Hoffnungen, aber er gab nicht auf und wurde schließlich belohnt. Zu seiner großen Erleichterung sprang der Motor endlich an.

Langsam begann sich die Nacht zu lichten. Noch immer waren keine Menschen unterwegs. Gott sei Dank! Er fuhr aus der Stadt heraus zum Bahnhof einer nahen Ortschaft, wo er das Motorrad etwas abseits hinter einem alten Container abstellte und nahm den ersten Zug. Die wenigen Reisenden beachteten ihn nicht weiter.

5

Mittlerweile waren seine Zweifel Rübner gegenüber gewachsen, sogar erheblich gewachsen. Je länger Harald darüber nachdachte, desto mehr erschien ihm das Hilfsangebot als Falle. Keineswegs beabsichtigte er sich in dieser Jagdhütte zu verstecken.

„Ich wollte nur schnellstmöglich und unerkannt zu euch, denn, das war mir inzwischen klar geworden, ich alleine konnte unmöglich den wahren Täter finden. Dazu bist nur du fähig mit all deinen Möglichkeiten als Polizist. Natürlich hoffe ich, dass du mir mehr Glauben schenken wirst als der Rest der Polizei, die in mir ja nur den ehemaligen Strafgefangenen in Sachen Bettina Wagner sieht."

Harald macht eine kurze Pause, schaut seinen Sohn flehentlich an: „Du glaubst mir doch, oder?"

Leo nickt. „Ich werde mich um deinen Fall kümmern. Allerdings kannst du unmöglich bei uns bleiben. Wir sind unsere Jobs los, falls herauskommt, dass wir einen von der Polizei gesuchten Straftäter verstecken. Bis jetzt können wir immer noch behaupten, von der Fahndung nichts gewusst zu haben. Du verstehst das doch hoffentlich?!"

Verfügen die Kollegen über telepathische Fähigkeiten? Noch bevor sein Vater antworten kann, ertönt die Hausklingel. Alle drei zucken zusammen, Harald wird kreidebleich, stammelt: „Da sind sie. Es ist aus! Ich werde hinausgehen, mich ergeben, werde euch nicht in Schwierigkeiten bringen."

Leo gerät ins Schwitzen. Was soll er tun? Ihn ausliefern?

Aber dieser Mann ist sein Vater, hat ohne ihn wenig Chancen, der erneuten Haft zu entgehen!

Wieder wird geklingelt. Harald springt auf, will in den Garten, will davonrennen. Keine Zeit für weitere Überlegungen. Leo handelt intuitiv, hindert seinen Vater an der Flucht und versteckt ihn im ehemaligen Kinderzimmer. Seine Frau scheucht er zurück ins Schlafzimmer. Wenigstens sie soll aussagen können, vom momentanen Aufenthalt Haralds in ihrem Haus nichts gewusst zu haben. Er ist sich sicher, falls Polizisten draußen warten, dann verfügen sie bestimmt noch nicht über einen Durchsuchungsbefehl.

Entsetzliche Müdigkeit vortäuschend, öffnet er die Tür.

„Entschuldigen Sie die frühe Störung, aber es ist dringend. Sind Sie der Sohn von Harald Winkler?"

Leo nickt gähnend.

„Haben Sie eine Ahnung, wo sich Ihr Vater aufhält oder wohin er geflohen sein könnte?"

Schweißausbruch. Letzte Chance, die Wahrheit zu sagen, seinen Job nicht zu gefährden. Er muss sich entscheiden, zögert, was den Beamten Schlimmes vermuten lässt. „Ist er schon da? Bedroht er Sie?"

Leo hat eine Entscheidung gefällt, schüttelt den Kopf, fragt: „Was heißt hier 'geflohen'? Was ist denn überhaupt passiert?"

Er mimt den Fassungslosen, total Überraschten, während ihn der Beamte über den Mord an Bettina aufklärt. „Der Tat dringend verdächtigt ist Ihr Vater. Seien Sie vorsichtig. Der Mann ist extrem gefährlich und gewaltbereit. Falls er Sie kontaktieren sollte, sagen Sie uns sofort Bescheid."

Leo nimmt Visitenkarte und vor allem 'Auf Wiedersehen' der Polizisten erleichtert entgegen, holt seinen Vater sowie Lisa und gemeinsam überdenken sie den Fall.

„Punkt 1: Ich glaube dir. Punkt 2: Wenn du also unschuldig bist, wer ist dann der Täter? Punkt 3: Hat Bettina den Schmuck in jener Nacht getragen? Meiner Meinung nach kommt nur derjenige, der dir Schmuck und Mord unterjubeln wollte, als Mörder infrage. Also hat sie oder hat sie nicht?"

Auch beim allerbesten Willen, Harald kann die Frage nicht beantworten. Auf diese Weise kommen sie nicht weiter. Zudem wendet Lisa ein: „Ich denke, das spielt auch nicht eine derart große Rolle. Egal, ob der Täter die guten Stücke der Toten direkt abgenommen hat, Frau Rübner sie während ihrer Restaurationsversuche irgendwo abgelegt hat oder der Schmuck überhaupt nicht getragen worden war, wichtig bleibt allein die Frage, wer hatte Zugang dazu."

Harald zuckt die Schultern. „Also, wo die ihre Kronjuwelen aufbewahrte, keine Ahnung. Ich war nie in ihren Gemächern. Zugang hatten wohl auch nur der Ehemann, Frau Richter und Lina und für Linas Unschuld lege ich meine Hand ins Feuer. Frau Richter? Nein, warum sollte sie Bettina umbringen? Wenn man alle Menschen tötet, bloß weil man sie nicht besonders sympathisch findet, dann wäre unsere Welt wohl nahezu menschenleer. Gut, Thomas war gestern Nacht anscheinend auch im Haupthaus, aber der kann wirklich keiner Fliege etwas zuleide tun, selbst wenn sie so negative Charakterzüge wie die Rübner aufweisen sollte."

Bleibt also nur Herr Rübner, darin sind sich alle drei sicher. Sonderbar, dass er ausgerechnet den doch schon betagteren Harald seinen Konkurrenten bei der Einstellung vorgezogen hatte. Sonderbar auch, dass er keinerlei Papiere, kein polizeiliches Führungszeugnis sehen wollte, trotz des verantwortungsvollen Postens.

Vielleicht war er doch nicht durch Frau Richter, sondern bereits früher einmal von Bettina über ihre frühere Missetat unterrichtet worden. Hatte er ihn bei dem Vorstellungsgespräch erkannt und ganz bewusst angestellt, in der Hoffnung, Harald werde sich an seiner Frau rächen?

Dann die gar nicht so selbstlose Fluchthilfe! Egal, ob sie gelingt oder nicht, ist nicht alleine schon Winklers Verschwinden Schuldbeweis genug? Harald im Gefängnis, im Ausland oder als Flüchtender erschossen, keine Menschenseele würde in Rübner den Mörder sehen! Darum wohl ließ er sich auch so bereitwillig fesseln und einsperren!

Fehlt noch das Motiv. Lediglich eine unglückliche Ehe reicht wohl kaum aus, zumal sich beide scheinbar mit ihrem Leben irgendwie arrangiert hatten. Ist Rübner in finanziellen Schwierigkeiten?

Obwohl sein Vater sich dies nicht vorstellen kann, Leo will es herausfinden, ebenso, ob es einen Ehevertrag gibt und wer als Erbe von Bettinas beträchtlichem Vermögen infrage kommt. All diese Überlegungen sind jedoch hinfällig, wenn Rübner ein Alibi besitzt. Also wird er dessen Aussage, er sei erst nach dem Mord kurz vor ein Uhr nach Hause gekommen, überprüfen. Da gibt es allerdings noch einen Punkt, den es zu klären gilt: Handelt es sich bei der Tatwaffe wirklich um den Baseballschläger seines Vaters? Allen dreien ist jedoch klar: ohne die Aussage des Mannes mit dem Hund sind sämtliche Bemühungen zwecklos. Dieser Spaziergänger muss unbedingt gefunden werden!

Lisa schaltet das Fernsehgerät an, will wissen, inwieweit die Presse schon informiert ist. Natürlich ist dieser Fall wegen des hohen Bekanntheitsgrades des Ehepaares ein Fressen für die Medien. Natürlich verwundert es niemanden, dass die Geschichte schon in aller Öffentlichkeit breit getreten wird. Und natürlich ist es Leos Vater, den man der Tat bezichtigt. Was nützt schon das kleine Beiwort 'vermeintliche' vor Täter? Nach i h m wird gefahndet, von i h m erscheint ein Foto!

„Mein Gott! Das Bild müssen sie Svenja abgenommen haben." Harald schaut seinen Sohn verzweifelt an. „Und ich? Wo soll ich nur hin? Habt ihr eine Idee, wo ich mich verstecken könnte? Hier kann ich doch unmöglich bleiben!"

Muss er aber, zumindest vorläufig, denn mit Erschrecken stellen sie fest, mittlerweile ist die Umgebung zum Leben erwacht. Unmöglich, sich unbeobachtet aus dem Staub zu machen. Eventuell steht ihr Haus ja auch unter Beobachtung.

Wohin aber mit Leos Vater? Lisa erbarmt sich seiner, verkündet, dass er erst einmal im Gartenhaus bleiben könne. Uneinsehbar im hinteren Teil des Gartens gelegen, bietet es außerdem den großen Vorteil, dass man von dort aus leichter über Nebenwege flüchten kann.

Nachdem ihr Mann in Eile das Haus verlassen hat, fragt sie Harald nach Dingen, die er benötigt. Lisa hat heute dienstfrei, also Zeit genug, sie später für ihn zu besorgen. Nach kurzem Überlegen nennt er Turnschuhe, Jeans, Sweatshirt, Rasierzeug und schwarze Kontaktlinsen, zur Tarnung, aber auch weil er extrem lichtempfindlich sei.

6

Leo nutzt die Tatsache, dass er heute erst zur Nachmittagsschicht seinen Dienst antreten muss, und begibt sich augenblicklich auf Erkundungstour, die allerdings einige Schwierigkeiten für ihn bereithält. Wie soll er beispielsweise an Informationen bezüglich der Rübnerschen Erbregelungen kommen, ohne Mitglied der ermittelnden Mordkommission zu sein, noch nicht einmal Polizist dieser Stadt? Er bezweifelt, dass ihm irgendein Notar Auskunft erteilen wird. Auf der gut einstündigen Fahrt kommt ihm schließlich die rettende Idee: Bettinas Vater! Von ihm könnte er Genaueres erfahren. Allerdings nur, falls die Kollegen der Mordkommission ihm nicht schon zuvor gekommen sind. Aber wird er ihm Auskunft geben, beziehungsweise überhaupt dazu in der Lage sein angesichts des Mordes an seinem Kind?

Und Leo hat Glück, mehrfaches Glück. Herr Wagner höchstpersönlich öffnet die Tür, bittet ihn anstandslos in sein riesiges Haus, entschuldigt sich sogar, dass er ihm keinen Kaffee oder Tee anbieten könne, seine Haushälterin mache gerade einige Besorgungen. Trotz seines hohen Alters eine imposante Erscheinung. Groß, volles weißes Haar, schon zu dieser frühen Stunde rasiert und parfümiert, akkurat im feinsten Maßanzug gekleidet, mit Schuhen, so gewienert, dass sie dem Augenlicht eines jeden Betrachters Schaden zufügen müssen. Obwohl er sich kerzengerade hält, irgendwie wirkt er gebrochen, was Leo natürlich glauben lässt, der Mann ist über das Geschehene informiert und trauert. Offensichtlich aber ist er noch nicht vernommen worden und zudem durch die Nachricht vom Tod seiner Tochter noch so überrascht, dass er den vorgehaltenen Polizeiausweis nur flüchtig und unbebrillt zur Kenntnis nimmt. Bereitwillig beantwortet Herr Wagner alle Fragen. Antworten, die Leo in Erstaunen versetzen, ebenso wie die Ruhe, in der sie vorgetragen werden.

„Ich sehe Ihnen an, Sie wundern sich, dass ich nach dieser Nachricht nicht großartig erschüttert bin. Wissen Sie, meine Tochter entspricht ..., entsprach überhaupt nicht dem Bild, das sie in der Öffentlichkeit gerne von sich präsentierte. Sie war keineswegs dieser strahlende Engel, der sich in zahllosen Charity-Veranstaltungen um weniger vom Glück verwöhnte Menschen kümmerte. Ganz im Gegenteil! Wenn es jemanden gibt, der sich einzig und allein um seine eigenen Belange kümmert und dabei nicht zögert, andere ins Unglück zu stürzen, dann ist ... war das Bettina! Schauen Sie mich nicht so verwundert an."

Und dann erzählt Herr Wagner, wie sehr sie ihn und seine Frau schon als Kind verzweifeln ließ. Wild und egoistisch, ein sturer Dickkopf, raffiniert und zugleich rigoros in den Methoden, ihren Willen durchzusetzen. Und dann diese Lügen! Immer wieder sind sie darauf hereingefallen. Auch das eine Mal, als Bettina einen bis dahin unbescholtenen Bürger des versuchten Mordes bezichtigte. „Und, obwohl ich erhebliche Zweifel an ihrer Aussage hatte, habe ich ihr geholfen und den höchstwahrscheinlich unschuldigen Mann für viele Jahre ins Gefängnis gebracht. Mein Gott, sie war meine Tochter!"

Leo kann sein Glück kaum fassen. Der Mann scheint durch Bettinas Tod irgendwie erleichtert. Alle Gefühle, die er bisher unterdrückt hat, alle Geschichten, die er wohl mit niemandem teilen konnte, brechen sich in diesem Moment Bahn und er erzählt weiter: von dem frühen Krebstod seiner Frau, wodurch er mit diesem schwierigen Kind komplett überfordert war, so überfordert, dass er seine Tochter später ins Internat steckte, von dem gnadenlosen Krieg, den sie, kaum 21 geworden, gegen ihn um das Erbe ihrer Mutter anzettelte und der ihn fast in den Ruin getrieben hätte.

„Was meinen Sie, wie verwundert ich war, als ich von ihrer Heirat mit Rübner erfuhr. Gut, Bettina konnte ich verstehen. Der Mann kam aus einer der angesehensten Familien, verfügte sicher über viel Geld, wirkte weltgewandt, kultiviert und sah zudem noch sehr gut aus. Ich habe ihn nie näher kennengelernt. Bei den wenigen flüchtigen Begegnungen kam er mir jedoch ziemlich ernst, humorlos und verkniffen vor. Egal, der Mann hat mir immer leidgetan. Er hatte doch alles! Also was suchte er bei ihr? Erst später hab ich in Erfahrung gebracht, dass es um das Vermögen der Rübners nicht allzu gut bestellt war."

Diese Aussage ist für Leo natürlich von enormer Bedeutung und er hakt sogleich nach, tut verwundert.

„Und ich dachte immer, die würden im Geld nur so schwimmen. Die Riesenvilla, das Juweliergeschäft, die fetten Autos, sogar mit Chauffeur."

Wagner lacht. „Oh, der Unterhalt all dessen kostet enorm viel, ganz zu schweigen von dem extravaganten Lebensstil meiner Tochter. Außerdem lebt ja auch noch das alte Ehepaar Rübner auf Kosten des Juwelenhandels. Und, glauben Sie mir, ich weiß aus sicherer Quelle, der Mann steht kurz vor dem Konkurs. Zudem", er zögert, scheint zu überlegen, ob er dies mitteilen soll, „zudem kursiert das Gerücht, meine Tochter wollte sich scheiden lassen."

„Dann profitiert er ja enorm vom Tod seiner Frau."

„Anzunehmen, falls er ihr Vermögen erbt. Aber darüber bin ich nicht informiert. Ich kenne den Inhalt ihres Testaments nicht. Vielleicht hat er ja Glück und Bettina hat gar keins gemacht."

Plötzlich erwacht Wagners Misstrauen. „Was sollen eigentlich all die Fragen? Schließlich kommt er als Täter ja gar nicht infrage. Sie suchen doch nach einem ganz anderen Mann."

Leo widerspricht vage, murmelt etwas von 'Das steht noch lange nicht fest' und zieht es vor, schleunigst diesen Ort zu verlassen, bevor die Kollegen hier auftauchen oder Herr Wagner weitere unbequeme Fragen stellt.

Er ruft seine Frau an, um ihr mitzuteilen, dass sich der Verdacht gegen Rübner erhärtet hat, berichtet ihr von dem Gespräch mit Bettinas Vater. Anschließend lässt er sich von seinem Navi zum, von seinem Vater erwähnten, Parkplatz führen, der sich auch zu dieser Uhrzeit leider als menschen- und hundeleer erweist. Leo wartet eine ganze Weile vergeblich, weiß, er wird sich wohl nachts auf die Lauer nach dem Zeugen legen müssen.

Im Autoradio wird ausgiebig über den Mordfall berichtet und eine zwar von ihm vermutete, dennoch unangenehme Tatsache verkündet: Die Mordwaffe, der Baseballschläger, gehört eindeutig dem bereits mit Haftbefehl gesuchten Harald Winkler. Natürlich hat die Presse mittlerweile recherchiert und herausgefunden, dass jener Harald Winkler schon einmal das arme Opfer beinahe getötet hatte. Ein Verbrechen, bestraft mit 14 Jahren Gefängnis. Bestimmt wollte er sich jetzt auf grausame Art rächen oder seine einstmals begonnene Tat zu Ende führen. Die ersten Hörer verkünden wutentbrannt, solche Täter gehörten für immer weggesperrt, andere fordern die Wiedereinführung der

Todesstrafe. Dies sei eine Bankrotterklärung liberaler Strafjustiz, die dringend verschärft werden müsse! Die Hetzjagd ist eröffnet. Leo ist empört, weiß, dass er schleunigst, Beweise zugunsten seines Vaters sammeln muss. Nur leider, er kommt nicht dazu. Kaum in seiner Polizeistation angekommen, wird er für einen Fall eingeteilt.

Ein Spaziergänger hat in einem Park zwei vermummte Gestalten beobachtet, die sich gerade hinter einer Gebüschgruppe verstecken wollten. Deutlich konnte der Zeuge einen Geldkoffer und Pistolen ausmachen. Leo flucht, möchte weit lieber sich um Haralds Angelegenheit kümmern, versucht vergeblich sich auf der Fahrt zum Park auf diesen anderen Fall zu konzentrieren. Und er flucht noch mehr, als sich ihr Einsatz als völlig unnötig herausstellt. Die vermeintlichen Bankräuber erweisen sich als zwei Brüder, 10 und 14 Jahre alt, die mit Plastikwaffen bewaffnet Räuber spielen wollten.

Dieser furchtbare Tag ist jedoch noch lange nicht vorbei. Eine schreckliche Nachricht wartet noch auf Leo. Kaum an seinen Schreibtisch zurückgekehrt, durchsucht er den Polizeicomputer nach Nachrichten zum Mordfall Rübner und – da steht es schwarz auf weiß: Der Ehemann hat ein wasserfestes Alibi. Er wurde um 12:30 Uhr von einem Hausbewohner gesehen, wie er sein Geschäft verriegelte. Auch der Taxifahrer sagte aus, er hätte den Mann um 12:45 Uhr vor dessen Villa abgesetzt. Und Bettina war laut Pathologie um Mitternacht herum ermordet worden.

Leo ringt nach Fassung. Sein Hauptverdächtiger unschuldig? Wer zum Teufel kommt denn dann für den Mord infrage? Hat sein Vater nicht sogleich Lina und Frau Richter als mögliche Täter ausgeschlossen? Und dann liest er von einer weiteren merkwürdigen

Begebenheit. Hinter dem Haus, uneinsehbar für Passanten und Bedienstete, hat man eine Leiter gefunden, unmittelbar vor dem Wohnbereich Bettinas. Und die Balkontür stand offen! Demnach kann oder muss der Mörder von außen gekommen sein. Ein ganz normaler Einbrecher, der, von Frau Rübner gestört, in derartige Panik geraten war, dass er zuschlug? Aber hätte er dann nicht den Schmuck oder andere Wertgegenstände mitgenommen? Vor allem, wie war er an den Baseballschläger in Haralds Auto gelangt?

Je mehr Leo grübelt desto stärker verdichtet sich ein Verdacht, ein schrecklicher Verdacht. Immer vorausgesetzt, Herr Rübner hat sich sein Alibi nicht erkauft – bei zwei so unterschiedlichen Zeugen eher unwahrscheinlich – dann, ja dann deutet alles auf Harald als Täter hin. Wieder und wieder spielt er in Gedanken alle Möglichkeiten durch, um stets zum selben Ergebnis zu kommen. Hat sein Vater ihnen die ganze Geschichte vorgelogen, um Hilfe und ein Versteck zu erschleichen?

Und plötzlich taucht ein noch ganz anderer Verdacht auf: Handelt es sich bei diesem Mann überhaupt um seinen Vater? Hat Leo ihm bei dessen Besuch allzu leichtfertig vertraut, einfach weil die Vorstellung, nicht mehr Waise zu sein, so verlockend war? Was hat der denn schon an Beweisen vorgelegt? Ein altes vergilbtes Foto, das er, wer weiß wo, aufgetrieben haben konnte, ein paar Erzählungen von einer ehemals glücklichen Familie, so vage, zudem aus alten Zeitungsberichten über seine Eltern leicht rekonstruierbar. Und schließlich diese abenteuerliche Geschichte von seinem lediglich vorgetäuschten Tod. Nein, nie und nimmer ist dieser Mensch, ein potentieller Mörder, sein Vater! Das darf einfach nicht wahr sein! Wunschdenken? Leo bezweifelt dies, sucht aber nach Bestätigung und durchforstet zu diesem Zweck das Netz.

Er gibt 'Harald Peter Winkler' in den PC ein. Richtig, der Mann ist polizeilich erfasst. Das hier angegebene Geburtsdatum hilft ihm zum Abgleich jedoch nicht weiter. Er hat keine Ahnung, wann sein angeblicher Erzeuger geboren wurde. Lediglich eine Szene ist ihm in Erinnerung geblieben. Er sieht seinen Vater die Kerzen auf einem Kuchen mit soviel Energie ausblasen, dass eine umfällt und die Tischdecke in Flammen setzt. Aber wann oder zu welcher Jahreszeit dieser Geburtstag stattfand, das weiß er nicht.

Ein typisches Erkennungsfoto aus dem Jahr 1977 zeigt einen jungen Mann im Profil. Ein Schwarz-Weiß-Foto, vielleicht deshalb so düster. Lange studiert Leo das Bild, kann jedoch auch beim allerbesten Willen nicht sagen, ob dies sein Vater ist. Sicher eine gewisse Ähnlichkeit ist vorhanden, allerdings hat er ihn anders in Erinnerung. Was haben dieser finster drein blickende Mann und der ewig strahlende Sonnyboy von früher gemein? Und hatte sein leiblicher Vater wirklich den Beinamen Peter? Nie gehört!

Er beginnt zu lesen und tatsächlich, da steht es: 1977-1991 Gefängnis wegen sexuellen Kindesmissbrauchs und versuchten Mordes an Bettina Wagner. Wenigstens dieser Teil seiner Geschichte scheint der Wahrheit zu entsprechen. Stimmt allerdings seine Darstellung des Tathergangs? Was, wenn er Bettina wirklich misshandelt hat, sie umbringen wollte?

Plötzlich beschleicht ihn ein neuer, weit schrecklicher Gedanke: Ist dieser Mensch vielleicht sogar schuld am Tod anderer Frauen? Leo schüttelt den Kopf über sich und seine Ideen, ermahnt sich zu mehr Sachlichkeit. Und dennoch, der Verdacht war geboren, lässt ihn nicht mehr los. War sein angeblicher Vater nicht einige Zeit nach seiner Entlassung in einer Nacht-und Nebelaktion aus dem Haus seiner großen Liebe ins Ausland geflohen? Aber wie hieß diese Frau, wie die Stadt? Leo kann sich nur an den Vornamen Bettina erinnern, mehr war ihm auch nicht erzählt worden. Erneut so eine vage, ungenaue Darstellung! In diesem Fall kommt er nicht weiter. Falls es überhaupt einen Fall gegeben hat. Leo, bleib sachlich.

Und der Tod seiner zweiten Frau in Thailand? Wirklich ein Motorradunfall? Auch hier ist lediglich ihr Vorname genannt worden, außerdem die Insel Koh Samui. Er rechnet nach: Der Mann war 1991 aus dem Gefängnis entlassen worden, musste sich fünf Jahre lang wöchentlich bei der Polizei melden, bevor er 1996 nach Thailand ausreisen durfte. Aber wie lange hielt er sich dort auf? Leo gibt eine größere Zeitspanne, die Insel und den Begriff 'Mordfälle' in der Suchmaske ein und erschrickt: Tatsächlich, im Jahr 2001 war eine Frau mit tödlicher Kopfwunde aufgefunden worden, der Täter spurlos verschwunden.

Plötzlich fällt ihm Lisa ein, Lisa, die mit diesem Mann allein zu Hause ist. Kalte Angst erfasst Leo. Er muss sie warnen, ruft zuerst die Festnetznummer an, lässt das Telefon ewig klingeln. Keine Reaktion! Ebenso vergeblich bleiben seine Versuche, sie auf ihrem Handy zu erreichen. Panik! Keine Zeit, bis zum Ende seiner Schicht zu warten! Keine Zeit für langwierige Erklärungen! An fassungslosen Kollegen vorbei rennt er zu seinem Einsatzwagen, setzt Blaulicht und Sirene in Gang, rast in Richtung Zuhause. Dringend benötigt er etwas zur Beruhigung seiner Nerven, legt eine CD von Avantasia ein, eine Musik, ansonsten immer Garant für Glücksgefühle. Heute bringt ihn sein Lieblingssong 'Dead or alive' eher auf dumme Gedanken.

208

7

Wie durch ein Wunder überlebt Leo diese halsbrecherische Fahrt, schaltet einige Zeit vor Erreichen seines Heims Blaulicht und Sirene aus, in der Hoffnung, den Mann von einer Kurzschlusshandlung abzuhalten. Noch mehr allerdings hofft er, Lisa wohlbehalten in seine Arme schließen zu können.

Inzwischen ist es Nacht geworden. Leise öffnet er die Haustür, kaum fähig zu atmen, so sehr schnürt ihm die Angst seine Kehle zu. 'Angst fressen Seele auf', dieser Filmtitel schießt ihm durch den Kopf. Sein Herz pocht unerträglich laut. Er lauscht. Totale Stille, außer dem Ticken der Küchenuhr kein Geräusch zu vernehmen. Leo zieht seine Waffe, hält sie schussbereit, kontrolliert systematisch nacheinander Gästebad, ehemaliges Kinderzimmer, Küche und Esszimmer, macht überall Licht. Niemand, keine Menschenseele zu sehen!

Plötzlich knarrt hinter ihm die Kellertür. Er wirbelt herum, auf das Schlimmste gefasst, stellt jedoch mit Erleichterung fest, der potentielle Feind ist Kater Einstein, der seelenruhig zu ihm läuft, schnurrend seine Beine umkreist in Erwartung einer ausgiebigen Streicheleinheit und enttäuscht miauend wieder abziehen muss. Leos Sinn steht nicht nach Zärtlichkeit. Er öffnet die Tür zum Wohnzimmer. Auch hier, keine Lisa, kein potentieller Mörder.

Dann erstarrt er. Vor der Vitrine liegen Glasscherben ,

daneben befindet sich ein großer, roter Fleck. Blut, kein Ketchup, kein Wein, da ist er sich sicher! Jetzt sieht er auch die feine Blutspur, die ihm zuvor entgangen ist und die ihn geradewegs ins Badezimmer im oberen Stockwerk führt. Im Waschbecken weiteres Blut, daneben auf dem Fußboden eine aufgerissene Schachtel mit Verbandsmaterial und – Lisas Jeans, blutbefleckt! Leo spürt Verzweiflung, grenzenlose Verzweiflung.

Da die Durchsuchung der übrigen Räume ebenfalls vergeblich bleibt, begibt er sich in den Keller, dies mit äußerst mulmigem Gefühl. Unwillkürlich muss er daran denken, wie er Lisa stets ausgelacht hat, wenn sie nachts von Angstzuständen dort unten sprach. Genau diese Zustände erlebt er jetzt am eigenen Körper. Vorher ist ihm noch nie aufgefallen, wie dunkel und muffig diese Räume wirken. Richtig unheimlich, besonders, wenn hinter jedem Mauervorsprung, hinter jeder Tür ein vermeintlicher Schwerverbrecher warten kann! Warum nur haben sie derart viele mächtige Möbelstücke, Schränke, Kisten und riesige Kartons angehäuft? Alles ideale Versteckmöglichkeiten.

Seine Suchaktion wird jäh unterbrochen. Laut und vernehmlich hört er, wie im oberen Bereich des Hauses eine Tür zugezogen wird. Lisa? Leo denkt nicht lange nach, sondern sprintet in Richtung des Geräusches. Und da, mitten im Wohnzimmer steht eine Gestalt! Allerdings weder seine Frau noch Winkler!

Der Fremde scheint durch sein Auftauchen überhaupt nicht überrascht zu sein. Im Gegenteil! Seelenruhig, ja mit breitem Lächeln kommt er auf ihn zu, begrüßt ihn freundlich mit „Hallo mein Sohn. Schön, dass du ..." Dann sieht er die auf sich gerichtete Waffe, fragt erstaunt: „Soll das ein Scherz sein?", beginnt schließlich laut zu lachen. „Ja, da staunst du. Mein Werk ist so gut gelungen, dass du mich auf Anhieb nicht mehr erkannt hast."

Leo ist verblüfft. Lediglich diese Aussage sowie die Stimme haben den Mann verraten. Der Bart abrasiert, ebenso wie sämtliche Kopfhaare, statt dunklem Chauffeuranzug mit Krawatte Jeans, Sweatshirt und Turnschuhe. Die hochgeschobenen Ärmel erlauben einen Blick auf tätowierte Arme.

„Keine Angst, die sind nicht echt. Aber, was sagst du zu meinen Augen? Lisa hat mir gefärbte Kontaktlinsen besorgt. Da hast du wirklich einen Schatz geheiratet. Aber nun könntest du eigentlich mal deine Pistole weglegen. Dein Vater steht vor dir, kein Einbrecher!"

Mittlerweile hat sich Leos anfängliche Verwirrtheit gelegt. Was für eine Dreistigkeit! Wagt sich der Kerl erneut in sein Haus, tut so, als wäre rein gar nichts passiert! Wütend schreit er ihn an: „Sie sind nicht mein Vater, noch nicht einmal ein simpler Einbrecher! Sie sind ein Mörder, ein mehrfacher Mörder!"

Winkler wird kreidebleich. „Aber, das ..."

„Sie kreuzen hier auf mit irgendwelchen Märchen, schleichen sich in unser Vertrauen. Halten Sie uns für total verblödet? Jetzt ist Schluss mit Lügen!"

„Verdammt!" Der Mann wird energisch. „Wen soll ich denn umgebracht haben?"

„Höchstwahrscheinlich Ihre zweite Ehefrau, vielleicht die andere Bettina. Mit Sicherheit jedoch Bettina Wagner!"

Winkler wirkt fassungslos: „Aber die ersten beiden Frauen habe ich geliebt. Warum sollte ich sie umbringen? Und Bettina ..."

„Ich sagte, Schluss mit Ihren Lügengeschichten. Kommen Sie mir jetzt bloß nicht mit dem ominösen Mann mit Hund auf dem Parkplatz."

211

„Aber das ist die Wahrheit! Es muss Rübner gewesen sein. So glaube mir doch."

Leo lässt sich nicht mehr mit Worten einlullen, beendet diesen Versuch rigoros. „Rübner hat ein einwandfreies Alibi. Und bei der Tatwaffe handelt es sich um Ihren Baseballschläger. Und jetzt kein weiteres Aber. Ich glaube Ihnen kein Wort mehr."

Der Mann starrt ihn ungläubig an, sinkt dann gebrochen und mitleiderregend auf den nächsten Sessel. Leo jedoch traut ihm nicht, bleibt auf der Hut, senkt seine Waffe keinen Zentimeter. Ihn interessiert nur eines: Lisa. Bedrohlich baut er sich vor Winkler auf, schreit: „Was hast du Schwein mit meiner Frau gemacht? Wo hast du sie hingebracht?"

Diese Worte geben Winkler den Rest. Mit müder Stimme murmelt er: „Aber mein Sohn, was ist bloß los mit dir? Ich könnte ihr kein Haar krümmen. Ich weiß nicht genau, wo sie hingegangen ist."

Lügen, Lügen, Lügen. Leo sucht Gewissheit, selbst wenn er die aus dem Kerl herausprügeln muss. Wütend stürzt er sich auf ihn. Da schnellt der Mann plötzlich hoch und haut ihm die Waffe aus der Hand. Nun jedoch passiert etwas Eigenartiges. Statt die Pistole, die nicht weit von ihm entfernt auf dem Boden liegt, in seinen Besitz zu bringen, sinkt er erneut auf den Sessel und erduldet ohne jegliche Gegenwehr die Prügel, hält lediglich schützend die Arme vor den Kopf. Auch Leo scheint nicht an die Waffe zu denken, lässt seiner Wut freien Lauf. Ein Trommelfeuer an Schlägen ergießt sich über den Kerl, anscheinend allerdings ohne allzu große Wirkung.

Urplötzlich aber reicht es Winkler. Er erhebt sich, schüttelt den inzwischen erschöpften Gegner ab, sagt kein Wort, schaut ihn lediglich mit entsetzlich traurigem

Blick an, um sich dann in Richtung Terrassentür zu bewegen.

Leo muss handeln. Keinesfalls darf der Mann entkommen. Schnell ergreift er die Pistole, wild entschlossen, diese auch einzusetzen, schreit: „Bleib stehen, du Schwein!"

Keine Reaktion! Das Schwein dreht sich noch nicht einmal um, geht scheinbar unbeeindruckt in den Garten, leise vor sich hinmurmelnd: „Warum glaubst du mir nicht? Warum glaubst du mir nicht?"

Leo weiß, er kann nicht länger warten, ruft: „Verdammt. Wo ist Lisa? Wenn du es nicht sagst, knalle ich dich ab!"

Wieder keine Reaktion. Der Mann zuckt nur mit den Schultern, entfernt sich mehr und mehr. Leo hebt die Waffe, zielt auf den Rücken des Flüchtenden, jedoch, er kann nicht abdrücken. Irgendetwas in ihm hindert ihn daran. Er flucht, versucht es erneut, ahnt, er wird diesen Mann nicht erschießen können. Seine Hand beginnt zu zittern, er lässt den Arm sinken.

In diesem Moment wendet sich Winkler, bereits am hinteren Ende des Gartens angekommen, noch einmal um und ruft: „Nun schieß doch endlich. Setze diesem elenden Leben endlich ein Ende!" Er wartet kurz, um dann in der Nacht zu verschwinden.

Leo ist wütend, wütend mehr auf sich selbst als auf Winkler. Versager! Versager! Versager! So hämmert es in seinem Kopf. Unfähig, diesen viel älteren, noch dazu unbewaffneten Kerl festzusetzen! Er, der Polizist! Mit Pistole!

Lisa! Wo um alles in der Welt soll er sie suchen? Ist sie überhaupt noch am Leben? Verzweifelt sinkt er auf den Sessel, auf dem schon Winkler zuvor saß, ein Sessel, der in dieser Nacht alle Verzweifelten magisch anzuziehen scheint. Leo weiß, er hat verloren und beginnt zu weinen.

In diesem Moment öffnet jemand laut und vernehmlich die Eingangstür. Er zuckt zusammen, springt auf. Winkler? Erneut Winkler? Die Wohnzimmertür öffnet sich und herein tritt – Lisa. Eine freudestrahlende Lisa! Erleichtert will er ihr entgegenlaufen, sie in seine Arme schließen, jedoch, er kommt nicht dazu. Ein Redeschwall ergießt sich über ihn.

„Oh, du bist noch wach? Zu schade, dass du nicht mitkommen konntest. Es war ein totaler Erfolg. Du hast wirklich etwas verpasst!"

Leos anfängliche Freude, seine Frau unter den Lebenden, sogar noch glücklich Lebenden, zu wissen, weicht kompletter Verständnislosigkeit. „Verdammt Lisa, wo warst du und was war ein totaler Erfolg?"

Während sie ihren Mantel auszieht, antwortet sie vorwurfsvoll: „Okay, ich habe ja vollstes Verständnis, dass deine Gedanken jetzt mehr um deinen Vater kreisen, aber du solltest auch deiner Funktion als Vater gerecht werden. Darf ich dich daran erinnern? Deine Tochter hatte heute ihre Premierenvorstellung und sie hat einfach grandios gespielt! Ausverkauftes Theater und ein richtig begeistertes Publi ..." Sie hält inne, betrachtet ihren Mann genauer. „Mein Gott, wie siehst du denn aus? Leo, was ist passiert?"

„Genau das frage ich dich." Er deutet auf die Glasscherben, den Blutfleck. „Dazu noch das viele Blut im Bad! Mensch, ich habe mich fast zu Tode erschreckt, als ich das alles bei meiner Rückkehr gesehen hab, war mir absolut sicher, Winkler hat dich schwer verletzt, wenn nicht mehr. Und warum bist du nicht ans Telefon gegangen?"

Lisa versucht seine Aufregung fortzulachen. „Winkler? Schwachsinn! Wie kommst du denn auf die Idee?

Warum soll der mir denn etwas tun? Nein, deinem Vater hab ich ein paar Sachen zum Anziehen, Rasierzeug und Kontaktlinsen gebracht und seitdem nicht mehr gesehen. Der hält sich brav im Gartenhaus versteckt. Alles ganz harmlos! Ich war in der Stadt unterwegs, um die gewünschten Dinge zu besorgen, außerdem später noch in der Pathologie. Mein Handy hab ich einfach in der Küche vergessen. Und das Blut, schau mal auf mein Knie."

Sie hebt ihr Kleid an und deutet auf einen dicken Verband. Auch ihre rechte Hand zeigt mehrere Pflaster. „Ich bin mit zwei Gläsern auf dem Tablett über die verdammte Teppichkante gestolpert. Der Teppich fliegt morgen noch raus, ist an dem ganzen Schlamassel schuld! Von wegen, Scherben bringen Glück! Ich hab mich hingekniet um alles aufzuheben, leider mit dem Knie voll in eine Scherbe. Mein Blutrausch war aber noch nicht gestillt, denn, als ich mich schnell hochwuchten wollte, hab ich Unglücksräbin mich mit meinem Handballen genau in einer anderen Scherbe aufgestützt. Ich bin hoch ins Bad gerannt, hab meine Jeans vorsichtig ausgezogen, die Wunden gewaschen und verbunden und festgestellt, dass in knapp einer Stunde die Theatervorstellung beginnt. Da war einfach keine Zeit mehr um aufzuräumen. Oh Gott, ich kann mir deinen Schreck vorstellen. Tut mir furchtbar leid! Bitte entschuldige. Aber ist ja sonst nichts passiert."

Letzterem widerspricht Leo heftig. Ausführlich berichtet er seiner Frau von seinen Erkenntnissen über Winkler, von der Unschuld Rübners, von den Erlebnissen dieser Nacht. Lisa kann das Gesagte kaum glauben, lässt ihn aber reden, unterbricht ihn nur selten. Sie wird allerdings blasser und blasser, schlägt wiederholt fassungslos die Hände vor ihr Gesicht.

„Und du bist dir in allem ganz sicher? Mein Gott, wie konnten wir nur auf den Kerl reinfallen. Allerdings, zu mir ist er immer freundlich gewesen. Außerdem gibt es da einen Punkt, in dem du dich ganz bestimmt täuschst. Winkler ist wirklich dein Vater! Wie hätten dich die Polizisten heute früh denn sonst finden können?"

Sie ist an diesem Tag nicht untätig gewesen, wollte absolute Klarheit über den Verwandtschaftsgrad und hat sich sowohl aus Leos Haarbürste als auch, unbemerkt während Harald duschte, aus dem Kamm ihres Gastes Haare besorgt um sie in der Pathologie zu untersuchen. Und das Ergebnis war eindeutig!

Leo gefällt diese Wahrheit ganz und gar nicht. Er, der Sohn eines Mörders? Keine allzu angenehme Vorstellung! Egal, er kann es nicht ändern, ist momentan nur überaus glücklich, dass seiner Frau nichts passiert ist. Und Winkler ist fort. Soll sich die Mordkommission doch um ihn kümmern!

„Ich hoffe, niemand hat deinen DNA-Abgleich mitbekommen."

Lisa kann seine Sorge zerstreuen. Sie überlegen, ob und wenn ja, was sie den ermittelnden Beamten über den Aufenthalt seines Vaters in ihrem Haus mitteilen sollen, und kommen schließlich überein, erst einmal Stillschweigen zu bewahren.

Die ganze Zeit über beschäftigt Leo aber die Frage, ob der Mann eventuell zurückkehren könnte. Ein mulmiges Gefühl beschleicht ihn, lässt ihn die kommenden Tage und insbesondere Nächte nicht mehr los. Wie froh wäre er, wenn sein Vater inzwischen auf Nimmerwiedersehen ins allerfernteste Ausland verschwunden ist.

8

Eines Morgens, nur wenige Tage später, schlägt Lisa die Tageszeitung auf und erblasst. „Sie haben ihn! Mein Gott, was, wenn er uns verrät?"
Leo entreißt ihr das Blatt und liest. Demnach hat Winkler sich letzte Nacht in einem Park mit Svenja getroffen. Sie muss wohl geahnt haben, dass sie überwacht wird, hat trickreich versucht, ihre Verfolger abzuschütteln. Allerdings ohne Erfolg. Ihr Wiedersehen dauerte jedoch nicht lange, dann griff die Polizei ein. Sein Vater versuchte noch zu fliehen, wurde gewarnt, man werde schießen, wenn er nicht stehenbleibe. Er aber rannte weiter, blieb dann aber plötzlich stehen, drehte sich um, griff in seine Jackentasche. Einer der Polizisten glaubte wohl, der Mann ziehe eine Waffe, und schoss. Der Autor des Artikels schien vollstes Verständnis dafür zu haben, dass er nicht auf den Arm oder das Bein zielte, sondern den Flüchtenden in der Brust traf und somit lebensgefährlich verletzte. Schließlich handelte es sich um einen ehemaligen Strafgefangenen und potentiellen Mörder.
„Hier steht, dass er nicht vernehmungsfähig ist, kann also noch nichts über sein Versteck bei uns ausgeplaudert haben. Vielleicht haben wir ja Glück und der Kerl ..."
„Leo sag das nicht. Immerhin ist er dein Vater. Außerdem, wenn ich darüber nachdenke, erscheint es mir eher unwahrscheinlich, dass er uns ans Messer liefert. Dafür mag er dich zu sehr!" Krampfhaft versucht Lisa ihnen Mut zu machen.

„Dein Wort in Gottes Ohr. Nach den ganzen Lügen, die er uns aufgetischt hat, traue ich ihm nämlich alles zu."

„Vielleicht besuchst du ihn ja mal im Krankenhaus. Wäre bestimmt nicht schlecht!"

Leo weist diesen Vorschlag empört zurück, schwört den Kerl nie wieder sehen zu wollen, möchte ihn am liebsten komplett aus seinem Hirn verbannen. Er stürzt sich in seine Arbeit. Für ihn immer noch die beste Art von Ablenkung, die beste Art, die Existenz eines Vaters zu verdrängen.

Lisa hingegen ist keine Meisterin in Sachen Verdrängung. Jedes mal wenn ein Auto vorfährt, wenn die Hausglocke zu hören ist, erschrickt sie in Erwartung der Polizei. Sie grübelt, spielt wieder und wieder alle möglichen Szenarien durch, hat Angst um ihre Anstellung, kann kaum noch schlafen, leidet. Und ihre Leidenszeit ist noch lange nicht beendet.

Gut eine Woche später klingelt ein Unbekannter an ihrer Haustür, ein ziemlich hagerer Herr mittleren Alters, teuer und äußerst elegant gekleidet. Sicher kein Polizist! Sie atmet erleichtert auf. Er möchte ihren Mann sprechen, doch Leo hat Dienst, ist nicht zu Hause.

„Schade, ich hätte da etwas, was von größter Bedeutung für ihn sein könnte. – Oh, bitte entschuldigen Sie meine Unhöflichkeit. Mein Name ist Rübner. Ich bin der Ehemann der verstorbenen Bettina Wagner."

Sie ist völlig überrascht, bittet ihn, hineinzukommen, erwähnt, dass ihr Mann in etwa einer Stunde zurück sein müsse. Herr Rübner ist erleichtert, den weiten Weg nicht umsonst gemacht zu haben, und erklärt sich bereit, zu warten. Lisa hingegen wartet ungern, möchte ihre Neugier alsbald befriedigen, serviert höflich Tee und Gebäck, um dann sogleich nach der Ursache seines

Besuches zu fragen.

„Nun, bei mir zu Hause ist in den letzten Tagen so einiges geschehen, das den armen Herrn Winkler betrifft. Leider ist der Mann ja immer noch nicht ansprechbar, sodass ich mich auf die Suche nach eventuellen Angehörigen gemacht habe. Die Polizisten schickten mich zu dieser Adresse, denn bei Ihrem Ehemann handelt es sich ja wohl um seinen Sohn, dessen Existenz mir Winkler übrigens all die Jahre verschwiegen hat." Er unterbricht sich, schaut sie fragend an. „Sie sind doch informiert und wissen, dass Ihr Schwiegervater bei mir als Koch und Chauffeur gearbeitet hat, oder?"

Lisa nickt. „Die Sache muss ja von enormer Wichtigkeit sein, dass Sie sich extra hierher begeben. Was ist denn passiert?"

Wieder mustert er sie, scheint ihre Vertrauenswürdigkeit zu prüfen. Ein Test, der wohl positiv ausfällt, denn er beginnt zu erzählen. „Gut, wahrscheinlich reicht es, Sie über das Geschehene zu unterrichten. Sie können ja das Dokument Ihrem Mann überreichen und ihn über alles informieren und später dann auch Ihren Schwiegervater."

Er trinkt einen Schluck Tee. „Also, vor knapp zwei Tagen starb meine Hausdame Frau Richter. Wissen Sie, sie war mehr als nur eine Angestellte für mich, nämlich eine verlässliche Freundin, einstmals sogar eine Art Mutterersatz."

Lisa zeigt sofort Mitgefühl. „Oh, es tut mir leid."

Rübner grinst. „Nun, d a s wird sich noch herausstellen. Ihr Ableben ist nämlich von allergrößter Bedeutung für Ihren Schwiegervater. Vor einiger Zeit war sie an Krebs erkrankt, lehnte aber eine Chemotherapie entschieden ab ebenso wie die Hilfe meines Hausarztes. Konsequent wie sie war, hat sie ihrem Leben freiwillig ein Ende gesetzt." Er atmet tief durch, um Beherrschung bemüht, und Lisa versucht erneut ihn zu trösten.

„Sie wird gewusst haben, dass sie nicht mehr lange zu leben hat. Und die Schmerzen gegen Ende werden so unerträglich, da erscheint der rechtzeitige Tod vielen als die beste Lösung."

Herr Rübner winkt ab. „Das war auch mein erster Gedanke. Inzwischen aber glaube ich, dass sie etwas ganz anderes in den Tod getrieben hat." Mit diesen Worten zieht er ein Papier aus seiner Aktentasche. „Zwar nicht das Original, das besitzt die Polizei, trotzdem erklärt es so manches. Lesen Sie nur."

Lisa faltet das Blatt auseinander. Es handelt sich um einen Brief, unterschrieben von Else Richter. Sie erinnert sich an Haralds Beschreibung dieser Frau und tatsächlich das Schriftbild gleicht absolut ihrer Persönlichkeit: Buchstaben, gestochen scharf, akkurat hintereinander gesetzt und dies, obwohl in diesem Moment ihr Gemüt doch extrem aufgewühlt gewesen sein musste. Sie beginnt zu lesen:

'Mein lieber Peter,
ich will mich nicht mit langen Erklärungen aufhalten,'

Lisa muss ein Lachen unterdrücken. Wie hieß noch mal das Lieblingswort der Frau? 'Klar'! Und genau so schrieb die Verstorbene. In diesem Moment hört sie, wie die Haustür aufgeschlossen wird. Leo stürmt ins Wohnzimmer. „Ich bin hungrig wie ein Bär! Was ..." Er sieht den Fremden. „Wer ..."

Kaum hat sich Herr Rübner vorgestellt, da erwacht schon Leos Misstrauen. Was will der Mann? Sich bedanken, dass sein Vater ihn von diesem Weibsstück befreit hat? Lisa stoppt seine Gedankenspiele, fasst in kurzen Worten zusammen, was sie bisher erfahren hat und beginnt erneut den Brief vorzulesen.

„Mein lieber Peter,
ich will mich nicht mit langen Erklärungen aufhalten. Aus drei Gründen werde ich meinem Leben ein Ende setzen:
1. Für mich gibt es keine Heilung.
2. Ich ertrage die Schmerzen nicht mehr.
3. Ich habe einen Menschen getötet.
   a) Seit Jahren muss ich mitansehen, wie du unter dieser Frau leidest.
   b) Ich weiß um deine finanziellen Schwierigkeiten. Ursache: ihr Lebensstil!
   c) Sie wollte sich von dir scheiden lassen.
   d) Nächste Woche werde sie, laut Lina, ihr Testament   ändern.
   e) Sie wollte dir einen Mordversuch anhängen.

Gründe genug für mich zu handeln, als sich mir diese günstige Gelegenheit bot. In jener Nacht sah ich die Frau ohne Chauffeur nach Hause kommen. Sie erzählte eine wilde Geschichte, dass Winkler sich an ihr rächen wollte, weil sie ihn ins Gefängnis gebracht hatte, von einem Mordversuch durch den Mann, angeblich angestiftet von dir, und verlangte hysterisch, ich solle augenblicklich Thomas zu ihrem Schutz rufen, außerdem die Polizei verständigen.
Auf dem Weg zu unserem Gärtner sah ich den Baseballschläger im Auto, wusste sofort, dies war meine Chance und Winkler der perfekte Täter. Ich konnte den Kerl nie ausstehen, seine Art sich bei dir einzuschmeicheln. In letzter Zeit hast du ihn ständig gelobt, während ich immer mehr an Bedeutung verloren habe.
Ich lief mit dem Schläger nach oben und habe sie

erschlagen. Als ich ihren Schmuck auf einer Kommode sah, kam mir die Idee, wie ich Winkler noch mehr belasten könnte. Ich bin mit dem Generalschlüssel in seine Wohnung gerannt, habe dort das Zeug deponiert und außerdem durch die angestellte Leiter der Polizei für später den Weg vorgegeben, wie er in die Wohnräume der Frau eindringen konnte. Ich holte Thomas, stationierte ihn in der Vorhalle, ging hinauf, öffnete die Balkontür und fand schließlich mit lautem Schreckensschrei die Leiche. Erst dann haben wir die Polizei gerufen.

Ich bin mir sicher, dir mit dieser Tat noch einen letzten wertvollen Dienst erwiesen zu haben.

Lebe wohl und denke ab und an an mich!

Deine Elsa Richter"

Alle drei schweigen. Es ist Leo, der die Stille bricht:
„Wie kann ein Mensch so gefühllos und kalt einen Mord beschreiben? 'Ich lief nach oben und habe sie erschlagen.' Wie eine lästige Fliege! Ist dieses Dokument auch wirklich echt?"
Herr Rübner nickt: „Oh ja. Ich habe es auf dem Nachtschränkchen neben ihrem Bett gefunden. Und bei der Schrift handelt es sich zweifelsfrei um die meiner Frau Richter."
Leo kann seine Gefühle nicht mehr zügeln. Die anfängliche Fassungslosigkeit ist grenzenloser Empörung gewichen. „Dann ist mein Vater also unschuldig! Verdammt, warum hat die Alte ihm das angetan? Warum nur? Aus Eifersucht? Wie irre ist das denn! Sie hatte doch sowieso nicht mehr lange zu leben!"

Lisa, die sich langsam aus ihrer Verblüffung löst, beschäftigt noch etwas anderes. „Ich überlege die ganze Zeit, wieso Frau Richter überhaupt dieses Geständnis geschrieben hat. Hatte sie doch so etwas wie ein schlechtes Gewissen deinem Vater gegenüber?"

Herr Rübner wirkt nachdenklich. „Darüber zerbreche ich mir auch andauernd den Kopf, glaube aber inzwischen, sie wollte mir einfach noch einmal zeigen, dass sie, um mir zu helfen, zu allem bereit war, sogar zu einem Mord. Ihr gesamtes Leben hat sie in meinen Dienst gestellt." Und plötzlich fängt dieser scheinbar emotionslose Mann an zu weinen.

Leo ist ebenfalls zum Heulen zumute, allerdings aus einem total anderen Grund. „Mein Gott, warum nur hat sie diesen Brief nicht früher geschrieben? Mein Vater würde nicht im Krankenhaus liegen und um sein Leben kämpfen."

Plötzlich erinnert er sich an ihre letzte Begegnung. Er hat ihm tiefstes Misstrauen gezeigt, einen Lügner genannt, ihn des mehrfachen Mordes bezichtigt, die Vaterschaft abgesprochen, ja um ein Haar erschossen. Und da ist er wieder, dieser entsetzlich traurige Blick seines Vaters, dieser Moment im Garten, als er noch einmal zurückschaute und um die Kugel bettelte, die sein elendes Leben endlich beenden würde. Wie verzweifelt muss dieser Mann in jenem Augenblick gewesen sein! Wenn er stirbt, dann trifft nicht nur Frau Richter die Schuld. Nein, auch Leo fühlt sich mitschuldig. Warum nur hatte er ihm nicht geglaubt? Hätte er ihn weiterhin bei sich versteckt, sein Vater wäre durch das Geständnis der Frau ein freier, unbescholtener Bürger, unverletzt! Hätte, wäre, könnte. Verdammt, dieses Was-wäre-wenn bringt absolut nichts. Es bleibt lediglich die Hoffnung, die Hoffnung auf Heilung des Verletzten, die Hoffnung auf

Vergebung.

Scheinbar kann ihr Besucher Gedanken lesen, denn er bemerkt: „Geben Sie sich nicht der Hoffnung hin, Ihren Vater bald sprechen zu können. Er liegt immer noch auf der Intensivstation, immer noch in einer Art künstlichem Koma gehalten, angesichts der Schwere seiner Verletzung kein Wunder. Wie mir der Leiter der Chirugie, ein Freund, heute Morgen sagte, kämpfen die Ärzte buchstäblich um Peters Leben und der Ausgang dieses Kampfes ist leider ganz und gar nicht entschieden. Sobald er wieder ansprechbar ist, werde ich Sie umgehend informieren." Herr Rübner blickt auf seine Uhr und verabschiedet sich. Vor der Tür dreht er sich noch einmal um. „Glauben Sie mir, die ganze Angelegenheit tut mir schrecklich leid. Ihr Vater scheint mit meiner Familie wenig Glück gehabt zu haben, wobei ich meine arme Frau Richter durchaus dazuzähle."

Kaum ist der Mann gegangen, poltert Leo auch schon los: „So ein arrogantes Arschloch! 'Wenig Glück gehabt'. Diese verdammte Familie hat ihm das Leben zur Hölle gemacht, 'meine arme Frau Richter' ihn in den Tod getrieben!"

„Sicher, diese Bemerkung war geschmacklos, allerdings musst du dem Mann zugute halten, dass er den Abschiedsbrief dir und der Polizei zukommen ließ. Er hätte ihn ja auch einfach vernichten können, um das Ansehen dieser Frau nicht zu gefährden. Dass er dies nicht getan hat, ist ihm meiner Meinung nach hoch anzurechnen."

Dieses Argument leuchtet ihm ein, jedoch zum Hoch-Anrechnen bleibt ihm kaum Zeit. Er will nicht auf einen Anruf Rübners warten, will seinen Vater sofort sehen, packt hastig ein paar Sachen in einen Rucksack und fährt davon.

9

Kaum ist Leo im Krankenhaus angekommen, da bereut er schon bald seine übereilte Entscheidung. Zunächst wird ihm jegliche Auskunft verwehrt, da man seine Verwandtschaftszugehörigkeit wegen des unterschiedlichen Namens anzweifelt. Ausgerechnet den vor wenigen Stunden noch arg gescholtenen Herrn Rübner muss er um Hilfe bitten, mittels seines chefärztlichen Freundes die Angelegenheit zu klären. Und ebendieser Freund verbietet ihm später angesichts des kritischen Zustands des Patienten den Zutritt zur Intensivstation, weist ihn jedoch auf eine in sich zusammengesunkene Gestalt hin, ebenfalls eine Angehörige.

Natürlich ahnt Leo sogleich, um wen es sich bei diesem Häufchen Elend handelt, und spricht sie an: „Svenja? Sie müssen Svenja sein!"

Ein blasses, verweintes, unendlich trauriges Gesicht schaut zu ihm empor. Sie nickt, blickt ihn fragend an und er nennt seinen Namen, fühlt sich aber überhaupt nicht wohl in seiner Haut. Weiß sie vom letzten Treffen mit seinem Vater, von seiner Schuld? Sie weiß und rührt sogleich in seiner Wunde. „Warum nur hast du ihm nicht geglaubt?"

Er mag nicht antworten, sucht sie abzulenken, fragt nach: „Sie kennen das schriftliche Geständnis der Frau Richter?" Svenja nickt erneut. Wieder dieser vorwurfsvolle Blick, ein Blick, der Leo augenblicklich das

Gefühl gibt, er müsse sich verteidigen. So erzählt er detailliert von seinen Ermittlungen, vom Verlauf des schicksalhaften Abends, ist sich jedoch die ganze Zeit über nicht sicher, ob sie ihm überhaupt zuhört. Er entschuldigt sich für sein Verhalten, betont wieder und wieder, wie entsetzlich leid ihm alles tue, erntet aber lediglich trauriges Kopfschütteln. In einer derartigen Situation würde Leo normalerweise schleunigst die Flucht ergreifen, jedoch er bleibt. Hat er nicht zumindest verbale Strafe verdient?

Und plötzlich beginnt Svenja ohne jede Einleitung über ihr letztes Treffen mit Harald zu reden: „Ich war mir absolut sicher, alle Verfolger abgeschüttelt zu haben, habe mich so auf unser Wiedersehen gefreut. Alles hatte ich geregelt, mir den Schlüssel zur momentan leerstehenden Wohnung einer Cousine besorgt, dort Kleidung und ausreichend Lebensmittel gehortet, um eine Weile mit ihm untertauchen zu können, so lange bis die Wahrheit herausgefunden wird. Zumindest i c h habe ihm immer geglaubt!" – Wieder so ein Messerstich für Leo. – „Ich fand jedoch einen völlig gebrochenen Mann vor. Harald hat geweint und mir von deinen Anschuldigungen erzählt. Als dann die Polizei auftauchte, hat er bloß noch gestammelt, dass er nicht mehr fliehen wolle, dass er am Ende sei. Je mehr ich darüber nachdenke, desto sicherer bin ich mir, er hat seinen Tod förmlich gesucht."

Schwach sucht Leo zu protestieren, ein Versuch, den Svenja scheinbar überhaupt nicht registriert. „Doch, doch, glaube mir. Er hat ihn regelrecht inszeniert. Ich sehe ihn noch immer vor mir. Dieses Entsetzen in seinen Augen, als die ersten Polizisten auftauchten, wie bei einem zu Tode gehetzten Tier. Ich hab ihn an der Flucht hindern wollen, hab ihn festgehalten. Er hatte doch überhaupt keine Chance. Überall Polizei! Peter aber riss sich los und rannte davon. Und plötzlich, mir stockt bei diesem Bild auch heute noch der Atem, plötzlich ist er stehengeblieben, hat sich ganz langsam umgedreht. Ich hab gedacht, er wird sich ergeben, aber, statt seine Arme hochzuheben, hat er die rechte Hand in die Jackentasche gesteckt, so als wollte er etwas herausziehen. Und dann fiel der Schuss. Peter sackte in sich zusammen. Und ich konnte noch nicht einmal zu ihm hin. Ein Beamter hinderte mich."

Svenja beginnt erneut heftig zu weinen. „Glaube mir, der Griff in die Jackentasche geschah mit voller Absicht. Die Polizisten sollten denken, er würde eine Waffe ziehen, sollten ihm zuvorkommen, ihn erschießen."

Hilflos steht Leo neben der Frau. Er, ansonsten nie um einen Spruch verlegen, weiß nicht, was er sagen soll, tritt nervös von einem Fuß auf den anderen und ist heilfroh, als er den Chefarzt auf sie zueilen sieht. Sein Vater ist aus dem Koma erwacht!

„Sie dürfen jetzt zu ihm. Aber bitte nicht zusammen. Und überfordern sie den Mann nicht. Er ist noch sehr, sehr schwach, ist auch nicht in der Lage zu sprechen. Nur hören kann er Sie."

Sie müssen ihre Hände desinfizieren und Schutzkleidung anziehen. Gequält von starken Schuldgefühlen lässt Leo Svenja den Vortritt. Und dann wartet er, immer ungeduldiger werdend, will endlich seinen Vater um Entschuldigung bitten, wartet fast eine Stunde, ehe sie ihn mit den Worten 'Er wird dich sehen wollen' erlöst.

Nervös betritt er den Raum und erschrickt wegen der Vielzahl an Geräten und Schläuchen, aber ganz besonders, als er seinen Vater erblickt. Wie leblos liegt dieser inmitten all der Apparaturen, unfähig sich zu bewegen. Das Gesicht blutleer. Augen entsetzlich müde,

227

fast erloschen. Und dennoch, diese Augen schauen ihn an. Leo setzt sich an den Rand des Bettes und stammelt „Vater, bitte verzeih mir". Er ergreift die Hand und erschrickt erneut. Kraftlos und matt, so als wäre bereits alles Leben aus dem Körper entwichen, liegt sie in der seinen.

„Hast du schon von Frau Richters Geständnis erfahren? Weißt du, dass niemand mehr von deiner Schuld an Frau Rübners Tod ausgeht, dass du absolut unschuldig bist?"

Leo spürt, sein Vater versteht ihn, möchte etwas sagen, kann es jedoch nicht. Und so redet er weiter, versucht sein Handeln zu erklären, bricht schließlich jedoch ab, einmal, weil er spürt, wie sehr seine Worte den Kranken anstrengen, aber auch, weil er die Sinnlosigkeit seiner Verteidigungsrede erkennt. Sein Verhalten ist nicht zu entschuldigen! Tränen laufen über sein Gesicht.

„Oh Vater, ich war ein verdammter Idiot! Und ich allein bin schuld, dass es dir jetzt so schlecht geht. Kannst du mir jemals verzeihen?

Ohne große Erwartungen schaut er in dieses leblose Gesicht. Und plötzlich gibt es sie, Reaktionen, wenn auch nur schwach: ein angedeutetes Lächeln, Augen, die für einen kurzen Moment zu strahlen beginnen. Bildet er sich das alles nur ein? Entspringt es allein seinem Wunschdenken? Aber da ist ein sanftes Zucken in der Hand des Patienten und Leo weiß, ihm ist verziehen worden. Er ist zutiefst erleichtert. Sogleich kehrt all sein Optimismus zurück.

Eine Krankenschwester erscheint, bittet ihn zu gehen, da der Patient wieder Ruhe brauche. Leo wendet sich ein letztes Mal an den Kranken. „So Vater, jetzt wirst du schleunigst wieder gesund, damit ich dir beweisen kann, dass ein Sohn wie ich auch zu etwas Gutem zunutze ist.

Ich werde diese Unglücksgöttin Ate festnehmen und außer Gefecht setzen, da kannst du sicher sein. Du hast in deinem Leben genug gelitten. Morgen, wenn ich wiederkomme, wirst du nicht mehr so elend aussehen. Versprochen?"

Zuversichtlich lächelt er seinen Vater an und zuversichtlich begibt er sich auf die Rückfahrt. Diese Nacht wird er endlich wieder gut schlafen können, da ist er sicher.

Was für eine Täuschung! Kurz nach drei Uhr klingelt sein Handy und er muss die Worte eines Arztes vernehmen: „Es tut uns furchtbar leid, aber Ihr Vater ist soeben verstorben. Ist es Ihnen möglich, im Laufe des Tages zu kommen? Die leidigen Formalitäten. Sie wissen schon."

Und so bricht Leos erst kürzlich mühsam wiederhergestellte heile Welt erneut zusammen. Er weckt seine Frau, berichtet ihr unter Tränen von der schrecklichen Nachricht. Und sie trauert mit ihm, lässt ihn weinen, ist allerdings Pragmatikerin genug, Leo an seiner Arbeitsstelle für heute abzumelden sowie ihn an seine Pflichten als Sohn zu erinnern. Natürlich ist er in diesem Zustand nicht in der Lage mit dem Auto die weite Strecke zu fahren. Und so sucht sie eine Bahnverbindung heraus und bietet ihrem Mann an, ihn zum Bahnhof zu bringen.

Leo aber schaut sie nur empört an. Keinesfalls wird er zum Krankenhaus fahren! Der ganze Papierkram ist ihm zuwider. Außerdem fühlt er sich außerstande, sich um die Beerdigung zu kümmern, kennt sich damit nicht aus. Wahren Schrecken aber löst bei ihm die Vorstellung aus, Svenja erneut zu begegnen. Sie muss ihn hassen, wird ihm dies auch zeigen. Nein, er will nicht, mag nicht!!!

„Kannst du nicht ...?", wendet er sich hilfesuchend an

229

seine Frau.

„Nein, ich kann nicht! Da musst du ganz alleine durch!"
Lisa kennt ihren Mann nur zu gut, weiß, wie gerne er vor
unangenehme Situationen flieht, bemüht sich um ein
überzeugendes Argument. „Außerdem ist es äußerst
wichtig für deinen Seelenfrieden, wenn du dich noch
einmal von deinem Vater verabschiedest. Glaube mir!"

Ein letzter matter Protest: „Aber er hört mich doch gar
nicht!", mittlerweile ist Leo jedoch die Notwendigkeit der
Fahrt klar geworden.

Und Lisa sollte recht behalten. Der endgültige Abschied
von seinem Vater wird für ihn zu einem sehr traurigen,
aber auch erlösenden Moment. Keine Svenja in Sicht. Er
ist allein mit ihm in einem eigens zum Zweck des
Abschiednehmens vorgesehenen Raum, einem schöner
Raum der Stille. Da liegt er ganz ohne Schläuche, ohne
Apparaturen, feierlich aufgebahrt mit gefalteten Händen.
Leo schaut in das Gesicht und ist erstaunt, erstaunt aber
auch erleichtert. Es vermittelt das Gefühl, der Tote ist mit
sich im Reinen, hat alle Last der Welt abgeschüttelt,
wirkt so, als habe er dieses Leben gerne losgelassen,
um in einen neuen, vielleicht glücklicheren Zustand
einzutreten. Tiefer Frieden, ja ein Lächeln sind
erkennbar! Leo beugt sich über den Verstorbenen und
küsst seine Stirn.

„Tschüss, Vater. 'Lebe wohl' ist heute leider ziemlich
unpassend. Obwohl, vielleicht bekomme ich ja bald
wieder Post von dir so wie nach deinem ersten Tod. Ich
werde diese Hoffnung nicht aufgeben und dir dann ein
besserer Sohn sein. Das verspreche ich."

„Das hoffe ich auch!" So vertieft ist Leo in seine
Gedanken, dass er Svenjas Ankunft überhaupt nicht
bemerkt hat. Wie lang ist sie wohl schon anwesend? Mit
Sicherheit eine ganze Weile, denn ihr einstmals

vorwurfsvoller, ja fast feindseliger Blick ist einem freundlicheren, verständnisvolleren gewichen. Er springt auf, verlegen, unsicher, weiß nicht, wie er sich verhalten soll. Sie aber macht es ihm einfach, geht auf ihn zu, umarmt ihn und sagt unter Tränen: „Heute haben wir beide einen ganz, ganz lieben Menschen verloren."
Leo stimmt ihr zu, ahnt, dass Svenja mit dem Verstorbenen allein sein möchte. So wendet er sich zum Gehen, wird jedoch von ihr zurückgehalten.
„Warte, ich muss noch etwas mit dir besprechen. Du weißt vielleicht, dein Vater hat immer seinem Glück misstraut, wie es sich herausstellte, sogar zurecht. Ständig wurde er von bösen Ahnungen geplagt und da hat er natürlich sogar seine Beerdigung rechtzeitig geplant. Einmal führte er mich zum städtischen Friedhof um mir einen großen Baum zu zeigen, in dessen Wurzelbereich er einmal bestattet werden wollte. Ohne Gedenkstein, ohne großartigen Blumenschmuck oder Kränze, ohne feierliche Ansprachen, einfach in einer Urne aus kompostierbarem Material. Damals habe ich ihn noch ausgelacht und heute ..." Sie seufzt. „Sag, wirst du ihm diese Bitte erfüllen?"
Da Leo bereitwillig nickt, bittet Svenja ihn draußen auf sie zu warten, während sie von Peter Abschied nimmt, und schlägt vor, anschließend gemeinsam die Beerdigung bei einem Bestattungsunternehmen zu regeln. Erleichtert atmet er auf. Seine Ängste vor diesem Tag haben sich in Luft aufgelöst. Und, kaum zu Hause angekommen, wartet die nächste positive Überraschung auf ihn. Lisa erzählt von einem Anruf Rübners. Der Mann habe darauf bestanden, sämtliche Kosten für das Begräbnis zu übernehmen. Unglaublich, Leo ist zunächst empört. Will der Typ das Unglück seines Vaters mit Geld wiedergutmachen? Oder möchte er aus einem

schlechten Gewissen heraus wirklich helfen? Egal, Lisa hat das Angebot sowieso schon angenommen.

10

Anlässlich der Einäscherung ist von dem edlen Spender nichts zu sehen. Vor der Friedhofshalle wartet lediglich Svenja auf sie, die allerdings ankündigt, dass bei der kommenden Baumbestattung Herr Rübner samt Personal anwesend sein werden. Nach diesem traurigen Akt führt sie die beiden in den Bereich der prächtigen Familiengräber, der Mausoleen. Hier am Rande der Rübnerschen Grabstätte ist Frau Richter am Vormittag beigesetzt worden, die Stelle geschmückt mit Blumen, im Hintergrund ein wunderschön gestalteter Grabstein. Was Leo jedoch vollends die Beherrschung kostet, ist ein großer Kranz mit der Aufschrift 'In ewiger Dankbarkeit! Dein Peter Rübner'. Er kann von Glück sagen, dass niemand den Fußtritt, den er diesen Worten versetzt, beobachtet. Eine Anzeige wegen Grabschändung wäre ihm gewiss.

„Ich glaube, du wärst Amok gelaufen, wenn du Frau Rübners Beerdigung gesehen hättest." Svenja deutet auf eine mächtige Skulptur in der Nähe, angefertigt, wie sie sagt, von ebenjenem Künstler, zu dem Peter Bettina in dieser verhängnisvollen Nacht fahren musste. Und dieses Denkmal zeigt doch tatsächlich einen wunderschönen Engel in unschuldigstem, strahlendem Weiß.

Lisa hat alle Mühe ihren vor Zorn bebenden Mann zurückzuhalten. „Mein Vater wird in einem winzigen Loch verscharrt, ohne Gedenkstein, ohne Blumen, anonym, und dieses Miststück wird sogar im Tod noch glorifiziert!" Svenja nickt. „Ich war bei der Totenfeier dabei, musste das alte Ehepaar Rübner begleiten. Glaubt mir, es kostete mich alle Kraft, all die scheinheiligen Reden, die völlig ungerechtfertigte Lobhudelei zu ertragen. Ein riesiges Event. Hunderte von Gästen, unzählige Pressevertreter und Fotografen, der Bürgermeister, all die Vorsitzenden der Charity-Vereinigungen, in denen sie vertreten war. Mitglieder des Opernorchesters sowie zwei Tenöre samt Chor spielten und sangen ergreifende Melodien. Und dann dieser Blumenschmuck, so gewaltig, dass alles überhaupt nicht auf der Grabstätte Platz fand. Eine einzige große Show voller Verlogenheit, so wie ihr ganzes Leben! Wie ungerecht ist doch diese Welt!"

Eine Woche später zollt eine kleine Gruppe an Menschen auch Harald Peter Winkler Respekt und Dankbarkeit, allerdings echte, ernst gemeinte Dankbarkeit. Leo erkennt schon von Weitem Svenja, Herrn Rübner sowie zwei weitere Personen, die er unschwer als Thomas und Lina ausmacht. Gemeinsam folgen sie einem Vertreter der Friedhofsverwaltung, der auf einem Kissen die Urne zu einem mächtigen Baum trägt, unter dem ein kleines Loch die Asche seines Vaters aufnehmen soll. Wie Harald es sich gewünscht hat, gibt es keine feierlichen Reden, keinen Blumenschmuck. Trotzdem fließen Tränen, fällt allen der Abschied schwer.

Leo sieht sogleich, dass Svenja doch nicht in allen Punkten dem Willen des Verstorbenen nachgekommen ist: In der Mitte des Baumstammes entdeckt er ein kleines Holzschild mit dessen Namen. Auch Thomas hat sich einen besonderen Abschiedsgruß einfallen lassen, auch wenn dieser nicht den Regularien der Friedhofsverwaltung entspricht. Unbeobachtet vom Bestatter streut er ein Tütchen mit Blumensamen auf die Schaufel mit Erde, bevor er sie in das kleine Loch schüttet. Ja, und Leo, der lässt zwei Luftballons steigen, einen mit den Worten 'Vater, lebe wohl!', den anderen mit der Aufschrift: Ate, verschone meinen Vater in künftigen Leben vor deinem Unglück!!!

Beim Abschied umarmt Svenja Leo und sagt traurig: „Weißt du, dass heute eigentlich mein Hochzeitstag sein sollte? Diesen 2. Mai haben Peter und ich uns allerdings gänzlich anders ausgemalt."

Auf dem Weg zu ihrem Auto schlägt Lisa vor: „Lass uns doch über das Wochenende einen Kurzurlaub machen. Ich glaube, den hast du dir nach diesen zermürbenden Wochen wahrhaftig verdient. Außerdem wird dich eine neue, schöne Umgebung vielleicht von deinen trübsinnigen Gedanken ablenken."

Er schaut sie fragend an. „Du hast dabei doch wohl nicht an einen Wellness-Urlaub gedacht, oder? Das wäre ein echter Scheidungsgrund. Und diesmal hätte ich noch nicht einmal etwas zu lesen. Oder meinst du, mein Vater schreibt mir erneut?"

Sie lachen. Das erste Mal seit geraumer Zeit.

Ende

Danke, dass du mich entdeckt hast!
Dein Buch

Impressum

© 2014 Chat Noir, Böhm/Schoon/Böhm GbR, Berlin
1. Auflage 2015

Lektorat, Layout, Umschlaggestaltung: Nina Böhm
Umschlagfoto: mediafury, „Letters",
  CC-Lizenz (BY 2.0),
  http://creativecommons.org/licenses/by/2.0/de/deed.de,
  Quelle: www.piqs.de

Ein Titeldatensatz für diese Publikation ist bei der Deutschen Nationalbibliothek erhältlich.

ISBN: 978-3-943956-05-4